Norbert Sahrhage • Werwolfmorde?

Norbert Sahrhage wurde 1951 in Spenge geboren. Er studierte an der Universität Bielefeld Geschichte, Sozialwissenschaften und Sport. Von 1979 bis 2015 arbeitete er als Lehrer an einem Gymnasium. Promotion 2004.

Weitere Titel des Autors:
Der tote Hitlerjunge (2010)
Blutiges Zeitspiel (2012)
Lehrermord (2014)
Der Mordfall Franziska Spiegel (2016)
Kieslich muss sterben (2021)

Norbert Sahrhage

Werwolfmorde?

Kommissar Helmke ermittelt

Bibliografische Information der Deutschen Nationalbibliothek:
Die Deutsche Nationalbibliothek verzeichnet diese Publikation in der Deutschen Nationalbibliografie; detaillierte bibliografische Daten sind im Internet über http://dnb.dnb.de abrufbar.

Covergestaltung: Jan Sahrhage

Herstellung und Verlag: BoD – Books on Demand, Norderstedt

ISBN: 978-3-7557-4142-8

Die Hauptpersonen

Walter Helmke	Kriminalkommissar
Kurt Wessler	Kriminalkommissar
Konstantin Mähler	Kriminalrat
Gustav Horstmann	Ortspolizist
Anton Goll	Ortsgruppenleiter d. NSDAP
Martin Richel	Mitgl. d. Ortsgruppenleitung
Reinhold Wiegand	ehem. SA-Sturmführer
Konrad Mellenthin	Mieter von A. Goll
Werner Franzen	Kriegsinvalide
Grete Dierker	Kommunistin
Rudi Dierker	Kommunist
Krischan Jäger	Kommunist
Paula Jäger	Kommunistin
Paul Beckmann	Schwarzhändler
Pierre Desmoulins	franz. Zwangsarbeiter
Dr. Karl Maßmann	Arzt
Helmut Maßmann	Unternehmer
Erich Hellmann	Unternehmer

1. Kapitel

Sonntag, 11. Mai 1947

Der nächtliche Regen störte die beiden Männer nicht. Im Gegenteil: So konnten sie relativ sicher sein, dass ihr Handeln keine Zeugen haben würde. Wer sollte sich bei einem solchen Wetter schon freiwillig auf die Straße wagen?

Die Männer standen unter einer großen Kastanie, die aus ihren Blättern einen breiten Schirm aufspannte, der den Regen jedoch nicht vollständig abhalten konnte.

Das Haus, das die beiden Männer bereits seit einer geraumen Zeit beobachtet hatten, war das vorletzte Gebäude am Ende der schmalen Straße, die sich nach dem letzten Haus in einen Feldweg fortsetzte. Nur im ersten Stock des Hauses war ein Zimmer erleuchtet. Hinter den Gardinen bewegte sich gelegentlich eine schemenhafte Gestalt durch den Raum und wanderte von der einen Seite des Zimmers auf die andere. Die Fenster der unteren Wohnung waren dunkel.

Der Wind trieb dünne Regenschwaden die Straße hinunter. Auf dem mit reichlich Schlaglöchern versehenen Asphalt hatten sich Pfützen gebildet, die überliefen und sich in kleinen Rinnsalen die Straße hinunterschlängelten.

Die beiden Männer blickten sich an. Der Größere warf die angerauchte Zigarette weg, hustete in sein Taschentuch, wobei er sich bemühte leise zu sein. Er nickte und gab damit das Signal zum Aufbruch. Die bereits weitgehend durchnässten Männer zogen ihre tropfenden Hüte tiefer ins Gesicht und überquerten nacheinander die Straße.

Das Grundstück war von einer brusthohen Buchenhecke umgeben, die aber noch nicht voll im Laub stand und Blicke auf das Haus ermöglichte. Die beiden Männer schauten sich noch einmal um und schoben sich dann durch die Heckenöffnung, die einen schmalen Weg zur Eingangstür des Hauses freigab.

Während der kleinere der beiden Männer an der Heckenpforte stehenblieb, um den Rückweg zu sichern, ging der Große zur Haustür und zog an dem Griff des Klingeldrahts. Die Glocke im Hausflur gab ein schepperndes Geräusch von sich. Es dauerte eine Weile, bis sich in dem Haus etwas regte. Unten im Flur ging das Licht an und wenige Sekunden später wurde die Haustür geöffnet. Ein magerer, etwa 50-jähriger mittelgroßer Mann mit Stirnglatze stand in der geöffneten Tür. Sein Gesicht verriet Neugier. Er blickte den Mann, der da tropfend im Regen vor ihm stand, fragend an.

„Herr Goll, ich habe etwas für Sie." Der Mann kramte zunächst betont umständlich in seiner Manteltasche, zog dann blitzschnell eine Pistole hervor und richtete sie auf Goll, der einen Schritt zurückwich. Golls Gesichtsausdruck veränderte sich und wechselte von Neugier über Erstaunen hin zu Furcht.

„Das ist für dich, du Arschloch", sagte der Mann und drückte ab.

2. Kapitel

Montag, 12. Mai 1947

Der Tote war knapp zwei Stunden nach dem Mord gefunden worden, jedenfalls hatte Dr. Maßmann, der herbeigerufene Dorfarzt, den Todeszeitpunkt auf etwa 23:00 Uhr geschätzt. Der tote Anton Goll war von seinem Nachbarn, der am Ende der Straße wohnte, entdeckt worden. Der Nachbar war kurz nach Mitternacht aus einem Wirtshaus gekommen und hatte Goll, der vor der erleuchteten Eingangstür seines Hauses lag, gesehen, dann flüchtig begutachtet und dabei das Blut und die Wunde bemerkt. Daraufhin hatte er sich wieder auf sein Fahrrad geschwungen und war zur örtlichen Polizeiwache gefahren, wo er den Ortspolizisten herausgeklingelt hatte. Kurze Zeit später waren der Polizist, ein älterer, leicht kurzatmiger Mann mit Bauchansatz und schütterem Haar, und Dr. Maßmann am Tatort erschienen. Der Dorfarzt hatte nur noch den Tod des vor der Haustür liegenden Mannes feststellen können.

Inzwischen wurde es langsam hell. Der Regen war weniger geworden und hatte schließlich ganz aufgehört. Kommissar Walter Helmke von der Bielefelder Kriminalpolizei, der von dem Ortspolizisten angefordert worden war, hatte die Leitung vor Ort übernommen. Helmke, ein baumlanger Mann mit zurückgekämmten dunkelblonden Haaren, hatte in dieser Nacht Bereitschaftsdienst gehabt und war deshalb sofort nach Jöllenbeck gefahren. Kurze Zeit später waren auch zwei Leute

9

von der Spurensicherung eingetroffen, die sich sofort an die Arbeit machten.

Der Dorfpolizist, der Helmke schon einen kurzen Lagebericht gegeben hatte, stand jetzt auf Anweisung des Kommissars vor der Buchenhecke, die das Grundstück des Ermordeten zur Straße hin abgrenzte, um neugierige Nachbarn davon abzuhalten, den Tatortbereich zu betreten. Es war kurz vor 4:00 Uhr. Erstaunlicherweise hatten einige Bewohner der umliegenden Häuser mitbekommen, dass auf der Straße und in der Nachbarschaft etwas Ungewöhnliches geschehen sein musste. Ein Mann und eine Frau standen in Morgenmänteln neben dem Dorfpolizisten und sprachen mit ihm.

Helmke betrachtete den auf dem Rücken liegenden Toten. Es handelte sich um einen etwa 50 Jahre alten Mann, rothaarig, bartlos, Stirnglatze. Seine Augen waren geöffnet. Er trug ein kariertes Hemd und eine vom Regen durchnässte braune Cordhose. Seine Füße steckten in grauen, verschlissenen Pantoffeln, die ebenfalls vom Regen durchweicht waren. Die Brust des Mannes zierte ein großer roter Fleck. Der Ermordete schien arglos an die Haustür gekommen zu sein und war hier seinem Mörder begegnet.

Helmke winkte den Nachbarn des Ermordeten zu sich, der auf Anweisung des Dorfpolizisten an der Buchenhecke gewartet hatte. „Wie heißen Sie?"

„Wiegand, Reinhold Wiegand. Ich wohne in dem Haus da drüben." Der ältere Mann wies auf das Nachbarhaus, das am Ende der Straße lag. Helmke roch den

10

Alkohol, den Wiegand noch vor kurzer Zeit getrunken haben musste.

„Sie kennen den Ermordeten?"

Wiegand nickte. „Ja, sicher. Wir sind Nachbarn, seit fast 50 Jahren. Wir sind beide hier in dieser Straße aufgewachsen."

„Wie sind Sie auf den Ermordeten aufmerksam geworden?"

Wiegand wies auf den Kirchturm, der von ihrem Standort aus zu sehen war. „Ich kam aus dem *Gasthof zum Adler*, da neben der Kirche. Hatte da mit ein paar Bekannten Skat gespielt, machen wir jeden Sonntag. Heute Abend war's ein bisschen spät geworden. Als ich die Straße herunterfuhr, fiel mir auf, dass bei Anton an der Vordertür noch Licht brannte. Und da sah ich ihn durch die Hecke auf der Erde liegen. Zuerst dachte ich, er sei gestürzt, und … ich wollte ihm helfen. Aber dann bemerkte ich das viele Blut und habe die Polizei informiert."

„Wann war das?"

„Etwa um Mitternacht."

Helmke notierte die Aussage in Stichworten. „Haben Sie jemanden in der Nähe des Hauses gesehen oder ist Ihnen auf der Straße jemand entgegengekommen?"

„Nein." Wiegand schüttelte den Kopf. „War ja schon spät."

Helmke nickte. „Was war Ihr Nachbar für ein Mensch?"

Wiegand zuckte mit den Achseln. „Ein ganz normaler Nachbar, wie die übrigen hier in der Straße auch."

Helmke war damit nicht zufrieden. „Irgendetwas muss ihn aber von den übrigen Nachbarn unterschieden haben. Schließlich ist er ermordet worden."

Wiegand schwieg.

Helmke setzte noch einmal an: „War Herr Goll verheiratet? Hatte er Kinder?"

Wiegand senkte seine Stimme, als ob er befürchtete, der Tote könnte ihn noch hören: „Er war verheiratet, wurde aber kurz vor Kriegsausbruch geschieden. Kinder hatte er nicht." Er grinste und schob nach: „Jedenfalls keine ehelichen."

„Was meinen Sie damit?"

„Na ja, Anton war kein Kostverächter. Wenn Sie wissen, was ich meine."

„Lebte er allein in dem Haus?"

„Nein. In der unteren Wohnung ist im letzten Jahr eine Flüchtlingsfamilie einquartiert worden. Soweit ich weiß, sind die Leute zur Zeit aber nicht da. Sie besuchen an diesem Wochenende Verwandte in Hamm. Konrad hat mir erzählt, dass sie da zu einer Hochzeit eingeladen sind."

Helmke hakte nach: „Wer ist Konrad?"

„Konrad Mellenthin, der Untermieter von Anton."

„Hatte Herr Goll Feinde? Gab es in letzter Zeit Streit?"

Wiegand überlegte kurz, bevor er sagte: „Nein, glaube ich nicht. Von einem Streit weiß ich nichts."

Für Helmke klang die Antwort nicht überzeugend, dafür hatte Wiegand einen Augenblick zu lange gezögert. Er nahm sich vor, diese Aussage später noch einmal aufzugreifen. Zuvor wollte er sich aber mit dem Dorfpolizisten absprechen.

„Gut, Herr Wiegand", sagte er, „vielen Dank. Vielleicht werde ich noch einmal auf Sie zurückkommen." Walter Helmke, 1,90 Meter groß, der sich während des Gespräches zu dem wesentlich kleineren Wiegand hinuntergebeugt hatte, reckte sich und gab Wiegand damit auch durch seine Körpersprache zu verstehen, dass das Gespräch beendet war.

Reinhold Wiegand nickte. „Dann kann ich ja noch ein Stündchen schlafen, bevor ich zur Arbeit muss." Leise murmelnd fügte er hinzu: „Hab' hier ja lange genug warten müssen." Helmke wusste nicht, ob das eine bloße Feststellung oder als eine Beschwerde gemeint war.

Als Wiegand das Grundstück verließ, trat Harald Coring, einer der beiden Kollegen von der Spurensicherung auf Helmke zu. Er trug einen unzufriedenen Gesichtsausdruck zur Schau. „Der Regen hat alle Spuren – wenn es überhaupt welche gab – beseitigt. Den Rest hat der Nachbar des Toten erledigt. Wir haben lediglich die Patronenhülse gefunden." Helmke zuckte die Achseln. Diesen wenig erfreulichen Befund hatte er erwartet.

„Dann kann der Tote gleich abtransportiert werden. Er muss nach Bielefeld zur Obduktion. Ich will wissen, mit welcher Waffe er erschossen worden ist."

Coring nickte. „Werde ich veranlassen. Wir fahren dann auch."

Der junge Dorfarzt, der noch immer in der Nähe des Tatortes gestanden hatte, blickte Helmke an. „Brauchen Sie mich noch?"

Helmke schüttelte den Kopf. „Jetzt nicht. Vielen Dank für Ihren Einsatz. Ich komme später noch mal bei Ihnen vorbei. Wünsche Ihnen eine gute Restnachtruhe."

Während die Kollegen von der Spurensicherung ihre Sachen zusammenpackten, wandte sich Helmke an den Dorfpolizisten, der gerade die neugierigen Nachbarn weggeschickt hatte. Er zog ihn hinter die Hecke und bot ihm eine Zigarette an, die dieser dankend annahm.

Während Helmke dem Kollegen Feuer gab, fragte er: „Herr Horstmann, was wissen Sie über den Ermordeten?"

Der Polizist räusperte sich kurz. „Na ja, Goll war nicht ohne. In der Hitlerzeit war er hier Ortsgruppenleiter. Er galt als ‚scharfer Hund', als überzeugter Nationalsozialist."

Helmke nahm einen tiefen Zug und nickte knapp. „Interessant. Hatte Goll Feinde?"

„Bestimmt. Während der Hitlerzeit haben die sich natürlich nicht getraut, etwas gegen ihn zu unternehmen und nach Kriegsende war Goll ja eine Zeitlang verschwunden. Er ist erst seit wenigen Tagen wieder hier."

„Wo war er?"

Der Dorfpolizist blickte noch einmal auf den Toten. „Er hat fast zwei Jahre lang in Internierungslagern,

14

zuletzt in Eselheide in der Senne, verbracht und ist erst vor kurzem aus dem Lager entlassen worden. Er soll …, ich meine, er sollte sich jetzt einmal monatlich auf der Polizeiwache melden."

Helmke schnippte die Asche von seiner Zigarette. „Ich hörte eben, Goll war geschieden?"

Horstmann nickte. „Ja, er hatte hier im Ort den Ruf eines Schürzenjägers. Nachdem er Ortsgruppenleiter geworden war, glaubte er, die Frauenwelt liege ihm zu Füßen. Gelegentlich scheint er wohl auch Erfolg gehabt zu haben. Seine Frau hat das irgendwann nicht mehr mitgemacht."

Helmke nickte verstehend. „Wo ist seine Frau jetzt?"

„Sie wohnt hier im Dorf, hat eine Arbeit in der Weberei."

Der Morgen graute immer mehr. Die Lautstärke des Vogelkonzerts nahm zu. Auch die Hähne in der Umgebung wurden wach und meldeten sich. Helmke blickte sich um. ‚Eigentlich eine schöne Zeit, die man sonst immer verschläft', dachte er.

Er wandte sich wieder an den Dorfpolizisten. „Was ist mit Golls Feinden, von denen Sie eben sprachen? Gibt es da offene Rechnungen?"

„Das weiß ich nicht. Es hat im Dorf seinerzeit einigen Unmut gegeben, weil die Söhne von Werner Franzen und Krischan Jäger eingezogen wurden, obwohl sie erst 17 Jahre alt waren. Die sind in den letzten Kriegstagen noch gefallen. Die Leute hier haben vermutet, dass es

Goll war, der dafür gesorgt hat, dass die beiden Jungen noch an die Front mussten."

„Kennen Sie Wiegand?"

„Ja sicher, Wiegand war hier der örtliche SA-Führer. Während der Nazizeit war er ein enger Gefolgsmann Golls."

Inzwischen waren einige Fenster in den umliegenden Häusern erleuchtet. „Die Leute müssen zur Frühschicht", erläuterte Horstmann, indem er auf die Fenster zeigte. „Die meisten arbeiten in der Weberei."

Helmke nickte und blickte auf seine Armbanduhr. „Gibt es hier die Möglichkeit, einen Kaffee zu trinken?"

Horstmann schüttelte den Kopf. „Nicht um diese Uhrzeit. Sie können aber mit zur Wache kommen, dann koche ich uns welchen."

„Das Angebot nehme ich an. Wir sollten ohnehin noch besprechen, wie ich hier weiter vorgehen kann. Könnte aber noch ein Stündchen dauern, weil ich zunächst noch die Nachbarn befragen will."

Horstmann erklärte Helmke den Weg zur Polizeiwache, dann schwang er sich auf sein Dienstfahrrad, während Helmke darauf wartete, dass die Spurensicherung ihre Arbeit beendet hatte.

Als der Leichenwagen kam, wies Helmke die beiden Bestatter an, den Ermordeten zur Obduktion nach Bielefeld ins Krankenhaus zu bringen, dann verschloss er die Haustür von außen.

Helmke entschied sich dafür, jetzt nur die nähere Nachbarschaft Golls zu befragen. Es dauerte teilweise mehrere Minuten, bis die Nachbarn auf das energische Klingeln Helmkes reagierten. Die meisten trugen nur einen hastig übergeworfenen Morgenmantel. Die Befragung der überraschten, zum Teil auch verstörten Menschen erbrachte wenig. Ein Nachbar Golls hatte gegen 22:00 Uhr zwei Männer beobachtet, die eine Zeitlang unter der Kastanie auf der gegenüberliegenden Seite von Golls Haus gestanden hatten. Er war auf die Männer aufmerksam geworden, da er gesehen hatte, dass sie rauchten. Er hatte die glühenden Punkte der Zigaretten noch kurze Zeit verfolgt, war dann aber zu Bett gegangen. Den Schuss hatte er nicht gehört. Da müsse er schon geschlafen haben.

Eine Frau aus dem gegenüberliegenden Haus, vor dem der Kastanienbaum stand, glaubte, einen Knall gehört zu haben, war aber, als kein weiterer Lärm folgte, im Bett liegen geblieben. Die Nachbarn in den übrigen Häusern hatten nichts gesehen und nichts gehört.

Helmke nahm, bevor er zu seinem Opel Olympia ging, den er vor dem Haus abgestellt hatte, den Platz unter der Kastanie in Augenschein. Fußspuren waren nicht zu erkennen. Er fand lediglich vier durchweichte Zigarettenkippen, die er sorgfältig in ein sauberes Taschentuch einwickelte. Dann setzte er sich in sein Auto.

***

Die Polizeistation war leicht zu finden. Die Wache befand sich in einem alten roten Backsteingebäude, das hauptsächlich von der örtlichen Feuerwehr genutzt wurde. In einem grob verputzten Anbau war das Löschfahrzeug untergebracht. Über der Wache, im ersten Stock, befand sich die Dienstwohnung des Polizisten.

Als Helmke den Dienstraum betrat, hatte Horstmann den Kaffee bereits gekocht. Mittlerweile war es kurz vor 6:00 Uhr.

Das Büro maß vielleicht 25 Quadratmeter. Hinter dem wenig repräsentativen Schreibtisch standen zwei Rollschränke. An der Wand rechts daneben war noch an der helleren Färbung der Tapete zu erkennen, dass da einmal ein Bild gehangen hatte: vermutlich ein Führerfoto, das inzwischen entfernt worden war. Einen Ersatz dafür gab es noch nicht. Vor dem Schreibtisch befanden sich zwei einfache, unbequeme Holzstühle. Auf einem dieser Stühle ließ sich Helmke nieder.

„Danke!", sagte er und wies auf den Kaffee.

Horstmann lachte. „Ist nur Muckefuck, Bohnenkaffee kann ich mir hier nicht leisten."

„Hauptsache heiß". Helmke griff nach der ihm gereichten Tasse und nahm vorsichtig einen Schluck von dem Malzkaffee. Wach wurde man davon nicht. „Sie sind bestimmt seit vielen Jahren hier und kennen Land und Leute?", fragte er.

Horstmann schüttelte den Kopf. „Nein, ich bin erst während des Krieges hierher versetzt worden. Man hat mich nach Jöllenbeck abgeschoben." Hier in seinem Büro wirkte der Dorfpolizist souverän und aufgeräumt.

„Mit Kapitaldelikten wie Mord haben Sie hier wohl wenig zu tun?"

Horstmann nickte. „Das stimmt. Ist erst der zweite Mordfall, mit dem ich hier in Berührung komme. Kurz nach Kriegsende ist ein Mann von Werwölfen erschossen worden, jedenfalls lag ein Zettel mit dieser Aufschrift unter der Leiche."

Helmke war überrascht. Man hatte unmittelbar nach Kriegsende davon gehört, dass es in einigen Gegenden Deutschlands nationalsozialistische Partisanen gab, die sich Werwölfe nannten und durch Morde an deutschen Kollaborateuren und durch Attentate an den Soldaten der Besatzungsmacht in Erscheinung getreten waren. Heinrich Himmler hatte in den letzten Kriegsmonaten zur Bildung solcher Gruppen aufgerufen. „Ach, hat es hier tatsächlich Werwölfe gegeben, die sich mit der Besatzungsmacht angelegt haben?"

„Offenbar. Abgesehen von diesem einen Fall ist hier aber nichts weiter passiert. Ihre Kollegen in Bielefeld haben versucht, den Mord aufzuklären, waren aber, soweit ich weiß, nicht erfolgreich."

Helmke nahm einen weiteren Schluck von dem dünnen Getränk. „Wenn Sie hierher versetzt worden sind … wo kommen Sie ursprünglich her?"

„Aus Steinfurt. Zuletzt war ich in Münster beschäftigt."

Helmke wunderte sich: „Und weshalb sind Sie jetzt hier in Ostwestfalen? Münster ist doch sicherlich etwas interessanter als Jöllenbeck?"

Horstmann sah plötzlich traurig aus. „Das ist eine lange Geschichte. Man kann sich nicht immer aussuchen, wo man arbeitet. ... In Münster hatte ich während des Krieges einen Konflikt mit dem dortigen SA-Führer, der sich darüber erregte, dass ich zusammen mit einem Kollegen zwei seiner Männer, üble Trunkenbolde, für eine Nacht eingesperrt hatte, weil sie in der Innenstadt randaliert hatten. Er meinte, wir hätten damit die Ehre der SA beschmutzt. Einige Zeit später musste ich dann meinen Dienst hier in Jöllenbeck antreten." Horstmann machte eine kurze Pause. „Inzwischen habe ich mich aber mit der ostwestfälischen Provinz abgefunden." Er grinste.

Helmke nickte. Der Dorfpolizist wurde ihm sympathisch. Offenbar einer der wenigen Männer mit Rückgrat, die ihm in den letzten Jahren begegnet waren.

„Wie sind Sie hier vor Ort mit dem Ermordeten klargekommen?"

Horstmann verzog sein Gesicht. „Eher schlecht als recht. Goll war ein unangenehmer Typ. Der hat bis zuletzt an den Endsieg geglaubt. Wenn man ihm schmeichelte, konnte man mit ihm auskommen. Ich hatte wenig mit ihm zu tun und habe deshalb meine Schmeicheleien auf das Nötigste reduzieren können."

Helmke überlegte einen Augenblick und fragte dann: „Waren Sie in der Partei?"

Horstmann runzelte aufgrund der indiskreten Frage die Stirn und überlegte offenbar, ob er die Frage beantworten sollte, sagte aber schließlich: „Ja, ab 1937. Ich stamme aus einem katholischen Elternhaus. Meine Eltern waren Zentrumsleute und hatten mit den Nazis nichts am Hut, ich auch nicht. Nach der Machtergreifung wurde auf uns Polizeibeamte gehöriger Druck ausgeübt, der NSDAP beizutreten. 1937 habe ich kapituliert."

„Danke für Ihre Offenheit. Da wir in den nächsten Tagen möglicherweise noch häufiger miteinander zu tun haben werden, ist es gut zu wissen, an wen man da geraten ist."

Horstmann nickte. „Gut, das sollte aber auch umgekehrt gelten."

Helmke lächelte. „Da haben Sie Recht. Ich war auch kein Freund der Nazis, konnte ebenfalls bis 1937 den Parteieintritt verhindern. Bis 1941 habe ich als Kriminalbeamter gearbeitet, danach war ich an der Front, zuerst kurz im Westen, dann im Osten." Helmke hielt inne, so als ob er überlege, weiterzusprechen. „Dort habe ich Dinge erlebt, die ich mir bis dahin nicht hatte vorstellen können. Unsere Wehrmachtseinheit war zwar an Erschießungsaktionen nicht direkt beteiligt, hat aber für die Einsatzgruppen der SS Hilfsdienste geleistet und dafür gesorgt, dass die ihre Mordaktionen reibungslos durchführen konnten. Soviel zur ‚sauberen' Wehrmacht, von der heute immer noch die Rede ist."

Die beiden Männer schwiegen. Horstmann schenkte Kaffee nach und nahm die ihm von Helmke angebotene *Eckstein*. Sie rauchten schweigend, dann fragte Helmke:

„Mit wem sollte ich mich unbedingt unterhalten, damit ich den Mord an Goll aufklären kann?"

Horstmann überlegte eine Weile, dann begann er zu sprechen und Helmke notierte sich die Namen.

3. Kapitel

Montag, 21. August 1933

„Machen Sie auf! Sofort!" Die Stimme, begleitet von einem heftigen Klopfen an der Wohnungstür, duldete keinen Widerspruch.

Grete Dierker gab ihrem Mann einen kräftigen Stoß in die Rippen. Dieser, noch schlaftrunken, verstand sofort, raffte seine Kleidung und Schuhe zusammen und schwang sich halbnackt genau in dem Augenblick aus dem Fenster, als die Wohnungstür krachend aufflog und zwei Männer, einer mit einer Pistole in der Hand, in die Wohnung drängten. Über das Dach des Holzschuppens, der an das Haus angebaut war, fand Rudi Dierker den Weg nach unten.

Die beiden Eindringlinge stürzten zum Fenster, wo sie sahen, wie Rudi Dierker den vor dem Haus postierten älteren Polizisten niederschlug und dann das Weite suchte. Ein noch auf Dierker abgegebener Schuss verfehlte sein Ziel.

„Los, hinterher", brüllte der Pistolenschütze und rannte, gefolgt von seinem Begleiter, zurück durch die Wohnungstür und die Treppe hinunter auf die Straße. Sie ließen den auf dem Boden liegenden Polizisten, der gerade Anstalten machte wieder aufzustehen, unbeachtet und nahmen die Verfolgung des Flüchtigen auf, allerdings ohne genau zu wissen, wohin der in der Dunkelheit verschwunden war. Die mondlose Nacht kam dem Flüchtenden zugute.

Etwa zehn Minuten später standen die beiden Männer, schwer atmend, wieder in der kleinen Wohnung.

„Mach' dir keine falschen Hoffnungen, es ist nur eine Frage der Zeit, bis wir deinen Mann gefasst haben. Er entkommt uns nicht." Der Pistolenschütze grinste die Frau an, die sich inzwischen angezogen hatte und auf einem Küchenstuhl saß.

Grete Dierker antwortete nur mit einem Schulterzucken. Innerlich jubelte sie, da sie jetzt wusste, dass Rudi seinen Verfolgern entkommen war.

Es war kurz nach 4:00 Uhr. Die beiden Gestapobeamten begannen mit der letztlich erfolglosen Durchsuchung der Wohnung, wobei sie wenig Rücksicht auf das Mobiliar nahmen. Sie rissen die Schränke auf, kippten die Schubladen aus und verstreuten Bettwäsche und Kleidungsstücke auf dem Fußboden.

Grete Dierker war dennoch zufrieden. Sie hatte die wenigen Minuten, die die beiden Gestapoleute für die Verfolgung ihres Mannes gebraucht hatten, genutzt, um die belastenden Flugblätter so zu verstecken, dass die beiden keine Chance hatten, sie zu finden.

„Wo ist das Zeugs?", fragte der Pistolenschütze, ein mittelgroßer Mann mit einem feingeschnittenen Gesicht und intelligenten Augen.

„Das liegt dort auf dem Boden, Sie haben es ja dort selber hingeworfen." Grete Dierker wies auf die Kleidungsstücke.

„Werd' nicht frech, du rote Schlampe, wir können auch anders!" Der Pistolenschütze wurde etwas lauter.

24

„Sie sehen doch selbst, es gibt hier nichts", versuchte Grete Dierker die Situation nicht eskalieren zu lassen. „Sie haben doch alles durchsucht."

Sie war von ihrem Mann darauf vorbereitet worden, dass eine solche Situation eintreten konnte. Die Flugblätter der illegalen KP-Zeitung „Der Kämpfer" lagen jetzt unerreichbar für die Gestapobeamten unter einem losen Dielenbrett im Schlafzimmer, auf dem einer der Füße des Bettes stand.

„Du weißt doch sicher, wo wir deinen Mann jetzt finden können – oder?"

„Das weiß ich nicht!" Grete Dierker schüttelte den Kopf.

„Es ist besser, wenn du uns hilfst. Dein Mann hat noch nicht viel auf dem Kerbholz, er wird mit einem blauen Auge davonkommen."

„Woher soll ich denn wissen, wohin er geflohen ist?"

Der Pistolenschütze lächelte, seine Augen blickten dabei aber ohne jegliche Empathie. „Wenn wir ihn weiter jagen müssen, besteht die Möglichkeit, dass er auf der Flucht erschossen wird … Es ist besser für euch beide, wenn du uns hilfst."

Grete Dierker schüttelte abermals den Kopf. „Selbst wenn ich etwas wüsste …. Sie glauben doch wohl nicht, dass ich meinen Mann verraten würde …"

Der Pistolenschütze sah die Frau einige Sekunden lang mit starrem Blick an, seine Wut nur schlecht verbergend, dann wandte er sich an seinen Begleiter. „Abmarsch", befahl er. An Grete Dierker gewandt, sagte er:

„Freu dich nicht zu früh, Schlampe, wir kommen wieder."

***

Grete Dierker war gerade dabei, die Unordnung in ihrer Wohnung zu beseitigen, als es an der beschädigten Wohnungstür klopfte. Alfred Wellmann, ihr Vermieter, stand im Morgenmantel vor der Tür. Er wirkte verlegen.

„Grete", sagte er, „wir haben das natürlich mitbekommen. Schrecklich. Ich hoffe, Rudi ist nichts passiert."

Grete Dierker zuckte mit den Schultern. „Sie haben Rudi nicht gefasst und er ist wohl unverletzt. Er kennt Leute, die ihm helfen werden, eine Zeitlang aus der Gegend zu verschwinden."

„Das ist eine gute Nachricht", sagte Wellmann zögernd. „Wie geht es dir?"

Grete Dierker machte mit den Händen eine unbestimmte Bewegung: „Ich komme schon allein zurecht, auch wenn das alles nicht ganz einfach ist. Man kann bei dem, was gerade in Deutschland geschieht, aber nicht tatenlos zusehen."

Wellmann stutzte. War das ein Vorwurf an ihn? „Du hast recht", sagte er schließlich, „aber unsere Situation ist auch nicht ganz einfach. Jetzt hat die Gestapo ein Auge auf unser Haus geworfen. Vielleicht ist es besser, wenn ihr, ich meine … wenn du dir eine andere Wohnung suchst. Dein Mann ist auf der Flucht, so schnell wird er ja wohl nicht zurückkommen. Alleine für dich

26

ist die Wohnung ja auch zu groß. Meine Frau meint jedenfalls, dass es das Beste für uns alle sei, wenn du ausziehst."

Alfred Wellmann war Sozialdemokrat. Trotz der Spannungen zwischen Kommunisten und Sozialdemokraten in den letzten Jahren vor der Machtergreifung der Nazis waren Rudi und sie mit Wellmann und seiner Frau gut ausgekommen.

Jetzt aber schien Wellmann, wohl mehr noch seine Frau, denn Alfred hörte sehr auf seine Frau, kalte Füße bekommen zu haben. Die Wellmanns waren im Begriff, vor der massiven Gewalt der Nazis einzuknicken, da war sich Grete Dierker sehr sicher. Vermutlich war er von den Gestapoleuten unter Druck gesetzt worden. Die von Wellmann mehr oder weniger deutlich ausgesprochene Wohnungskündigung erschütterte sie aber dennoch. ‚Typisch Sozialdemokrat', dachte sie, ‚wenn es hart auf hart kommt, verkriechen sich diese Leute lieber.'

„Wenn du meinst", sagte sie, bemüht, sich ihre Enttäuschung nicht anmerken zu lassen, „dann werde ich mich um eine andere Wohnung kümmern. Ein bisschen Zeit brauche ich dazu aber."

4. Kapitel

Montag, 12. Mai 1947

Es war kurz nach 8:00 Uhr, als sich Helmke von Horstmann verabschiedete. Das Gespräch mit dem Ortspolizisten hatte einige Erkenntnisse gebracht. Horstmann hatte ihm eine Reihe von Personen genannt, die Helmke in den nächsten Stunden und Tagen aufzusuchen gedachte.

Es schien ein schöner Tag zu werden. Nur das nasse Kopfsteinpflaster vor der Polizeiwache und einige Pfützen auf dem Bürgersteig verrieten noch, dass es in der Nacht heftig geregnet hatte. Die Sonne sorgte dafür, dass alle Spuren des nächtlichen Regenschauers in kurzer Zeit verschwunden sein würden.

Helmke gähnte. Er hatte in dieser Nacht nicht geschlafen, dafür aber mehr als zehn Zigaretten geraucht. Er hatte leichte Kopfschmerzen und war sich unschlüssig darüber, wie er weiter vorgehen wollte. Vielleicht sollte er sich zunächst mit Golls Exfrau unterhalten? Er hatte ihre Adresse von Horstmann bekommen. Die geschiedene Frau konnte ihm eventuell helfen, sich ein genaueres Bild von Goll zu machen. Vielleicht kannte sie auch Menschen, die Goll nicht wohlgesonnen waren. Aber dann entschloss sich Helmke dazu, zuerst Golls Wohnung zu inspizieren.

Er parkte seinen Opel Olympia erneut vor Golls Haus und öffnete mit dem Schlüssel, den er des Nachts mitgenommen hatte, die Haustür. Die Familie, die die untere

28

Etage bewohnte, war noch nicht zurückgekehrt. Helmke erreichte die obere Wohnung über eine schmale Treppe. Golls Wohnung bestand – wie Helmke rasch feststellen konnte – neben einem Korridor aus vier kleinen Zimmern: einem Wohnzimmer, einer Küche, einem Schlafzimmer und einem Abstellraum. Die Toilette, offenbar für beide Wohnparteien gedacht, befand sich unten neben der Eingangstür.

In der unaufgeräumten Wohnung roch es nach kaltem Zigarettenqualm. Auf dem Küchentisch befanden sich noch das Geschirr vom Abendessen sowie ein reichlich gefüllter Aschenbecher und eine halbvolle Flasche Wacholderschnaps. Eine Tür des braunen Buffetschranks war halb geöffnet und gab den Blick auf Tassen und Teller frei. Aus dem immer noch eingeschalteten Volksempfänger, der auf einem Holzregal stand, ertönte ein leises Rauschen. Helmke schaltete das Radiogerät aus.

Das kleine Wohnzimmer beherbergte eine umfangreiche Bibliothek mit nationalsozialistischen Standardwerken. Hierzu gehörten Adolf Hitlers *Mein Kampf* und Alfred Rosenbergs *Mythus des 20. Jahrhunderts*, daneben standen zwei Bände mit Hitler-Reden, die mit *Der großdeutsche Freiheitskampf* betitelt waren, sowie das Goebbels-Buch *Vom Kaiserhof zur Reichskanzlei*.

Im Schlafzimmer, einem eher kleinen Raum, befanden sich ein Ehebett, von dem aber nur eine Bettstelle benutzt war, und ein großer Kleiderschrank aus Eichenholzfurnier. In dem Schrank, dessen Inhalt Helmke routiniert durchsuchte, fand er, unter Wäsche sorgfältig versteckt, neben dem Buch Die *Erotik in der Ehe* von Theodoor Hendrik van der Velde auch zwei pornografische Bücher aus den 1920er Jahren, die mit einigen selbst aufgenommenen erotischen Fotos gespickt waren. Goll war auf den Fotos mit verschiedenen Frauen während des Geschlechtsaktes zu sehen. Er starrte dabei jeweils grinsend in die Kamera, die offenbar von einem weiteren Beteiligten ausgelöst worden war. Helmke steckte die beiden Bücher und die Fotos ein. Um diese Passion Golls würde er sich später kümmern.

Im Küchenschrank lagen einige Dokumente, unter anderem die Entlassungspapiere aus dem Internierungslager sowie der Entnazifizierungsbescheid Golls, der ihm am Ende seiner Internierungshaft ausgestellt worden war. Der Bescheid dokumentierte, dass Goll als bloßer Mitläufer klassifiziert worden war.

Helmke lachte bitter. Ein Ortsgruppenleiter, der Hoheitsträger der NSDAP vor Ort – ein bloßer Mitläufer? Da stimmte doch was nicht. Damit wurde das ganze Entnazifizierungsverfahren zur Farce.

Die unmittelbar nach Kriegsende begonnene Entnazifizierung hatte ihren Höhepunkt schon überschritten. Sie wurde in den vier Besatzungszonen ohnehin sehr unterschiedlich durchgeführt. Jetzt schienen alle, sowohl die Besatzungsmächte als auch die Deutschen, ein Interesse daran zu haben, die Sache schnellstmöglich abzuschließen.

Die Besatzungsmächte, vor allem die USA und die

Sowjetunion hatten mittlerweile sehr divergierende Interessen in Bezug auf Deutschland, sie waren dadurch zu einem gemeinsamen Vorgehen nicht mehr fähig. Die politisch interessierten Deutschen in den westlichen Besatzungszonen wussten, dass sie von dieser Konstellation nur profitieren konnten. Das Scheitern der Moskauer Außenministerkonferenz im vergangenen Monat hatte die Teilung Deutschlands in einen West- und in einen Oststaat wahrscheinlicher gemacht.

Helmke hatte aus der Presse mitbekommen, dass der frühere Bürgermeister der Stadt Köln, ein gewisser Adenauer, sich zum Wortführer der Deutschen zu entwickeln schien.

Helmke steckte auch diese Papiere ein und wollte gerade die Wohnung verlassen, als er unten an der Haustür ein Geräusch hörte. Er blieb oben auf der Treppe stehen und wartete. Unten betraten vier Leute das Haus: ein Mann, eine Frau und zwei kleinere Kinder. Das schienen die Mieter Golls zu sein, die von der Hochzeit aus Hamm zurückkamen. Die mussten dann aber schon früh losgefahren sein.

Helmke machte sich durch ein lautes Räuspern bemerkbar.

Die Frau erschrak und stellte sich schützend vor ihre Kinder. Der Mann blieb ruhig. „Haben Sie Anton besucht?", fragte er und blickte zu Helmke empor.

Dieser machte an Konrad Mellenthin, denn um den musste es sich handeln, eine einladende Handbewegung. „Ich bin von der Polizei. Kommen Sie bitte hoch, ich muss mit Ihnen sprechen."

Der Mann nickte seiner Frau zu, die mit den Kindern in der unteren Wohnung verschwand, und stieg dann die Treppe hoch.

Oben geleitete Helmke Mellenthin in die Küche, wo er ihm einen Stuhl am Küchentisch zuwies. „Anton Goll ist gestern Abend ermordet worden", eröffnete Helmke das Gespräch.

Mellenthin guckte ungläubig. „Anton?", fragte er, „ermordet?"

Helmke nickte. „Ja, hier vor seiner Haustür."

Als Mellenthin nichts weiter sagte, fragte Helmke: „Wie sind Sie mit Herrn Goll ausgekommen? Immerhin fand er Sie und Ihre Familie überraschenderweise in seinem Haus vor, als er aus dem Internierungslager kam."

„Gut. Wir haben uns gut verstanden. … Er war uns gegenüber dankbar, dass wir auf sein Haus aufgepasst haben. Er hatte nach der Scheidung von seiner Frau ohnehin nur in den oberen Räumen gelebt."

‚Die reinste Idylle', dachte Helmke. ‚Wenn die Unterbringung der Vertriebenen überall so problemlos stattgefunden hätte …' Er hatte da ganz andere Dinge gehört.

Er fragte weiter: „Goll war hier Ortsgruppenleiter. Hat es nach seiner Rückkehr Anfeindungen gegen ihn gegeben? Hat er von Drohungen berichtet?"

Mellenthin verzog sein Gesicht. „Dass einige Leute aus dem Dorf schlecht über ihn geredet haben, hat ihn nicht sonderlich gestört. Er hat mir gesagt, dass er nichts Unrechtes getan und sich nichts vorzuwerfen habe. Es

32

war ganz einfach so, dass es in jedem Ort auch einen Ortsgruppenleiter geben musste. Das war bei uns in Schlesien genauso."

‚Aber nicht jeder musste Ortsgruppenleiter werden', dachte Helmke.

Mellenthin machte den Eindruck eines um jeden Preis angepassten, nie aufbegehrenden Mannes. Offenbar sah er in einem solchen Verhalten die Chance einer schnellen Integration in die neue soziale Umgebung, wahrscheinlich nicht untypisch für Vertriebene, die eine neue Heimat suchten.

„Wo waren Sie gestern Abend?"

„Wir waren seit Samstagnachmittag in Hamm bei der Schwester meiner Frau. Die hat am Samstag ihre Hochzeit gefeiert. Nichts Großes. Wir haben bei Verwandten meiner Frau übernachtet und sind heute Morgen schon sehr zeitig abgereist, weil ich heute Nachmittag schon wieder mit meinem Chef nach Dortmund muss." Auf Helmkes erstaunten Blick ergänzte er: „Ich arbeite als Fahrer bei der Firma Maßmann und mein Chef hat mir für die Fahrt nach Hamm sein Auto geliehen."

Helmke dachte an die gerade gefundenen Fotos. „Hatte Herr Goll, seitdem er zurück ist, Besuch, etwa auch von Frauen?"

Mellenthin überlegte einen Augenblick. „Frauen? Nicht, dass ich wüsste. Am ersten Tag, als er gerade zurück war, hatte er Besuch von einem Mann, mit dem er sich heftig gestritten hat. Jedenfalls hat der die Haustür laut zugeschlagen, als er das Haus verließ."

„Worum ging es bei dem Streit?"

„Das weiß ich nicht. Es ging aber vermutlich um seine Tätigkeit als Ortsgruppenleiter, denn Herr Goll sagte mir danach, er habe seinerzeit gar nicht anders handeln können."

„Kannten Sie den Mann?"

„Nein, es kann aber sein, dass ich ihn vorher schon einmal im Dorf gesehen hatte."

„Wie sah der Mann aus?"

„Groß, etwa 40 Jahre alt, dunkle Haare. … Ach ja, er schien leicht gehbehindert zu sein."

Helmke nickte. „Gut, Herr Mellenthin. Vielleicht muss ich Sie später noch einmal befragen. Für heute wäre das alles."

Die beiden Männer verließen die Küche. Helmke verschloss die Wohnungstür und steckte den Schlüssel ein. An der Haustür verabschiedete er sich von Mellenthin.

Vor dem Haus stand – unmittelbar neben Helmkes Opel – ein großer Mercedes Benz 320. Mellenthins Chef schien den Krieg und die deutsche Niederlage gut überstanden zu haben.

***

Helmkes nächste Station war Mathilde Goll, die geschiedene Ehefrau des Ermordeten. Er fand Mathilde Goll in ihrer Zweizimmerwohnung in der Vilsendorfer Straße, ganz in der Nähe der Weberei.

Eine schmale Frau, die Helmke auf etwa vierzig Jahre

schätzte, brünett, hübsch und etwa 1,50 Meter groß, öffnete nach mehrmaligem Klingeln die Wohnungstür. Sie hatte sich einen Morgenmantel übergestreift, unter dem sie ein Nachthemd trug. Ihre nackten Füße steckten in grauen Filzpantoffeln. Offenbar kam sie gerade aus dem Bett. Als sie Helmke erblickte, strich sie über ihre wirren Haare, um etwas Fasson in ihre Frisur zu bringen.

„Sind Sie Mathilde Goll?"

Die Frau nickte. Helmke zeigte ihr seinen Dienstausweis. „Frau Goll, ich muss Sie kurz sprechen."

Die Frau guckte etwas unsicher, dann bat sie Helmke einzutreten. Sie führte ihn in das kleine Wohnzimmer, wo neben einem altmodischen braunen Schrank und einem runden Tisch mit zwei Stühlen eine Chaiselongue stand, die Mathilde Goll wohl auch als Bett diente. Mit einem raschen Griff zog sie die Bettdecke über ihre Kleidungsstücke, die sie über das Kopfende der Chaiselongue gelegt hatte.

„Setzen Sie sich doch", sagte sie und wies auf einen der beiden Stühle, die zu dem Tisch gehörten. „Entschuldigen Sie die Unordnung, ich bin gerade von der Nachtschicht nach Hause gekommen und hatte schon etwas geschlafen."

Helmke nickte. „Das ist schon in Ordnung." Er setzte sich. „Ich bin hier, weil Ihr früherer Ehemann gestern Abend ermordet worden ist." Im gleichen Augenblick ärgerte er sich über seinen unsensiblen Einstieg in das Gespräch. ‚Noch direkter hättest du wohl nicht vorgehen können', schalt er sich.

Mathilde Goll blickte Helmke ungläubig an und ließ sich auf den anderen Stuhl fallen. „Anton ist tot? Er wurde ermordet, sagen Sie?"

„Ja, er wurde vor seiner Haustür erschossen. Den Täter suchen wir noch." Helmke machte eine kurze Pause. „Wann haben Sie Ihren geschiedenen Mann zum letzten Mal gesehen?"

Mathilde Goll überlegte. Man konnte ihr ansehen, dass sie sich zu konzentrieren versuchte. Sie wirkte immer noch verwirrt. „Vor gut einer Woche", sagte sie dann. „Warten Sie … das war am letzten Montag. Anton war ein paar Tage zuvor aus dem Internierungslager gekommen."

„Haben Sie miteinander gesprochen?"

„Ja." Sie nickte.

„Worum ging es?"

„Anton sagte, es würde ihm bald wieder besser gehen und er fragte mich, ob wir es nicht noch einmal miteinander versuchen sollten."

Helmke blickte sie überrascht an. „Und? Wie war Ihre Meinung dazu?"

Mathilde Goll schüttelte den Kopf. „Nie und nimmer. Das habe ich ihm auch gesagt. Und dann hat er sich ohne ein weiteres Wort davongemacht."

„Was meinte er damit, als er sagte, dass es ihm bald besser gehen würde?"

„Das weiß ich nicht. Er hat sich dazu auch nicht näher geäußert."

„Was war Ihr früherer Ehemann für ein Mensch?"

Mathilde Goll überlegte einen Augenblick, so als wolle sie ihre Antwort erst einmal vorformulieren. „Er konnte sehr charmant sein, sehr beharrlich, wenn er ein Ziel verfolgte, aber eigentlich war er kein guter Mensch", sagte sie dann. „Er war sehr nachtragend und musste immer irgendwie im Mittelpunkt stehen."

„Wann haben Sie geheiratet?"

„1929, am 24. Mai 1929, kurz vor der Weltwirtschaftskrise. Ich war noch recht jung, er war zehn Jahre älter. Er verlor dann bald seinen Arbeitsplatz und wir mussten uns irgendwie durchschlagen. Das war aber, trotz aller Probleme, eine schöne Zeit für uns."

„War ihr Mann in dieser Zeit schon Mitglied der NSDAP?"

„Nein, er ist aber bald darauf eingetreten, wurde kurz danach sogar Ortsgruppenleiter und bekam dann auch schnell einen neuen Arbeitsplatz."

„Wo war er beschäftigt?"

„Bei Maßmann, die Firma stellt Schmieröle her. Anton arbeitete als Buchhalter. Herr Maßmann war auch in der Partei."

„Darf ich fragen, weshalb es zu der Scheidung kam?"

Mathilde Goll seufzte. „Anton war nicht treu. Ich habe das zuerst nicht gemerkt, aber er war ständig auf der Suche nach Abenteuern. Nach der Machtergreifung war er als Ortsgruppenleiter eine wichtige Person im Dorf. Da fiel es ihm noch leichter, Frauen kennenzulernen, hauptsächlich in Bielefeld, gelegentlich aber auch hier im Dorf. … Eine Freundin hat mir erzählt, dass es nach unserer Scheidung noch viel schlimmer wurde mit ihm. Ich glaube, er war krank, er war besessen, er konnte gar nicht anders. Nach Kriegsbeginn hat er sich sogar ziemlich hemmungslos an Frauen herangemacht, deren Männer eingezogen waren."

„Und – gab das keine Probleme?"

„Es haben wohl alle ziemlich dichtgehalten. Keiner wollte sich mit dem Ortsgruppenleiter anlegen. Von irgendwelchen Auseinandersetzungen ist mir nichts bekannt."

Helmke zog eine Zigarettenpackung aus seiner Jackettasche. „Darf ich?", fragte er.

„Ja, natürlich." Mathilde Goll stand auf und holte einen Aschenbecher.

„Möchten Sie auch eine?"

Mathilde Goll lächelte. „Ja, gern. Die Zeiten, in denen eine deutsche Frau nicht rauchte und sich auch nicht schminkte, sind jetzt ja wohl vorbei."

Helmke musste lachen. Die Exfrau des Ortsgruppenleiters schien von der nationalsozialistischen Ideologie nur wenig beeinflusst worden zu sein.

„Haben Sie eine Vermutung, wer Ihren Exmann erschossen haben könnte?", fragte er, als er einen tiefen Zug genommen hatte.

Mathilde Goll schüttelte den Kopf. „Nein, wir hatten ja kaum noch Kontakt miteinander, nachdem ich ausgezogen war. Und nach dem Krieg war er ja fast zwei Jahre lang weg."

„Haben Sie gemeinsame Kinder?"

Mathilde Goll sah plötzlich traurig aus. „Nein, vielleicht wäre auch alles anders gekommen, wenn wir Kinder gehabt hätten", sagte sie, „Anton wollte welche, aber es hat nicht sollen sein."

„Wer erbt das Haus Ihres Exmannes?"

„Anton hat noch eine verheiratete Schwester. Ich denke, sie wird das Haus erben. Ist ja schließlich ihr Elternhaus."

Helmke erhob sich. „Vielen Dank für Ihre Offenheit, Frau Goll. Ich hoffe, Sie können noch ein wenig schlafen."

***

Draußen auf der Straße überkam Helmke, trotz der nun strahlenden Sonne, die große Müdigkeit. Er war seit etwa 30 Stunden auf den Beinen und hatte keine wirkliche Pause gehabt. Der Malzkaffee und die zahlreichen Zigaretten hatten der Schläfrigkeit nichts entgegenzusetzen vermocht. Er kletterte in den Opel Olympia, zündete sich eine weitere Zigarette an und beschloss, ins Präsidium zu fahren, den Wagen abzugeben und sich zu Hause für einige Stunden aufs Ohr zu legen.

Knapp zwanzig Minuten später war er in der Viktoriastraße, gab die Wagenschlüssel ab, informierte seinen Kollegen Kurt Wessler, mit dem er das Büro teilte, über den bisherigen Stand seiner Ermittlungen und bat ihn, die unter der Kastanie gefundenen Zigarettenkippen untersuchen zu lassen. Dann meldete er sich vom Dienst ab und fuhr mit der Linie 2 der Straßenbahn bis zur Prießallee, wo er in der zweiten Etage eines Mehrfamilienhauses eine kleine Wohnung gemietet hatte.

Zu essen gab es nicht viel: kalte Pellkartoffeln, die von der letzten Mahlzeit übriggeblieben waren, und etwas Quark. Nach einer letzten Zigarette legte er sich auf das Bett, das er im Wohnzimmer hinter einem Vorhang untergebracht hatte, und schloss die Augen.

5. Kapitel

Freitag, 6. Juli 1934

Immer, wenn sie freitags nach der Nachtschicht die Weberei verließ, besuchte Grete Dierker am frühen Morgen auf dem Heimweg den Wochenmarkt und kaufte ein.

An diesem Morgen drängte sich Paula Jäger, eine Freundin und Genossin aus der verbotenen KPD, neben Grete Dierker an den Gemüsestand. Sie schien auf Grete Dierker gewartet zu haben. Die beiden Frauen wechselten ein paar unverfängliche Sätze. Sie wussten, dass es inzwischen zahlreiche Spitzel gab, die sich durch ihre „Dienste" bei den neuen Machthabern anbiedern wollten.

Die Ereignisse der letzten Tage hatten Grete Dierker überrascht. Hitler hatte nach der Machtergreifung vor mehr als einem Jahr die KPD und die SPD verboten und die bürgerlichen Parteien zur Selbstauflösung getrieben, nun aber ging Hitler gegen seine eigenen Leute vor.

Grete Dierker glaubte nicht daran – wie es in der inzwischen gleichgeschalteten Presse zu lesen war – dass die SA-Führung einen Putsch gegen den „Führer" geplant hatte. Für sie war klar, dass Hitler mit dem rigorosen Vorgehen gegen die SA parteiinterne Konkurrenten im Kampf um die Macht ausschalten wollte. Deshalb waren Röhm und Teile der SA-Führung vor ein paar Tagen liquidiert worden.

Die beiden Frauen vermieden über dieses Thema zu

41

sprechen, obwohl es Grete Dierker danach drängte zu erfahren, wie ihre Genossen über die Ereignisse dachten. Grete Dierker und Paula Jäger erledigten ihre Einkäufe und verabschiedeten sich dann mit belanglosen Worten voneinander.

Als Grete Dierker kurze Zeit später den Wohnungsschlüssel aus ihrer Jackentasche ziehen wollte, berührte sie dabei einen zusammengefalteten Zettel.

Nachdem sie das Papier glattgestrichen hatte, las sie: „Rudi ist in der letzten Woche festgenommen worden. Er sitzt jetzt in Bentheim im Gefängnis. Es geht ihm soweit gut, er muss aber wohl mit einer längeren Zuchthausstrafe rechnen. Es tut uns leid für dich. Wenn wir dir helfen können, melde dich!! – P."

Diese Mitteilung, die ihr Paula Jäger während des Marktbesuches in die Jackentasche geschoben haben musste, riss ihr den Boden unter den Füßen weg. Sie musste sich setzen.

Rudi im Gefängnis … Sie hatte ihren Mann zuletzt im März gesehen, als er eines Nachts bei ihr aufgetaucht war und ihr von seiner Tätigkeit als Kurier für die Bezirksleitung der jetzt illegalen KPD berichtet hatte. Er hatte ihr erzählt, dass er die von der Bezirksleitung verfassten Berichte über die Menschenrechtsverletzungen und zunehmend diktatorischen Maßnahmen der nationalsozialistischen Regierung in die Niederlande zu bringen hatte, wo sie publiziert wurden. Auf dem Rückweg sollte er Matrizendrucker und Matrizen sowie auch Waffen nach Deutschland schmuggeln.

42

Auf ihre Frage, ob das nicht zu gefährlich sei, hatte er nur gelächelt und gesagt, dass man das Regime nicht durch bloßes Abwarten abschaffen könne. Man müsse Hitler aus dem Wege räumen, dann würde das ganze System in sich zusammenbrechen. Dazu müsse aber die Arbeiterklasse mobilisiert werden und das könne nur durch Aufklärung der Massen geschehen. Deshalb sei seine Arbeit extrem wichtig.

Sie hatte genickt, weil sie wusste, dass Rudi so handeln musste. Am frühen Morgen, als sich ihr Mann von ihr verabschiedete, hatte sie ihn geküsst und ihn aufgefordert, vorsichtig zu sein. ... Jetzt war er von der Polizei gefasst worden. Was würde mit ihm geschehen? Das hing wohl davon ab, sagte sie sich, was man ihm nachweisen konnte.

So wie die Justiz jetzt eingestellt war, würde es sicherlich einige Jahre dauern, bis sie Rudi wiedersah. Er war der Mann ihres Lebens, ihr Geliebter und guter Kamerad. Hoffentlich wurde er nicht gefoltert. Man hatte in den letzten Monaten so einiges von den Verhörmethoden der Gestapo mitbekommen. Vorübergehend inhaftierten Genossen waren nach ihrer Freilassung die Spuren der Verhöre deutlich anzusehen gewesen. Für Grete Dierker war klar, dass sie auf ihren Mann warten würde, bis er aus dem Zuchthaus kam. Im Stillen hatte sie allerdings die Hoffnung, dass das „Tausendjährige Reich", das Hitler vollmundig angekündigt hatte, schon nach wenigen Jahren zusammenbrechen würde.

6. Kapitel

Dienstag, 13. Mai 1947

Helmke mochte seinen Beruf. Er liebte es, Informationen wie Puzzleteile zusammenzusetzen und daraus ein Gesamtbild zu konstruieren, das Aufschluss über den Ablauf eines Verbrechens sowie über die Motive und die Person des Täters gab. Wenn Helmke ein Verbrechen aufgeklärt und den Täter zweifelsfrei überführt hatte, war er nicht nur zufrieden, er war glücklich. Dieses Glücksgefühl hielt aber nicht lange an, da er auch wusste, dass das nicht der eigentliche Sinn seines Lebens sein konnte.

Er war, solange er zurückdenken konnte, ein Einzelgänger gewesen, bereits in der Schule, später dann auch im Krieg. Zu dem um etwa zwei Jahrzehnte älteren Kurt Wessler, mit dem Helmke seit etwa anderthalb Jahren zusammenarbeitete, bestand ein gutes Arbeitsverhältnis. Die beiden Männer mochten und respektierten sich, dennoch hatte sich zwischen beiden bislang noch keine Freundschaft entwickelt.

Nach der Arbeit trennten sich ihre Wege, den gemeinsamen Besuch einer Kneipe nach Dienstende hatte es noch nicht gegeben. Helmke hatte keinen besonderen Wert darauf gelegt und Wessler ging, wann immer es möglich war, pünktlich nach Hause, weil er sich um seine kranke Frau kümmern musste.

Wessler war ein Familienmensch. Seine Frau und seine Kinder standen für ihn im Mittelpunkt seines

Lebens. Er war jetzt Anfang Sechzig. Beruflich hatte er nicht mehr viel zu erwarten. Er machte seine Arbeit gut, ausgesprochen gut sogar, aber das war für ihn nicht alles.

Frauenbekanntschaften hatte Helmke kaum, obgleich nach dem Krieg ein deutlicher Frauenüberschuss herrschte und Helmke kein hässlicher Mann war. Doch irgendetwas ging immer schief, er hatte auch nicht die Geduld, sich die Geschichten der Frauen anzuhören, die diese unbedingt erzählen wollten.

Deshalb lebte er allein in der kleinen Wohnung. Er war damit nicht unglücklich, spürte aber, das sein bisheriges Leben nicht so bleiben konnte. Wenn er morgens nach dem Aufwachen noch für kurze Zeit weiter im Bett lag, dachte er gelegentlich über sich nach und nahm sich dann vor, irgendetwas an seiner Situation zu ändern. Bislang war ihm aber noch nicht eingefallen, wie das geschehen könnte.

Helmke schob die Gedanken weg, stand auf und erhitzte auf dem Gasherd Wasser für den Kaffee. Sein Frühstück bestand zudem aus zwei Scheiben trocknem Brot, etwas Margarine und Marmelade.

Nach dem Frühstück rauchte er eine Zigarette, dann rasierte und wusch er sich und putzte die Zähne, zog die Kleidung vom Vortag an, kämmte sich die Haare und verließ die Wohnung. Der Weg zum Präsidium in der Viktoriastraße dauerte, wenn er zu Fuß ging, eine knappe halbe Stunde. Da das Wetter annehmbar war, entschied sich Helmke für den Fußmarsch.

***

Als Helmke das Büro betrat, lag der Obduktionsbericht für Anton Goll bereits auf seinem Schreibtisch. Helmke blätterte den Bericht rasch durch. Demnach war Goll am Sonntagabend gegen 23:00 Uhr von nur einer Kugel aus nächster Nähe getroffen worden, die aber war tödlich gewesen. Herzschuss. Das Opfer war innerhalb weniger Sekunden gestorben.

Die Kugel vom Kaliber 7,65 war aller Wahrscheinlichkeit nach aus einer Sauer 38H-Pistole abgefeuert worden. Helmke war bekannt, dass Teile der Wehrmacht während des Krieges mit der Sauer 38H ausgerüstet worden waren, auch er hatte eine solche Waffe besessen.

Sauer 38H-Pistolen waren nach Kriegsende weit verbreitet, da der eine oder andere Soldat seine Handfeuerwaffe mit nach Hause gebracht hatte, sofern er nicht in Kriegsgefangenschaft geraten war.

Kurt Wessler, der im Ersten Weltkrieg einen Arm verloren hatte und seither zumeist im Innendienst tätig war, hatte den Bericht bereits gelesen. „Nicht sehr hilfreich – oder?", fragte er und zeigte auf das Schriftstück.

„In der Tat. Die Sauer 38H wird uns wohl nicht weiterbringen. Die Waffe ist sehr verbreitet."

Wessler nickte. „Der Schütze scheint aber Erfahrung zu haben. Er hat sein Opfer exakt ins Herz getroffen. Goll war sofort tot."

Helmke spekulierte: „Der Mann scheint sein

Handwerk zu verstehen. Vielleicht ein heimgekehrter Soldat?"

„Möglich. Hilft uns aber auch nicht weiter."

„Tja, offenbar kein einfacher Fall."

Nach einer kurzen Phase des Schweigens fragte Wessler: „Was hast du bislang herausgefunden?"

Helmke berichtete Wessler von den Gesprächen mit dem Jöllenbecker Ortspolizisten Horstmann und von den Funden in der Wohnung Golls.

Er legte die Bücher sowie die in den Büchern versteckten Fotografien auf Wesslers Schreibtisch. Wessler warf einen längeren Blick auf die Bilder, stieß schließlich einen leisen, langgezogenen Pfiff aus und sagte dann: „Respekt!"

Helmke lächelte. „Goll scheint ein reges Sexualleben mit wechselnden Frauen gehabt zu haben. Ich frage mich, was diesen Mann in den Augen der Frauen so attraktiv erscheinen ließ. Ich fand nicht, dass er besonders gut aussah."

Wessler grinste. „Vielleicht hat er beim Vorspiel die Ortsgruppenleiteruniform getragen. Man sagt ja, dass manche Frauen auf Uniformen stehen."

„Habe ich auch schon gehört. Schade, dass wir keine Uniformen tragen." Helmke bemühte sich, seinem Gesicht einen traurigen Ausdruck zu geben.

Wessler musste lachen. „Vielleicht sind das aber auch nur Prostituierte, die Goll für den Geschlechtsverkehr und die Fotos bezahlt hat."

„Das kann man nicht ausschließen." Helmke zeigte

auf zwei der Bilder. „Diese beiden Fotos müssen aber in Golls Schlafzimmer aufgenommen worden sein. Ich erkenne den Kleiderschrank wieder. Dass Prostituierte Hausbesuche machen, kommt doch wohl eher selten vor – oder?"

Wessler musste ihm beipflichten. „Das könnte stimmen … Wie willst du weiter vorgehen?"

„Ich werde versuchen, die Frauen auf den Fotos zu identifizieren. Vielleicht hängt der Tod Golls ja mit diesen Fotos zusammen."

Wessler zuckte die Schultern und zeigte dann auf die Uhr, die an der dem Fenster gegenüberliegenden Wand hing. „Es ist gleich 9:00 Uhr. Lagebesprechung!"

Helmke nickte. Die beiden Kriminalbeamten verließen ihr Büro und steuerten den Besprechungsraum am Ende des Flures an.

Die „Lage" fand täglich um 9:00 Uhr im Konferenzraum statt. Alle Beamten der Abteilung kamen dann zusammen, um sich gegenseitig und ihren Chef, Kriminalrat Mähler, über die aktuellen Ermittlungsstände zu unterrichten.

Der Kriminalrat saß bereits am Tisch, der vor den beiden Stuhlreihen stand, auf denen sich die Beamten seiner Abteilung niedergelassen hatten. Helmke und Wessler betraten den Raum gerade in dem Augenblick, als die Wanduhr exakt 9:00 Uhr zeigte. Mähler bedachte die beiden mit einem kurzen mürrischen Blick, während diese sich setzten. Er begrüßte die Anwesenden, wobei er darauf hinwies, dass die heutige Sitzung sehr kurz ausfallen müsse, da er noch weitere wichtige Termine habe.

Zunächst gaben Gäbler und Quade, die einen Doppelmord an zwei Schwarzhändlern im Osten Bielefelds untersuchten, ihren Sachstandsbericht, dann folgte Reismüller, der einer überregional agierenden Autoschieberbande auf der Spur war. Es dauerte eine Weile, bis Helmke über den Mord an Anton Goll berichten konnte.

„Haben Sie schon einen Ermittlungsansatz?", fragte Kriminalrat Mähler, nachdem Helmke seine Ausführungen beendet hatte.

Helmke schüttelte den Kopf. „Im Augenblick weiß ich noch nicht, ob der Mord mit Golls früherem Amt als Ortsgruppenleiter oder mit irgendwelchen Frauengeschichten in Verbindung zu bringen ist."

Mähler schien nicht ganz zufrieden zu sein. „Gut, Sie bearbeiten den Fall weiter. Ihr Kollege Wessler wird Sie dabei unterstützen", entschied er dann. An alle gewandt verkündete er dann: „Das war's für heute. Bis morgen!"

***

Werner Franzen lebte mit seiner Frau und seinen beiden Töchtern in einem Fachwerkhaus im Westen Jöllenbecks an der Ortsausfahrt nach Häger. Franzen nannte einige Hühner und mindestens ein Schwein sein eigen, ein direkt an das Haus angebauter Hühnerstall und ein Misthaufen mit entsprechendem Geruch waren für

Helmke hinreichende Beweise dafür. Als Franzen Helmke die Tür öffnete, erblickte Helmke einen großen, stattlichen Mann, etwa 50 Jahre alt, mit vollem dunklen Haar und dunklem Bart, der ihn prüfend fixierte. Erst als sich sein Gegenüber bewegte, sah Helmke, dass Franzens rechtes Bein unterhalb des Knies amputiert worden war und er eine Prothese trug.

Zwei junge Mädchen, Helmke schätzte sie auf 13 oder 14 Jahre alt, betrachteten ihn neugierig durch eine geöffnete Tür am Ende des Flures. Jetzt ließ sich auch Franzens Frau sehen, die in ihrer Jugend eine wahre Schönheit gewesen sein musste. Selbst im reiferen Alter – sie mochte vielleicht vierzig Jahre alt sein – wirkte sie noch immer sehr attraktiv. Sie nickte Helmke zu und zog die beiden Mädchen zurück in das Zimmer.

Helmke stellte sich vor und zeigte seinen Dienstausweis. Werner Franzens Gesicht verriet keine Überraschung – im Gegenteil: Er lächelte spöttisch.

„Herr Franzen, ich habe wegen der Mordsache Goll ein paar Fragen an Sie. … Ihnen ist bekannt, dass Herr Goll gestern ermordet worden ist?"

Franzen antwortete mit einem Schulterzucken. „Ja, das ist inzwischen Dorfgespräch", sagte er dann und zeigte auf eine Gartenbank, die neben der Eingangstür stand. Die beiden Männer setzten sich.

„Wie war Ihr Verhältnis zu Herrn Goll?"

„Schlecht." Franzen beließ es bei diesem einen Wort. „War's das?", fragte er und wollte sich wieder von der Bank erheben.

„Keineswegs. Herr Franzen, ich muss das etwas genauer wissen."

Franzen seufzte. „Goll hat noch vor dem Krieg versucht, meiner Frau nachzustellen. Sie hatte mir davon berichtet und ich habe ihn zur Rede gestellt."

Helmke blickte ihn an. „Den Mut hatten Sie? Goll war doch Ortsgruppenleiter."

Franzen zuckte die Schultern. „Ja, ich wusste … oder glaubte zu wissen, dass Goll mir nichts anhaben konnte. Ich habe im Ersten Weltkrieg ein Bein verloren, habe mehrere Tapferkeitsauszeichnungen erhalten. Ich bin der einzige hier im Dorf, der das Eiserne Kreuz Erster Klasse verliehen bekommen hat."

„Und – was war das Ergebnis des Gesprächs?"

„Goll lenkte sofort ein, erklärte mir, das wäre alles nicht so gemeint gewesen und so weiter. Kurze Zeit später berichtete mir Luise von weiteren Annäherungen … Daraufhin hat jemand nachts bei Goll eine Flasche mit Schweinepisse durch die geschlossene Scheibe seines Schlafzimmers geworfen. Dann war Ruhe."

Helmke lachte. „Und – hatte das ein Nachspiel?"

Franzen schüttelte den Kopf. „Er hat versucht, die Aktion geheim zu halten. Wollte wohl nicht zum Gespött der Dorfbevölkerung werden. Der Vorfall ist aber trotzdem durchgesickert und die Nachricht hat heimlich die Runde gemacht."

„Zu Ihrem Haus gehört doch ein Schweinestall …"

Franzen unterbrach Helmke: „Ich bin sicher, dass Goll vermutet hat, dass ich für den Vorfall verantwortlich

51

war. Beweisen konnte er das nicht ... und er hat es auch nicht versucht."

„Waren Sie es?"

„Dazu sage ich nichts." Franzen war aber anzusehen, dass er an dem Vorfall nicht unbeteiligt gewesen war. „Aber danach hat er meine Frau in Ruhe gelassen."

Helmke nickte. „Aber es ging ja trotzdem weiter, wie mir berichtet worden ist."

„Ja, damit hatte ich seinerzeit aber nicht gerechnet ...." Werner Franzens Stimme stockte kurz. „Im Februar 1945 wurden noch einmal junge Männer, ich sollte besser sagen: Jugendliche, eingezogen. Mein Arndt war auch dabei. Er war der Jüngste überhaupt. Da wären andere, gerade die Söhne von Hauptnazis hier im Ort, eher dran gewesen. Dabei hatte Goll seine Hand im Spiel. Er hatte gute Kontakte nach Bielefeld zur Einberufungsstelle. Alles ein brauner Sumpf."

„Mir wurde erzählt, dass Ihr Sohn noch kurz vor Kriegsende gefallen ist?"

Werner Franzens Stimme wurde leiser. Er hatte jetzt Tränen in den Augen. „Ja, bei der Verteidigung der Reichsautobahn bei Lämershagen. Er war kaum ausgebildet, unerfahren ... er wurde schlichtweg verheizt."

„Und Sie machen Goll dafür verantwortlich?"

Franzen nickte heftig. „Ja, natürlich. Dieser Mann war extrem nachtragend. Er hatte kein Gewissen. Das Leben eines Jugendlichen war dem egal, wenn er dadurch nur seinen Rachedurst befriedigen konnte."

Helmke blickte Franzen prüfend an. „Sie waren in der

letzten Woche bei Goll und haben ihn zur Rede gestellt?"

Franzen zögerte kurz. „Ja, das stimmt. Ich hatte Goll zwei Jahre lang nicht gesehen. Als ich hörte, dass er aus dem Internierungslager zurück war, bin ich zu ihm gegangen und habe ihm gesagt, dass er für den Tod meines Sohnes verantwortlich ist."

„Und – wie hat Goll reagiert?"

„Er hat das abgestritten und gesagt, die Nazizeit sei jetzt vorbei und wir sollten alle gemeinsam nach vorne schauen."

„Das hat Sie wütend gemacht – oder? Kein Wort der Entschuldigung oder des Bedauerns bei Goll?" Helmke konnte die Gefühlslage Franzens gut nachempfinden.

„Nein, kein Wort. Ja, ich war wütend. Ich weiß, worauf Sie hinauswollen … Ich sage Ihnen aber, dass ich mit dem Mord an Goll nichts zu tun habe." Franzen schüttelte den Kopf. „Das Schwein hat den Tod verdient. Ich bin froh darüber, dass er tot ist, das sage ich Ihnen ganz ehrlich. Ich habe aber noch zwei weitere Kinder und eine Frau. Es ist schon schwer genug, sie mit dem Einkommen eines Pförtners und einer kleinen Rente durchzubringen … Glauben Sie, dass ich es meiner Familie antun könnte, für einen Mord ins Gefängnis zu gehen und sie dadurch allein zu lassen?"

Helmke gab auf diese Frage keine Antwort. Franzen machte nicht den Eindruck eines unreflektierten Hitzkopfes. Die zwei Jahre, die Goll in dem Internierungslager hatte verbringen müssen, hatten Franzen zum Nachdenken gebracht und ihn vermutlich darin bestärkt, auf direkte Rachemaßnahmen zu verzichten. Trotzdem musste Helmke die Frage stellen: „Herr Franzen, wo waren Sie am Sonntagabend gegen 23:00 Uhr?"

Franzen schien diese Frage erwartet zu haben. Er hatte sich wieder gefasst und lächelte. „Hier im Haus. Meine Frau kann das bezeugen." Er rief nach seiner Frau, die kurze Zeit später aus der Haustür kam und sich zu den beiden Männern auf die Bank setzte.

„Luise, der Kommissar möchte wissen, wo ich am vergangenen Sonntag um 23:00 Uhr war."

„Na, hier zu Hause", sagte Luise Franzen nach kurzem Nachdenken. „Um 23:00 Uhr waren wir doch schon zu Bett gegangen."

Diese Antwort überraschte Helmke nicht. Er nickte und wandte sich an die Frau: „Frau Franzen, wie hat sich Goll Ihnen genähert?"

„Er kam ein paar Male vorbei, wenn Werner Pförtnerdienst in der Weberei hatte und die Kinder in der Schule waren, mal für eine Winterhilfswerk-Sammlung, mal um die Verdunkelung zu kontrollieren. Er sagte, er könne etwas für Werner tun, Werner könne als EK I-Träger vielleicht bei der Gemeindeverwaltung Arbeit bekommen. Es würde uns dann wirtschaftlich besser gehen … Und dann hat er mir Komplimente gemacht, hat meinen Arm gestreichelt und mich berührt. Ich habe das natürlich abgewehrt. Er sagte, ich solle mich nicht so haben."

„Ist Ihnen bekannt, ob Goll auch anderen Frauen nachgestellt hat?"

Luise Franzen schüttelte den Kopf: „Konkret nicht, aber man kann doch wohl davon ausgehen. Wie sagt man so schön: ‚Die Katze lässt das Mausen nicht.'"

***

Gustav Horstmann saß hinter seinem aufgeräumten Schreibtisch, als Helmke das Büro betrat. Vor dem Dorfpolizisten stand nur eine Tasse mit Kaffee, daneben lag die Tageszeitung. Horstmann schien sich zu langweilen.

„Ist nur Muckefuck", sagte er und deutete auf die Tasse, als er Helmkes Blick bemerkte. „Nicht, dass Sie denken, ich predige Wasser und trinke Wein, wenn ich alleine bin."

Helmke musste lachen. „An einen solchen Gedanken habe ich nicht einen Augenblick verschwendet ... Nein, ich habe Ihnen einige Fotos mitgebracht. Vielleicht können Sie mir helfen, Personen auf diesen Fotos zu identifizieren." Er setzte nach: „Diese Aufgabe wird Ihnen bestimmt Vergnügen bereiten" und legte Horstmann dabei die fünf Fotos auf den Schreibtisch, die er in Golls Kleiderschrank gefunden hatte.

Als Horstmann die Fotos in Augenschein nahm, ließ er – ähnlich wie Helmkes Kollege Wessler am frühen Morgen – einen leisen Pfiff ertönen. „Dieser Mensch hat, was den Geschlechtsverkehr angeht, in wenigen Jahren ja mehr erlebt als ich in meinem ganzen Leben", sagte er.

„Tja, so ist das wohl." Helmke lächelte und fragte: „Kennen Sie die Frauen?"

Horstmann nahm die Fotos und sortierte sie. „Diese Frauen kenne ich nicht", sagte er und deutete auf die beiden Fotos, die er nach rechts gelegt hatte. „Die habe ich hier in Jöllenbeck noch nie gesehen. Die wohnen möglicherweise in Bielefeld oder woanders."

„Und was ist mit diesen Frauen?" Helmke zeigte auf die Fotografien, die Horstmann nach links abgelegt hatte.

„Hm." Horstmann hob ein Foto hoch und legte es vor Helmke auf den Schreibtisch. Es zeigte eine attraktive dunkelhaarige Frau, die mit Goll auf einem Bett lag. Beide waren nackt. Er lag rittlings auf ihr, beide schauten zum Fotografen, der neben dem Bett gestanden haben musste. Während Goll in die Kamera grinste, blickte die Frau ernst, eher verschämt. Goll hatte die Frau am Hals gefasst und schien ihr Gesicht gewaltsam in Richtung Kamera zu drehen. Dadurch war das Gesicht der Frau gut zu erkennen. „Das hier ist mit einiger Sicherheit Frau Sperling, eine Kriegerwitwe. Ich glaube, ihr Mann ist sofort nach Kriegsbeginn gefallen. … Und das", er deutete auf ein weiteres Foto, „ist wohl die Frau von Lothar Böcker, der hat hier ein Schuhgeschäft."

„Auch eine Kriegerwitwe?"

„Nein, nein." Horstmann schüttelte den Kopf. „Lothar Böcker hat sich von seiner Frau scheiden lassen, nachdem er festgestellt hatte, dass sie ihn, als er an der Front war, mit mehreren Männern betrogen hatte … Das war damals Dorfgespräch. Daran kann ich mich gut erinnern."

56

„Und was ist mit dieser Frau?" Helmke wies auf das dritte Foto, das eine ähnliche Bettszene mit Goll zeigte. Das Gesicht der Frau auf diesem Foto war kaum zu erkennen, da sie offenbar versucht hatte, sich im Augenblick der Aufnahme wegzudrehen.

„Schwer zu sagen. Sie sehen ja selbst, dass man das Gesicht der Frau nicht gut erkennen kann. Sie kommt möglicherweise hier aus dem Dorf, möglicherweise aber auch nicht … Lassen Sie mir das Foto hier. Ich frage mal meine Frau, die hat ein Auge für so etwas."

Helmke nickte. „Gut. Wohnen die Frauen Sperling und Böcker noch hier im Ort?"

Horstmann hob die Schultern. „Ich habe beide längere Zeit nicht gesehen." Als er in Helmkes enttäuschtes Gesicht blickte, sagte er: „Warten Sie, ich rufe mal kurz im Einwohnermeldeamt an. Dann wissen wir es."

Horstmann griff nach seinem Diensttelefon, ließ sich mit dem Einwohnermeldeamt verbinden und bat um die benötigten Informationen. Es dauerte eine Weile, bis Horstmann einige Notizen auf einen Zettel kritzeln konnte. „Danke", sagte er und beendete damit das Gespräch.

„Hier", er reichte Helmke den Zettel. „Frau Sperling ist weiterhin in Jöllenbeck gemeldet, Frau Böcker ist noch vor dem Ende des Krieges nach Bielefeld verzogen. Eventuell lebt sie noch dort. Ich habe hier ihre damalige Adresse notiert."

Helmke steckte den Zettel ein und bedankte sich.

***

Edith Sperling wohnte in der Volkeningstraße. Helmke brauchte nur wenige Minuten, bis er seinen Wagen vor dem Haus abstellen konnte.

Erst nach mehrmaligem Klingeln öffnete Edith Sperling ihre Wohnungstür. Die dunkelhaarige schlanke Frau, die Helmke nur bis zur Schulter reichte, trug einen einfachen, dezent geblümten Kittel, hatte Lockenwickler in den halblangen Haaren und hielt eine angerauchte Zigarette in der linken Hand.

Helmke fragte: „Frau Sperling?"

Als die Frau in der Tür nickte, zeigte Helmke ihr seinen Dienstausweis. „Frau Sperling, ich muss Sie einmal kurz in einer Mordsache befragen. Darf ich hereinkommen?"

Die Frau zögerte, sie wirkte unschlüssig. Ihre Augen wanderten von Helmke zurück zu ihrer Wohnungstür. Dann sagte sie eher unfreundlich „Wenn es sich nicht vermeiden lässt ..." Mit einer Handbewegung lud sie Helmke zum Eintritt in die Wohnung ein.

„Sie sind Kriegerwitwe?", fragte Helmke, nachdem sie ihn in die Küche geführt und ihm einen Platz am Küchentisch angeboten hatte. Er deutete dabei auf ein mit einem Trauerflor versehenes Foto, das an der Wand neben dem Küchenschrank hing. Es zeigte einen Soldaten in Wehrmachtsuniform.

Edith Sperling nickte. „Ja, bereits seit 1939. Mein Mann ist beim Polenfeldzug gefallen."

„Frau Sperling", begann Helmke das Gespräch, „ich ermittle in der Mordsache Goll ... Sie kannten Herrn Goll?"

Edith Sperling überlegte kurz. Sie wusste nicht, was Helmke bereits erfahren hatte und wollte offenbar nicht zu viel preisgeben. Sie entschloss sich zu einem vorsichtigen Nicken.

„Wann haben Sie Herrn Goll das letzte Mal gesehen?"

Edith Sperling hob die Schultern. „Das ist eine Weile her, das war vor seinem Abtransport in das Internierungslager, unmittelbar nach Kriegsende."

„Und nach seiner Rückkehr ... haben Sie ihn da gesehen oder mit ihm gesprochen?"

„Nein."

„Wie würden Sie ihr Verhältnis zu Herrn Goll beschreiben?"

Edith Sperling blickte Helmke fragend an. „Wie meinen Sie das?"

„Ich meine ... waren Sie befreundet, waren Sie eng befreundet? Waren Sie zusammen? Herr Goll war geschieden, Sie waren eine junge Kriegerwitwe ... Da liegt es doch nahe, danach zu fragen."

Edith Sperling wirkte irritiert. „Wir haben uns während des Krieges ein paar Male getroffen", sagte sie dann. „Herr Goll hat mir geholfen, meine Witwenrente zu beantragen."

Helmke war das Geplänkel leid. Er zog das Fotos aus seiner Jackentasche, das Goll und Edith Sperling im Bett zeigte, und legte es wortlos auf den Küchentisch.

Edith Sperling zuckte zusammen und schloss für einen Moment die Augen. „Weshalb zeigen Sie mir das?", wollte sie nach einer Weile wissen.

„Anton Goll ist vorgestern Abend ermordet worden. Ich untersuche, ob es ein Mordmotiv gibt, das sich aus diesem Foto herleiten lässt. Es existieren übrigens noch ähnliche Fotos mit anderen Frauen."

Edith Sperling schwieg.

„Erzählen Sie mir, wie dieses Foto entstanden ist!"

Es dauerte eine Weile, bis Edith Sperling zu sprechen begann. „Es hat nach dem Tode meines Mannes nicht lange gedauert, bis Anton Goll mich besuchte. Ich schien ihm gefallen zu haben ... und ich merkte bald, dass ich ihn auch mochte. So sind wir zusammengekommen. Ich war einsam und mein Mann war tot, deshalb konnte ich an Golls Besuchen nichts Verwerfliches finden."

Helmke zeigte auf das Foto. „Diese Aufnahme hat aber eine weitere Person gemacht – oder?"

Die Frau nickte. „Einmal, als ich bei Anton war und wir miteinander schliefen, stand plötzlich dieser unsympathische Martin Richel mit einem Fotoapparat im Raum und hat dieses Foto gemacht. Anton hat mich dabei gezwungen, zum Fotoapparat zu schauen. Er hat mir gesagt, er möchte das Foto als Andenken. Vielleicht erhalte auch er bald seinen Stellungsbefehl. ... Ich hatte dieses Foto schon vergessen. ... Können Sie es mir geben, damit ich es verbrennen kann?"

Helmke schüttelte den Kopf. „Das geht nicht. Ich kann Ihnen aber versichern, dass dieses Foto, sobald der

Mordfall aufgeklärt ist, Bestandteil einer Akte wird, die irgendwo in unserem Archiv landen und verstauben wird."

Edith Sperling gab sich mit dieser Antwort anscheinend zufrieden. Helmke beugte sich vor und blickte sie an. „Auf dem Foto wirkt Goll etwas brutal. War er so?"

Die Frau nickte. „Ja, aber ich mag das. Das passte schon, jedenfalls anfangs."

„Was meinen Sie damit?"

„Es wurde mit ihm immer schlimmer. Seine Fantasien wurden immer gewalttätiger. An diesem Tag, als Martin Richel das Foto machte, hat er mich gezwungen, auch mit Richel zu schlafen, obwohl ich das gar nicht wollte. Anton hat dabei zugesehen. … Danach habe ich unser Verhältnis beendet und jede Gelegenheit vermieden, ihn zu treffen."

„Wann war das?"

„Das muss im Oktober oder November 1942 gewesen sein."

„Wissen Sie, ob Goll noch weitere Kontakte zu Frauen hatte?"

Edith Sperling lächelte. „Die hatte er bestimmt, das hat mich aber nicht interessiert. Namen kann ich Ihnen nicht nennen. Anton hat auch nie darüber gesprochen."

Helmke erhob sich. „Vielen Dank für Ihre Offenheit."

Edith Sperling ging voraus und öffnete Helmke die Wohnungstür. Als Helmke in der offenen Tür stand, fragte er: „Was war Goll eigentlich für ein Mensch?"

Edith Sperling schien sich diese Frage bislang noch

nicht gestellt zu haben. „Ich weiß es nicht", sagte sie dann nach einigen Sekunden, „er hat wenig von sich preisgegeben. Im Nachhinein glaube ich, er war ein richtig mieser Kerl. Es hat ihm Spaß gemacht, andere Menschen zu erniedrigen."

7. Kapitel

Montag, 1. Mai 1939

Grete Dierker hatte lange überlegt, ob sie an den diesjährigen Feierlichkeiten zum Tag der Deutschen Arbeit teilnehmen sollte. Die gesamte Belegschaft der Weberei war natürlich zum Erscheinen verpflichtet worden, schließlich sollte die Veranstaltung wieder eine Demonstration für das nationalsozialistische Deutschland werden. Wer nicht zu der Feier kam, musste damit rechnen, dass ihm unangenehme Fragen gestellt und der Lohn für diesen Tag gestrichen wurde.

Interessant waren diese erzwungenen Feiern am 1. Mai nicht. Kein Vergleich mit den roten Maifeiern während der Weimarer Republik, die sie in Bielefeld besucht hatte. Diese Feiern waren Manifestationen der Arbeiterklasse gegen die Kapitalisten gewesen, während heute angeblich alle in einem Boot saßen, ausgebeutete Arbeiter und satte Unternehmer, die sich mit der faschistischen Staatsführung gut arrangiert hatten.

Grete Dierker war schließlich zu dem Schluss gekommen, dass sie die Feier nicht boykottieren durfte. Sie stand immer noch im Verdacht, Kommunistin – oder wie die Nazis es nannten: Bolschewistin – zu sein. Wenn sie bei den Feierlichkeiten fehlte, würde dieser Verdacht wieder stärker werden, worunter auch ihre Position im Betrieb leiden würde.

Nachdem sich die Arbeiter und Angestellten der Weberei um 9:30 Uhr zu einem kurzen Betriebsappell auf dem großen Innenhof der Weberei versammelt hatten, wobei der Betriebsführer einige patriotische Worte an seine „Gefolgschaft" gerichtet hatte, beteiligte sich die Belegschaft, gemeinsam mit den Beschäftigten der anderen Betriebe des Ortes, der örtlichen SA-Sturmabteilung, einer Abordnung des Reichsarbeitsdienstes sowie der HJ und dem BDM an dem Festzug durch die Gemeinde. Überall waren geschmückte Hauseingänge und Fenster zu sehen, überall hingen Hakenkreuzfahnen und -fähnchen. Die Sonne stand am blauen Himmel, es war Hitlerwetter. Mit den Rahmenbedingungen hatten die Nazis – wie fast immer – Glück.

Auf dem Marktplatz angelangt, bot zunächst der Männerchor unter Leitung eines Lehrers der örtlichen Volksschule einen Liedvortrag dar. Dann hielt Ortsgruppenleiter Goll, der den Festzug mit den übrigen Mitgliedern der Ortsgruppenleitung angeführt hatte, die Festrede. Goll stand an einem mit frischem Grün geschmückten Rednerpult, flankiert von zwei SA-Männern, die Stangen mit großen Hakenkreuzfahnen in ihren Händen hielten.

„Deutsche Volksgenossen und Volksgenossinnen! Am siebten Maientage des nationalsozialistischen Reiches begrüße ich Sie auf das Herzlichste." Goll hatte seine Rede langsam, mit kurzen Pausen zwischen den Satzteilen, begonnen. Dann bekamen seine Ausführungen etwas mehr Tempo. „Ich möchte Ihnen aus dankbarem Herzen zurufen: Es ist wieder schön geworden im deutschen Vaterlande. Die Achtung vor der Arbeit ist wieder gestiegen. Die Arbeiter der Stirn und die Arbeiter der Faust wuchsen langsam hinein in die deutsche Volksgemeinschaft. Diese deutsche Volksgemeinschaft ist uns allen ein kostbares Gut. Und jeder von uns hat die Pflicht, dieses kostbare Gut zu achten, es wachsen zu lassen und – wenn nötig – diese Volksgemeinschaft auch zu verteidigen. Wehe denen, die es wagen, diese Gemeinschaft zu stören. Mögen sie kommen, woher sie wollen, ob aus dem Lager der Reaktion, der Konfession oder dem Lager des Bolschewismus. Wir deutschen Arbeiter werden diese Elemente zertreten."

Goll machte eine längere Pause und ließ seinen Blick über die vor ihm stehenden Menschen schweifen. Schließlich fuhr er fort: „Manch einer hat sich in den letzten Jahren gefragt: ,Was nützt uns unsere Arbeit, unser Aufbau, wenn unser Vaterland umgeben ist von siegeslüsternen Mächten, von Staaten, die in wenigen Stunden all das wieder zerstören können, was wir uns mühselig aufgebaut haben? Was nützt uns da alle unsere Arbeit?'" Goll machte abermals eine Pause und ließ die Frage wirken. Dann erklärte er: „Der Führer hat uns diese Sorgen genommen. Er hat dem deutschen Volk die Wehrhaftigkeit wiedergegeben. Wir haben jetzt nicht nur eine Wehrmacht, wir sind jetzt nicht nur mit unseren Brüdern und Schwestern im Saarland, Österreich und im Sudetenland vereint, der Führer hat auch Böhmen und Mähren sowie das Memelland wieder zurück ins Reich geholt. Unsere Arbeit ist nunmehr durch das blanke Schwert gesichert. Jetzt marschiert Deutschland unter

dem Schutze seiner Wehrmacht in eine verheißungs-
volle Zukunft."

Die Anwesenden quittierten die Rede mit langem Applaus. Wenig später wurde die Rede Hitlers zum 1. Mai
aus dem Berliner Lustgarten übertragen. Das örtliche
Radiogeschäft hatte dafür zwei große Lautsprecher
rechts und links vom Rednerpult aufgestellt. Hitler kri-
tisierte in einer langen Rede die deutschen Intellektuel-
len, forderte die nachhaltige Sicherung des deutschen
Lebensraumes und betonte wiederholt seine Friedens-
liebe.

Grete Dierker hatte während der Rede mehrfach viel-
sagende Blicke mit Paula Jäger, ihrer alten Genossin und
Freundin, die zu der Belegschaft eines anderen Betriebes
gehörte, getauscht. Paula hatte ihr durch Zeichen bedeu-
tet, dass sie sich nach der Rede, wenn es zum gemütli-
chen Teil des Tages überging, mit ihr treffen wollte.

Nach der Hitler-Rede, die ebenfalls mit viel Applaus
belohnt wurde, strömten die Angehörigen der meisten
Belegschaften in die örtlichen Kneipen, wo das Bier nach
kurzer Zeit schon reichlich floss. Einige Frauen hatten
sich zu Spaziergängen verabredet. Auch Paula Jäger und
Grete Dierker schlugen den Weg Richtung Pödinghau-
sen ein.

Als die beiden Frauen hinreichend Abstand zu den
anderen Frauen hatten, wandte sich Paula Jäger an ihre
Freundin: „Grete, ich gehe mit dir jede Wette ein, dass
Hitler noch in diesem Jahr einen Krieg vom Zaune
bricht. In seiner Rede eben hat er sich als
66

Friedenspolitiker gegeben, in Wahrheit hat er in den letzten Jahren schon so weit aufgerüstet, dass er jederzeit Polen überfallen kann, denn nur darum geht es ihm."

Grete Dierker schüttelte den Kopf. „Das wird er sich nicht trauen, denn dann bekommt er es danach mit Stalin zu tun. An die Sowjetunion wird er sich nicht heranwagen."

Paula Jäger nickte. „Stalin ist der einzige, der Hitler noch Einhalt gebieten kann, die Engländer und Franzosen sind viel zu feige und denken nur ans Geschäft. Aber trotzdem: Erinnere dich an meine Worte."

Die beiden Frauen gingen für kurze Zeit schweigend nebeneinander her. Paula Jäger blickte sich noch einmal um. Dann sagte sie: „Grete, ich mache dich gleich mit einem Mann bekannt, der hat mit Rudi im Gefängnis gesessen. Er ist extra hierher gekommen, um dir von Rudi zu berichten."

Grete Dierker glaubte, sie höre nicht recht. Diese Mitteilung überraschte sie und machte sie glücklich. Die beiden Frauen waren jetzt einige Hundert Meter vom Ortszentrum entfernt. Paula Jäger gab nun einem schmächtigen Mann mit strohblondem Haar, der in gehörigem Abstand hinter den beiden Frauen hergegangen war, ein kurzes Zeichen. Auch Grete Dierker drehte sich um. Der Mann kam offenbar von außerhalb, denn er trug keine Arbeitskleidung, sondern einen normalen Straßenanzug. Die Belegschaften der örtlichen Unternehmen hingegen hatten einheitlich in sauberer Arbeitskleidung an dem Umzug teilgenommen.

Während die Frauen ihr Schritttempo etwas verlangsamten, holte der Mann hinter ihnen jetzt rasch auf. Bald hatte er die beiden Frauen erreicht. Er hakte sich bei ihnen unter und erweckte so den Anschein, als ob sich alte Bekannte zufällig bei einem Spaziergang getroffen hätten.

„Es ist besser, wenn man uns nicht allzu lange zusammen sieht", sagte er, an Grete Dierker gewandt. „Ich habe zusammen mit Rudi mehr als drei Jahre lang im Gefängnis in Bentheim gesessen, bin vor kurzem entlassen worden. Ich soll dich herzlich von ihm grüßen und dir sagen, dass er dich liebt und sich darauf freut, dich bald wiederzusehen."

„Wie geht es Rudi?"

„Den Umständen entsprechend. Das Essen ist ausreichend. Er ist anfangs gefoltert worden. In den letzten Jahren hat man ihn aber in Ruhe gelassen. Über die Folter durfte er dir aber nicht schreiben. Die Briefe, die er dir offiziell schreibt, sind alle zensiert."

Das war Grete Dierker natürlich bekannt. Auch sie äußerte sich in den Briefen an ihren Mann nur sehr zurückhaltend über die gegenwärtigen politischen Verhältnisse.

„Rudi ist aber guter Dinge und hofft, dass er bald entlassen wird. Sicher ist das aber nicht."

„Bist du auch ein Genosse?"

„Ja."

„Was wirst du jetzt tun?"

„Ich werde Deutschland verlassen und in die
68

Niederlande gehen. Ich habe dort gute Kontakte und hoffe, dass ich da die nächsten Monate überwintern kann. Vielleicht nehme ich irgendwann die Arbeit im Widerstand wieder auf. Ich muss jetzt aber erst einmal untertauchen."

Grete Dierker nickte zustimmend. Eine erneute Verhaftung ihres Gesprächspartners, dessen Namen sie wohl nicht erfahren würde, hätte für ihn wohl die Konsequenz, für längere Zeit in einem Konzentrationslager zu verschwinden. In Jöllenbeck und Bielefeld war die illegale KP weitgehend zerschlagen worden. Gelegentlich wurden noch antifaschistische Symbole und Parolen an Häuserwände geschrieben, die Herstellung und Verteilung von Flugblättern war eingestellt worden.

Als auch Paula Jäger dem Mann zunickte, ließ der die beiden Frauen los und verlangsamte seine Schritte, bis wieder ein gehöriger Abstand zwischen ihm und den beiden Frauen bestand. Zuvor hatte er Grete Dierker noch einen kleinen Briefumschlag in die Hand gedrückt.

Grete Dierker wandte sich an ihre Freundin. „Danke", sagte sie, „dass du den Kontakt hergestellt hast. Es war gut, von Rudi gehört zu haben."

Paula Jäger nickte. „Du bist nicht allein. Du kannst immer auf uns zählen."

***

Erst als Grete Dierker am späten Nachmittag wieder zu Hause war, öffnete sie den zerknitterten und verschmutzen Brief. Es war eine Nachricht von Rudi, diesmal unzensiert. Der Genosse hatte den Brief unbemerkt vom Wachpersonal aus dem Gefängnis geschmuggelt.

„Liebe Grete" las sie, „ich hoffe, dass dich dieser Brief erreicht. Ich gebe ihn einem guten, verlässlichen Freund mit, dem du vertrauen kannst. Er kennt K. persönlich und wird über K. an dich herantreten." Mit K. war zweifellos Krischan Jäger gemeint, der mit Hilfe seiner Frau das Treffen arrangiert hatte. Sie las weiter: „Ich habe dich das letzte Mal vor fünf Jahren gesehen. Glaube mir, ich denke jeden Tag an dich. Inzwischen habe ich mich im Zuchthaus eingerichtet. Die Zeit der Folter und Schikanen ist vorbei, das Leben ist einigermaßen erträglich geworden – in der Unfreiheit!!

Du weißt, dass ich nicht gläubig bin. Aber manchmal muss ich an eine katholische Wallfahrt denken, bei der die Gläubigen nach drei Vorwärtsschritten wieder zwei Schritte rückwärts zu gehen haben, bis sie irgendwann dennoch ihr Ziel erreichen. Das kann doch auch als Symbol für den Weg der Menschheit gesehen werden. Im Augenblick machen wir die beiden Schritte zurück. Aber, Grete, verzage nicht, glaube an den Fortschritt der Menschheit. Bald wird es wieder vorwärts gehen. Daran glaube ich fest. Es kann gar nicht anders sein.

Wir hatten uns für unser Leben so viel vorgenommen. Wir müssen nur fest daran glauben, dass wir das noch schaffen werden. Jede Leidenszeit hat auch ein Ende.

Vergiss mich nicht. Viele, viele Küsse für dich, meine
70

Liebste!! Dein Rudi".

Grete Dierker faltete den Brief zusammen und versteckte ihn im Saum des Fenstervorhangs. Dann ließ sie ihren Tränen freien Lauf.

8. Kapitel

Mittwoch, 14. Mai 1947

Nach dem Aufwachen blieb Helmke noch einige Minuten im Bett liegen. Mit knapp vierzig Jahren musste man eigentlich wissen, wie die Zukunft aussehen sollte. Helmke wusste es nicht. Die Erfahrungen des Krieges, die Erlebnisse an der Ostfront hatten bei Helmke tiefe Spuren hinterlassen. Ein idyllisches Familienleben konnte er sich nicht mehr vorstellen, jedenfalls nicht zur Zeit. Die Leere, die er empfand, konnte er nur zeitweise überspielen, wenn er sich mit einem neuen Fall beschäftigte, wenn er, wie ein Jagdhund, die Spuren verfolgte, die ein Täter hinterlassen hatte. Manchmal glaubte er, die Bilder aus dem Krieg, die Bilder der Frauen und Kinder, die verloren waren, die sich in sein Gedächtnis eingebrannt hatten, nie mehr loswerden zu können. Manchmal wachte er nachts auf und dann erinnerte er sich immer an die gleiche Szene aus seinem Traum: Eine Gruppe Frauen und Kinder ging, von einer Einsatzgruppe der SS eskortiert, in Kriwoj Rog, in der Ukraine, an der Straße entlang. Eine Frau, ein junges Kind auf dem Arm und ein älteres Kind, ein fünf- oder sechsjähriger kleiner Junge, an der Hand, war ihm aufgefallen, weil die Frau die Wehrmachtssoldaten, die ihnen entgegenkamen, hilfesuchend angeblickt hatte. Sie schien zu ahnen, welches Schicksal ihr und ihren Kindern drohte. Helmke und viele seiner Kameraden hatten zur Seite geschaut, andere Soldaten seiner Einheit hatten die

72

Begegnung zynisch kommentiert. Er glaubte, dass er sich geweigert hätte, mit Hand anzulegen, aber er wusste auch, dass ein solcher Glaube trügerisch war.

***

Kurt Wessler zeigte auf den Obduktionsbericht, der immer noch auf Helmkes Schreibtisch lag. „Ich habe den Bericht noch einmal gelesen. Viel gibt der nicht her."

„Stimmt. Und Spuren, wenn überhaupt welche vorhanden waren, hat der Regen verwischt. Keine guten Voraussetzungen." Helmke griff nach seiner Zigarettenpackung.

Wessler zog ein Blatt aus einem Umschlag, der vor ihm auf dem Schreibtisch gelegen hatte. „Hier ist übrigens der Laborbericht. Bei den Kippen, die du mir am Montag gegeben hast, handelt es sich um Zigaretten der Marke *Camel*. Mehr haben die Kollegen aber nicht herausgefunden."

In der Lagebesprechung hatte Mähler keinen sehr zufriedenen Eindruck gemacht, als Helmke und Wessler vom gegenwärtigen Stand der Ermittlungen berichtet hatten. Helmke war sich aber sicher, alles Menschenmögliche getan zu haben, um den Mord aufzuklären. Er horchte auf, als er Wessler sagen hörte: „Einen ähnlichen Mord hat es übrigens schon einmal in Jöllenbeck gegeben. Ich erinnere mich, das muss kurz nach Kriegsende gewesen sein."

Helmke fingerte eine filterlose Zigarette aus der

grünen Packung. „Davon hat der Kollege Horstmann ebenfalls erzählt. Der Mord soll von Mitgliedern des Werwolfs begangen worden sein."

Wessler dachte nach. „Das Mordopfer war – wenn ich mich richtig erinnere – ein Mitglied der damaligen NSDAP-Ortsgruppenleitung", sagte er nach einer Weile. „Der Mann hatte wohl am Ende des Krieges als erster in Jöllenbeck die weiße Fahne gehisst, als die amerikanischen Panzer durch das Dorf rollten. Seine Strafe dafür erfolgte dann offenbar wenige Tage später."

Helmke zündete sich die Zigarette an. „Das muss überzeugten Nazis sauer aufgestoßen sein", sagte er nach dem ersten tiefen Zug. „Die müssen das als Verrat angesehen haben. ... Daraus ergibt sich die Frage, ob Goll seinerzeit ähnlich gehandelt hat. Vielleicht ist der Werwolf in Jöllenbeck vor drei Tagen ja noch einmal aktiv geworden?"

Wesslers Gesicht spiegelte seine Skepsis. „Obwohl dieses Mal kein Zettel oder Ähnliches hinterlegt wurde? Zeit dazu hätte der oder hätten die Mörder schon gehabt."

„Ob man wirklich viel Zeit hat, weiß man in einer solchen Situation nie", gab Helmke zu bedenken.

„Dass Werwolf-Leute nach zwei Jahren plötzlich wieder aktiv werden, stellt sich für mich dennoch als sehr unwahrscheinlich dar."

„Na ja, Goll war zwei Jahre lang nicht verfügbar. Vielleicht hat er in den letzten Kriegstagen etwas getan, das jetzt nach einer Bestrafung verlangte." Helmke nahm

74

einen weiteren Zug und drückte dann seine Zigarette aus. „Besorg' uns mal die Ermittlungsakte von dem Fall vor zwei Jahren. Schaden kann's ja nicht, wenn wir uns die damaligen Ermittlungen einmal ansehen. Ich habe jetzt noch einen Besuch zu machen."

***

Helmkes Hartnäckigkeit zahlte sich aus. Ursula Böcker wohnte im zweiten Stock eines Hauses, das in der Nähe des Landgerichts unterhalb der Sparrenburg lag. Sie öffnete erst nach mehrmaligem Klingeln und noch häufigerem Klopfen die Tür.

„Was soll das?", fuhr sie Helmke an, nachdem sie die Wohnungstür einen Spalt weit geöffnet hatte.

Helmke hielt ihr seinen Dienstausweis vor die Nase und fragte dabei: „Sind Sie Frau Böcker?"

Als die Frau bejahte und dabei auch die Tür etwas weiter öffnete, schob er seinen Fuß über die Türschwelle. „Vielleicht haben Sie schon davon gehört, dass Anton Goll ermordet worden ist. Ich habe da ein paar Fragen an Sie."

Ursula Böcker schüttelte den Kopf. Ihr Gesicht zeigte deutliche Ablehnung. „Ich habe Anton vor etwa drei Jahren das letzte Mal gesehen. Ich kann Ihnen da sicherlich nicht helfen."

Helmke fingerte das Foto, das Ursula Böcker mit Goll im Bett zeigte, aus seiner Brieftasche und hielt es der Frau vor das Gesicht. „Also, was ist?", fragte er.

Ursula Böcker sagte lauter, als es eigentlich nötig war: „Wenn es schnell geht … Darf ich Ihren Ausweis noch einmal sehen?"

Helmke zeigte ihr erneut den Ausweis, sie betrachtete ihn eingehend, dann gab sie den Weg in die Wohnung frei und wies Helmke den Weg in die kleine Küche. Die beiden setzten sich. Ursula Böcker war eine schlanke, mittelgroße Frau mit einem sehr hübschen Gesicht, das von hohen Wangenknochen und den vollen Lippen dominiert wurde.

Da die Tür zu dem kleinen Wohnzimmer einen Spalt weit offenstand, konnte Helmke einen Blick hineinwerfen. Auf dem runden Wohnzimmertisch standen zwei Gläser und eine Flasche mit hellem Schnaps. In einem Aschenbecher verglomm eine vermutlich rasch und unvollständig ausgedrückte Zigarette.

„Sie waren also mit Anton Goll befreundet?"

„Ja, eine Zeitlang, kurz nach Kriegsbeginn. Das war irgendwann vorbei und danach habe ich Anton nur noch gelegentlich gesehen." Die Frau versuchte offenbar, die Befragung so rasch wie möglich hinter sich zu bringen.

„Wie haben Sie sich kennengelernt?"

„Wir kannten uns schon länger. Während des Krieges kam er anlässlich einer Eintopfsammlung vorbei, wir haben uns etwas unterhalten und na ja, dann ist es eben passiert."

„Und ihr Mann? Sie waren doch verheiratet – oder?"

„Mein Mann war nicht da, der war eingezogen."

„Sie sind inzwischen geschieden, weil Ihr Mann ihre

76

Seitensprünge nicht akzeptiert hat?"

„Ja, na und?"

„Hat Ihr Mann von der Affäre mit Goll erfahren?"

„Ja."

„Und – wollte er nichts gegen Goll unternehmen?"

Ursula Böcker schüttelte den Kopf. „Mein Mann hat sich während eines Heimaturlaubs mit Goll ausgesprochen. Unsere Ehe war ja ohnehin schon gescheitert. Anton hat ihm dann dabei geholfen, ein Nachbargrundstück aus jüdischem Besitz günstig zu erwerben."

„Hat Goll mit Ihnen möglicherweise mal darüber gesprochen, dass er Feinde hatte?"

„Nein."

„Wie ist es zu dieser Aufnahme gekommen?" Helmke legte das Foto auf den Tisch.

„Na ja, Anton wollte ein Foto von mir haben. Und da hat er den Richel mitgebracht, der hat dann das Foto gemacht."

Helmke wechselte ganz plötzlich das Thema. „Frau Böcker, haben Sie gerade Besuch?"

Die Frau zögerte. „Nein. Weshalb fragen Sie?"

Helmke zeigte auf die Wohnzimmertür. „Na ja, im Wohnzimmer stehen zwei Gläser, vorhin qualmte da noch eine Zigarette. Als ich vor der Tür stand, haben Sie versucht, Zeit zu gewinnen. Da ist also jemand."

Ohne auf den Protest der Frau zu reagieren, stand Helmke auf, schob die Tür zum Wohnzimmer auf und betrat den Raum. Hinter der geöffneten Tür stand ein Mann. Helmke war auf einen Angriff vorbereitet, der

Mann blieb aber friedlich. Wahrscheinlich hielt er eine körperliche Auseinandersetzung mit dem Hünen für wenig chancenreich.

„Was soll das? Was wollen Sie in meinem Wohnzimmer?", hörte Helmke Ursula Böcker hinter sich rufen.

Helmke kannte den Mann, der da an der Wohnzimmertür gestanden hatte. „Sieh an, Paule Beckmann. Was machst'n du hier?"

Als Ursula Böcker hörte, dass ihr Gast dem Kriminalbeamten nicht unbekannt war, verstummte sie.

Paul Beckmann, Paule genannt, war in Bielefeld ein polizeibekannter Schwarzhändler, von dem es hieß, er könne alles beschaffen, von der Stange Zigaretten über Pelzmäntel bis hin zu Waffen.

„Privatbesuch, nichts, was für die Polizei von Interesse wäre." Paul Beckmann bemühte sich die Spannung aus der Situation zu nehmen.

Ursula Böcker, die Helmke in das Wohnzimmer gefolgt war, nickte. „Paule und ich, wir kennen uns schon viele Jahre, sind alte Schulfreunde. Paule hat früher auch in Jöllenbeck gewohnt."

„Mag sein, das Warenlager hier spricht aber eine andere Sprache." Helmke zeigte auf die Kartons mit Schnapsflaschen, auf die Stangen mit amerikanischen Zigaretten und auf mindestens 20 Päckchen Bohnenkaffee, die auf dem Fußboden des Wohnzimmers deponiert worden waren. Ursula Böcker und Paul Beckmann schwiegen.

„Darum kümmere ich mich im Augenblick aber nicht,
78

ich suche nach dem Mörder von Anton Goll." Helmke wusste, dass der Kampf gegen den Schwarzhandel erst dann gewonnen werden konnte, wenn eine neue, solide Währung da war. Darum interessierte ihn – im Unterschied zu den meisten seiner Kollegen – der Schleichhandel, wie die Schiebergeschäfte im Volksmund hießen, nicht wirklich. Im Augenblick gab es Bemühungen, die amerikanische und die britische Besatzungszone näher aneinander zu rücken. Jedenfalls war das in den Zeitungen zu lesen. Erst wenn das geschehen war, konnte man über die Einführung einer neuen Währung nachdenken.

„Das finde ich sehr beruhigend, Kommissar." Paul Beckmann griff nach einem Päckchen Kaffee und wollte es Helmke reichen. „Vielleicht möchten Sie ja mal wieder einen ordentlichen Kaffee trinken?"

Helmke hob abwehrend beide Unterarme. „Dann hast du mich wegen Bestechlichkeit in der Hand, nicht wahr, Paule? Aber so geht das Spiel nicht." Er schlug mit der Faust auf den ausgestreckten Arm des Schwarzhändlers, das Päckchen Kaffee fiel auf den Boden. Beckmann gab einen Schmerzenslaut von sich.

„Weißt du etwas über den Mord an Anton Goll?"

Paul Beckmann hielt sich den Arm. „Ich kannte den Goll gar nicht", sagte er mit gepresster Stimme, aus der auch ein wenig Wut durchschien.

Helmke wartete auf eine Reaktion Beckmanns, doch die kam nicht. Er wandte sich zur Tür, drehte sich aber noch einmal um: „Paule, hast du in der letzten Zeit eine

Sauer 38H verkauft?"

Beckmann schüttelte den Kopf. „Nein, habe ich nicht."

„Schade, dass du mir nicht helfen kannst oder willst, Paule. Heute schaffe ich es nicht mehr, dieses Lager im Präsidium zu melden. Also wird erst morgen jemand vorbeikommen und diese Wohnung inspizieren. Ich denke, du bist mir dafür noch etwas schuldig. Vielleicht hat ja einer deiner Kollegen kürzlich eine Sauer verkauft? Wenn dir noch etwas einfällt … du weißt ja, wo du mich erreichen kannst."

Als Paul Beckmann noch immer nicht reagierte, sagte Helmke: „Wird Zeit, dass du dir einen ordentlichen Beruf suchst, Paule. Mit dem Schwarzhandel konnte man die längste Zeit Geld verdienen."

Jetzt grinste der Schwarzhändler. „Was soll ich machen? Nach sechs Jahren Krieg wieder richtig arbeiten? Das ist nichts für mich. Ein bisschen Handel geht immer."

‚Wenn du dich da mal nicht täuschst', dachte Helmke und zog die Wohnungstür hinter sich zu.

***

Etwa eine Stunde später war Helmke wieder in Jöllenbeck. Nachdem ihm trotz mehrfachen Klingelns niemand die Haustür geöffnet hatte, fand Helmke Krischan Jäger in seinem Garten. Der etwa 45-jährige Mann trug Holzschuhe und eine blaue Arbeitshose und war dabei, einen Teil des Gartens umzugraben. Der feuchte Lehmboden war schwer zu bearbeiten. Neben Jäger stand ein zweiter Mann, mit dem er sich gerade unterhielt. Jäger blickte den Kriminalbeamten, der plötzlich in seinem Garten stand, fragend an. Er schien nicht unglücklich darüber zu sein, auch von Helmke bei der Arbeit gestört zu werden. „Kann ich Ihnen helfen?", fragte er, an Helmke gewandt.

Helmke stellte sich vor und sagte dann: „Ich ermittle in der Mordsache Goll. Sie haben bestimmt schon gehört, dass Anton Goll am Sonntagabend ermordet worden ist?"

Jäger nickte. „Hat endlich mal den Richtigen getroffen. An der Front sind viele gute Leute umgekommen." Mehr sagte er nicht. Dann wies er auf den dünnen Mann, mit dem er sich gerade unterhalten hatte: „Rudi Dierker, ein guter Freund und Genosse."

Helmke nickte auch dem zweiten Mann zu und ging über den Gartenweg auf Jäger zu. „Sie machen Goll für den Tod Ihres Sohnes verantwortlich?", fragte er.

„Ja." Jägers Gesicht zeigte keine Emotionen.

„Was werfen Sie ihm vor?"

„Goll hat, als der Krieg schon lange entschieden war, dafür gesorgt, dass noch einige Jugendliche aus dem Dorfe eingezogen worden sind. Er wusste, dass der Krieg nicht mehr zu gewinnen war, er wollte sich damit nur an den Eltern, genauer: an den Vätern rächen."

„Welches Problem hatte Goll mit Ihnen?"

„Ich bin im Dorf als Kommunist bekannt. Ich war

kurz nach der Machtergreifung durch die Nazis für einige Wochen in Schutzhaft. Das hat mir die Augen über die Nazi-Faschisten noch weiter geöffnet." Jäger rammte den Spaten in den Boden. „Mein Sohn war als einziger Schüler seiner Klasse nicht in der HJ, das hat Goll sehr geärgert. Klaus hat sich aber mit allen Mitschülern gut verstanden, so dass die Anfeindungen durch seine Altersgenossen im erträglichen Rahmen blieben." Da er vermutete, dass die Unterhaltung länger dauern würde, deutete Jäger auf eine Bank, die am Ende des Gartens unter einem Baum stand.

Als sich die drei Männer gesetzt hatten, fuhr Jäger fort: „Ich habe unser Haus nie mit Hakenkreuzfahnen geschmückt. Goll war mehrfach bei mir und hat versucht, mich deshalb unter Druck zu setzen. Das ist ihm aber nicht gelungen … Dass er so weit gehen würde, seinen Hass an meinem Jungen auszulassen, habe ich nicht für möglich gehalten. So niederträchtig kann doch kein Mensch sein."

Helmke schwieg. „Haben Sie eine Idee, wer Goll ermordet haben könnte?", fragte er nach einer Weile.

Jetzt ergriff Dierker das Wort. „Es gibt eine Menge Leute, auch frühere Parteigenossen, die schlecht auf Goll zu sprechen sind. Die vermuten, dass sich Goll bei den Briten lieb Kind gemacht hat und die eigenen Parteigenossen angeschwärzt hat, die dann ebenfalls im Internierungslager gelandet sind. Goll als Ortsgruppenleiter wurde eher entlassen als viele kleine Parteigenossen, die immer noch in Internierungshaft sind. Deshalb glaubt

82

man in diesen Kreisen, dass sich Goll seine Freilassung durch die Denunziation anderer erkauft hat."

Das klang für Helmke nicht sehr überzeugend. „Gut, aber Personen, die noch im Internierungslager sitzen, können Goll wohl kaum umgebracht haben."

Jäger nickte. „Sicher, aber die Insassen haben Brüder, Freunde oder Eltern, die ebenfalls einen Hass auf Goll haben."

„Genauso wie Sie? Sie haben doch auch ein starkes Motiv, Goll alles Schlechte zu wünschen – oder?"

Jäger nickte erneut. „Ja, da haben Sie recht. Ich habe ihn aber nicht umgebracht."

„Wo waren Sie am Sonntagabend gegen 23:00 Uhr?"

„Hier zu Hause. Sie können meine Frau fragen. Die ist jetzt aber nicht hier."

„Werde ich tun. Wenn Ihnen Ihre Frau ein Alibi gibt, ist das kein Alibi erster Klasse, wie Sie sich denken können."

Jäger nickte und lächelte dabei. „Mehr habe ich aber nicht zu bieten."

Die drei Männer schwiegen. Helmke kramte in seiner Jacke und zog die Packung *Eckstein* heraus. „Auch eine?", fragte er.

„Gern." Krischan Jäger griff zu, Rudi Dierker dagegen hob abwehrend die Hände. „Ich bin Nichtraucher", sagte er, „habe mir das Rauchen im Zuchthaus abgewöhnt." Auf Helmkes erstaunten Blick hin erklärte er: „War im Widerstand tätig, die Nazis haben mich verurteilt."

„Glauben Sie wirklich, dass Goll von seinen eigenen Parteigenossen oder deren Angehörigen ermordet worden ist?", nahm Helmke, nachdem er die ersten Züge genossen hatte, den Gesprächsfaden wieder auf.

Krischan Jäger hob die Schultern. „Ich weiß das natürlich nicht. Möglich wäre das aber schon. Wer Kinder an die Front schickt, verrät auch seine Freunde, wenn er sich dadurch einen Vorteil verspricht. Goll kannte weder Moral noch hatte er ein Gewissen." Dierker nickte bestätigend.

***

Als Helmke eine gute halbe Stunde später in seinem Büro vorbeischaute, lag die alte Akte mit dem Werwolf-Fall auf seinem Schreibtisch.

„Ein interessanter Fall", sagte Wessler. „Unter der Leiche von Martin Richel wurde ein Zettel mit der Aufschrift: ,Tod allen Verrätern – Werwolf' gefunden."

„Martin Richel?", fragte Helmke, „so hieß das Mordopfer?"

„Ja. Weißt du etwas über Richel?"

„Und ob. Er hat eng mit Goll ,zusammengearbeitet'. Er soll der Fotograf gewesen sein, von ihm stammen die Fotos, die Goll als potenten Rammler zeigen."

„Oha, das spricht dann aber für denselben Täter – oder?"

Helmke hob die Schultern. „Wer hat den Fall damals bearbeitet?"

Wessler grinste. „Karl Schulze, besser bekannt als ,Gestapo-Schulze'. Der hat damals versucht, bei uns unterzukommen, ist aber enttarnt worden, bevor er den Fall abschließen konnte. Du warst damals noch in Gefangenschaft. Die Ermittlungen sind dann wohl, wie die Akte zeigt, im Sande verlaufen."

„Vielleicht hat Schulze auch versucht, die oder den Mörder zu decken. Eventuell standen ihm diese Leute politisch zu nahe."

Wessler nickte. „Möglich."

„Was ist aus Schulze geworden?"

„Keine Ahnung. Ich habe ihn vor etwa einem Jahr noch einmal in der Obernstraße gesehen, hatte aber keine Veranlassung mit ihm zu reden. Er war mir nie sympathisch."

Das genaue Studium der Akte zeigte Helmke, dass es Parallelen zwischen den beiden Morden gab. Beide Opfer waren möglicherweise mit dem gleichen Waffentyp erschossen worden, jedenfalls hatte man seinerzeit ebenfalls vermutet, dass die Tatwaffe eine Sauer 38H gewesen war. Beide Opfer waren durch einen Schuss ins Herz getötet worden.

Auch der Modus operandi war ähnlich. Beide Opfer waren von ihrem Mörder am späten Abend aufgesucht und dann vor ihrer Haustür umgebracht worden. In beiden Fällen hatte niemand den oder die Täter gesehen.

„Es ergeben sich", sagte Helmke, als er aus der Akte aufblickte, „zwei Möglichkeiten. Entweder die beiden Fälle hängen zusammen oder aber der Mörder Golls versucht, uns auf eine falsche Fährte zu locken, indem er den Mord an Martin Richel nachzuahmen versucht hat." Er machte eine kurze Pause. „Da sich die beiden Opfer kannten, glaube ich allerdings, dass die erste Annahme wahrscheinlicher ist."

Wessler nickte. „Dann wiederum stellt sich die Frage, ob das Werwolf-Bekennerschreiben seinerzeit lediglich ein Ablenkungsmanöver war. Hat es in Jöllenbeck überhaupt eine Werwolf-Gruppe gegeben?"

„Wird Zeit, dass ich mich noch einmal mit dem Kollegen Horstmann unterhalte. ... Ach so, lass einmal die Pistolenkugel vom Mord an Goll mit der Kugel aus der Mordwaffe von 1945 miteinander vergleichen."

„Habe ich bereits in Auftrag gegeben. Das Ergebnis dürfte morgen vorliegen."

„Gut. Und dann bestelle einmal die Ehefrauen von Werner Franzen und Krischan Jäger ein und befrage sie nach den Alibis ihrer Männer für den Sonntagabend, du weißt schon."

Wessler nickte.

„Eine letzte Bitte: Erinnere mich morgen bitte daran, dass wir ein paar Kollegen in die Wohnung von Ursula Böcker schicken. Ich glaube, da lagert illegale Ware."

„Für heute haben wir genug gearbeitet." Wessler zeigte auf seine Jacke, die an dem Garderobenhaken hing. „Hilfst du mir?"

Helmke nickte und hielt Wessler die Jacke so, dass dieser mit dem rechten Arm in den Ärmel schlüpfen konnte, dann legte Helmke die linke Seite der Jacke über

Wesslers linke Schulter. Wessler griff nach seinem Hut.

Während die beiden Männer das Büro verließen, fragte Wessler: „Was hat denn der Besuch bei Ursula Böcker erbracht?"

Helmke erzählte kurz von dem Besuch und schloss seinen Bericht mit den Worten: „Die Böcker scheint schon lange keinen Kontakt mehr zu Goll gehabt zu haben, sie scheint jetzt mit Paule Beckmann liiert zu sein, der einen Teil seiner Waren bei ihr untergestellt hat. Ich glaube, diese früheren Frauengeschichten Golls bringen uns nicht weiter. Das Mordmotiv scheint irgendwo anders zu liegen."

„Wahrscheinlich hast du recht."

„Das stärkste Motiv in meinen Augen haben Werner Franzen und Krischan Jäger, die Goll für den Tod ihrer minderjährigen Söhne verantwortlich machen. Beide streiten aber die Tat ab und lassen sich durch ihre Ehefrauen Alibis für die Tatzeit geben." Was diese Alibis wert waren, würde sich erst noch zeigen.

Die beiden Männer standen jetzt vor dem Polizeipräsidium. Auf der Straße herrschte wenig Verkehr. Nachdem es tagsüber trocken gewesen war, setzte jetzt ein leichter Nieselregen ein. Kurt Wessler zog sich seinen Hut etwas tiefer ins Gesicht und verabschiedete sich mit der wenig ermutigenden Bemerkung: „Spuren am Tatort fehlen, Aussagen von Augenzeugen gibt es nicht. Bislang können wir uns dem Täter nur über die Mordwaffe nähern, die wir aber auch noch nicht haben. Es wird also sehr schwer werden, den oder die Täter zu überführen."

Helmke wusste, dass Wesslers Einschätzung richtig war. Er nickte, tippte an seine Hutkrempe und machte sich auf den Heimweg. In Gedanken ging er noch einmal die Informationen durch, die er am heutigen Tag gewonnen hatte. Viel hatten diese zur Klärung des Falles nicht beigetragen. Eines war klar: Es gab mehrere mögliche Motive für den Mord. Neben den beiden Vätern, die ihre Söhne verloren hatten, könnten auch noch die Ehemänner der Frauen, mit denen Goll ein Verhältnis gehabt hatte, Rachegedanken gegen Goll entwickelt haben. Das Dumme war, dass noch nicht alle Frauen auf den Fotos identifiziert waren, so dass nicht klar war, ob diese Frauen überhaupt verheiratet waren. Die von Jäger ins Spiel gebrachten, von Goll angeblich denunzierten Parteigenossen hatten in Helmkes Überlegungen keinen sehr hohen Stellenwert.

9. Kapitel

Sonntag, 3. September 1939

Der Krieg gegen Polen war auch am Sonntag noch vorherrschendes Gesprächsthema. Paula Jäger hatte Grete Dierker am Nachmittag zum Kaffee eingeladen. Sie und ihr Mann gehörten zu den wenigen Genossen, die weiterhin den Kontakt zu Grete Dierker pflegten, sie hatten keine Angst vor etwaigen Repressalien durch die Polizei oder Vertretern der NSDAP.

Während die drei Erwachsenen im Wohnzimmer saßen und Kaffee tranken, waren die beiden Jäger-Kinder draußen und spielten. Krischan und Paula Jäger waren vorsichtig und vermieden es, in Gegenwart ihrer Kinder über politische Dinge zu sprechen. Krischan Jäger, der am Samstagvormittag in Bielefeld gearbeitet hatte, berichtete Grete Dierker über ein Gespräch mit einem Bielefelder Genossen, der auf dem Bahnhof tätig war, wo ihm bereits Ende August zahlreiche Truppentransporte nach Osten aufgefallen waren.

„Dass die Polen Grenzverletzungen begangen haben, ist blanker Unsinn. Bereits am Mittwoch und am Donnerstag haben in den Bielefelder Zeitungen Artikel über die neu eingeführte Bezugsscheinpflicht für Lebensmittel, Textilien und Schuhe gestanden. Gestern sollen, wie mir der Genosse ebenfalls erzählt hat, viele Leute bei der Sparkasse Geld abgehoben und damit Hamsterkäufe getätigt haben."

Grete Dierker nickte. „Ihr habt sicherlich auch in der

Zeitung gelesen, dass seit gestern das Abhören ausländischer Sender verboten ist. Wer das Verbot missachtet, hat mit strengen Strafen zu rechnen."

Paula Jäger stellte ihre Kaffeetasse ab. „Ja. Die Faschisten wollen die Informationsmöglichkeiten der Bevölkerung noch weiter einschränken. Die Bevölkerung soll nur noch das glauben, was ihr Hitler und Goebbels einbläuen. Dass die Faschisten auf den Krieg zusteuern, hat unsere Partei ja schon vor der Machtübernahme vorausgesagt."

Grete Dierker nickte und griff nach ihrer Kaffeetasse. „Ich frage mich die ganze Zeit, ob der Kriegsbeginn eventuell Folgen für die Situation von Rudi hat?"

„Was meinst du damit?" Krischan Jäger blickte seine Genossin neugierig an.

Grete Dierker nahm einen Schluck aus der Tasse. „Nun ja, es werden doch sicherlich Arbeitskräfte gebraucht, wenn so viele Männer zur Wehrmacht eingezogen werden – oder?", sagte sie. „Vielleicht gibt es ja eine Amnestie?"

Krischan Jäger schüttelte den Kopf. „Mach dir da nicht zu viele Hoffnungen, Grete, die entlassen eher irgendwelche Betrüger und Totschläger als politische Gefangene."

Paula Jäger nickte. „Das sehe ich leider genauso, Grete. Unsere Partei ist zerschlagen. Die Nazis würden sich selber einen Bärendienst erweisen, wenn sie unsere inhaftierten Genossen freiließen. Dann müssten sie doch damit rechnen, dass wir unseren Widerstand

90

fortsetzen."

Im Jahre 1936 hatte es in Bielefeld einen Prozess gegen eine größere Anzahl kommunistischer Widerstandskämpfer gegeben, der mit hohen Freiheitsstrafen geendet hatte. Grete Dierker hatte das hautnah mitbekommen, ein Cousin von ihr war ebenfalls verurteilt worden. Der Handlungsfähigkeit der Partei war damit ein Ende bereitet worden. Danach hatten sich einzelne Genossen nur noch gelegentlich im privaten Rahmen treffen können, immer in der Furcht, dass diese Treffen als konspirative Verschwörungen ausgelegt wurden. Die Gestapo hatte viele Augen und verfügte über zahlreiche Zuträger aus der Bevölkerung. Man hörte immer wieder davon, dass Gestapobeamte, die sich als Kommunisten ausgaben, durch die Lande reisten und versuchten, örtliche Genossen zu Widerstandshandlungen zu verleiten, was dann die sofortige Verhaftung der Betreffenden nach sich zog.

„Noch etwas Kaffee?" Paula Jäger versuchte Grete Dierker ein wenig abzulenken, die von der Einschätzung der beiden Genossen, was die baldige Freilassung ihres Mannes betraf, geknickt schien.

***

Auf dem Nachhauseweg kamen Grete Dierker unweit vom Jöllenbecker Kleinbahnhof einige junge Männer mit Gepäck entgegen, die – so vermutete sie – auf dem Weg nach Bielefeld waren. Die Männer blickten ernst, kein

Vergleich mit den freudigen Mienen, die die eingezogenen Soldaten zu Beginn des 1. Weltkrieges zur Schau getragen hatten. Grete Dierker hatte Fotos mit lachenden Soldaten gesehen, die voller Vorfreude dem Fotografen aus den Eisenbahnwaggons zuwinkten, die sie zur Front brachten.

Grete Dierker hatte ohnehin den Eindruck, dass die Menschen dem vor drei Tagen von der Reichsregierung begonnenen Krieg sehr reserviert gegenüberstanden. Aus den Erfahrungen des 1. Weltkrieges wussten die Menschen zu genau, was ein lang andauernder Krieg bedeutete.

Als Grete Dierker die Haustür aufschloss, fing sie der alte Lehnert, ihr Vermieter, im Hausflur ab. „Grete, vorhin war SA-Sturmführer Wiegand hier", begann Lehnert ohne Umschweife, „er hat noch einmal über die Verdunkelungsvorschriften informiert. Wer sich über die Vorschriften hinwegsetzt, riskiert eine hohe Strafe."

Grete Dierker nickte.

„Falls du es noch nicht gehört hast", fuhr Lehnert fort, „England und Frankreich haben uns heute den Krieg erklärt. Die Meldung kam eben im Rundfunk. … Das nimmt wieder kein gutes Ende."

Das war für Grete Dierker in der Tat neu. „Damit dürfte Hitler nicht gerechnet haben", sagte sie. Mit Lehnert, der, das wusste sie, den Nazis ebenfalls kritisch gegenüberstand, ohne Kommunist zu sein, konnte sie offen reden. „Dann wird der Krieg ja wohl länger dauern und die Verdunkelungsvorschriften werden sicherlich

92

ihren Zweck erfüllen müssen. Wenn ich an Gott glauben würde", ergänzte sie, „würde ich jetzt anfangen zu beten."

10. Kapitel

Donnerstag, 15. Mai 1947

Nach der morgendlichen Lagebesprechung – Mähler wirkte noch unzufriedener als am gestrigen Tag, er konnte aber auch keine konstruktiven Hinweise geben, die zur Lösung des Falles beigetragen hätten – besorgte sich Helmke einen Dienstwagen und fuhr erneut nach Jöllenbeck.

Horstmann, der Ortspolizist, saß in seiner Dienststelle und blätterte in der Zeitung. Helmke blieb in der geöffneten Tür stehen. „Wenig los heute?", fragte er.

„Wie man's nimmt." Horstmann machte sich ein wenig größer, indem er den Kopf hob und seine Brust nach vorn herausschob. „Heute Nacht habe ich eine Schwarzbrennerei ausgehoben und dabei mehr als 50 Liter Schnaps beschlagnahmt."

„Na, damit dürfte die nächste Weihnachtsfeier der Jöllenbecker Polizeiwache gesichert sein, auch wenn es bis dahin noch eine Weile dauert."

Horstmann lächelte. „Was führt Sie zu mir?"

„Wir tappen noch immer so ziemlich im Dunkeln. Hat Ihre Gattin die Frau auf dem dritten Foto identifiziert?"

„Leider nicht, das Gesicht der weiblichen Person ist ja kaum zu erkennen. Da musste selbst meine Frau passen."

„Das hatte ich befürchtet." Helmke machte eine kurze Pause. „Ich würde mich gerne mit dem früheren Mann von Ursula Böcker unterhalten. Wo finde ich den?"

94

„Herr Böcker hat sein Ladengeschäft hier in der Amtsstraße. Wenn Sie zu Fuß gehen, sind Sie in zwei Minuten dort."

„Die Sache mit der Jöllenbecker Werwolf-Gruppe hat uns immer noch beschäftigt. Haben Sie inzwischen etwas darüber herausgefunden, ob hier im Ort wirklich eine Werwolf-Gruppe existiert hat?"

Horstmann schüttelte den Kopf. „Es gibt keine Anhaltspunkte dafür. Der frühere SA-Sturmführer Wiegand, der mir zu Dank verpflichtet ist, weil ich ihm nach Kriegsende ein gutes Leumundszeugnis ausgestellt habe, hat von einer Werwolf-Gruppe nichts gehört. Er kann sich auch niemanden vorstellen, der sich an den Aktivitäten einer solchen Gruppe beteiligt hätte."

Als Horstmann in Helmkes skeptisches Gesicht blickte, beeilte er sich zu erklären: „Nicht, dass Sie denken, dass ich alten Nazis reihenweise und bedenkenlos Persilscheine ausgestellt hätte … Wiegand war wirklich nur ein kleines Licht, gerade auch intellektuell, er hat sich aber in der Zeit, die ich überblicken kann, nichts Gravierendes zuschulden kommen lassen. Der ist immer nur in seiner Uniform herumgetänzelt und hat sich wichtig getan. Die SA hatte ja nach der Ausschaltung Röhms ohnehin keine große Bedeutung mehr. Wiegand hat aber eine Menge mitbekommen von dem, was im Dorf so passiert ist. Er war immer gut informiert. Wenn sich wirklich eine Werwolf-Gruppe gebildet hätte, wäre Wiegand das kaum verborgen geblieben."

Helmke verabschiedete sich. Er nahm sich vor, auch

Wiegand, der ja Golls Nachbar war, noch einmal aufzusuchen. Wenn der aber weiterhin Frühschicht hatte, würde er ihn wohl erst am Nachmittag sprechen können.

Helmke erreichte den Schuhladen tatsächlich in den von Horstmann versprochenen zwei Minuten. Im Laden waren keine Kunden. Der Inhaber Lothar Böcker, ein schwarzhaariger mittelgroßer Mann, der seine Haare mit reichlich Pomade gebändigt hatte, trug über dem weißen Hemd mit sorgfältig gebundener Krawatte einen grauen Kittel und war damit beschäftigt, den Laden auszufegen.

Helmke grüßte und wies sich aus. Während Böcker den Besen wegstellte, sah Helmke sich um. Das Angebot an Schuhen war sehr schmal. Böcker bemerkte Helmkes Blick und sagte: „Wird Zeit, dass die Bezugsscheinwirtschaft ein Ende findet. Ich lebe hauptsächlich von der Reparatur alter Schuhe. Neue Ware bekomme ich zur Zeit kaum."

Helmke nickte. Er hatte auch schon die Erfahrung machen müssen, dass man neue Schuhe nur auf Bezugsschein erwerben konnte. In Bielefeld war deshalb eine Tauschbörse eingerichtet worden, auf der man Schuhe tauschen konnte. Da war er schon fündig geworden.

„Herr Böcker, ich ermittle in der Mordsache Goll. Ich würde Ihnen dazu gern ein paar Fragen stellen."

Lothar Böcker nickte. „Viel helfen werde ich Ihnen aber nicht können. Herr Goll gehörte nicht zu meinem Bekanntenkreis."

„Also eher zum Bekanntenkreis Ihrer Frau?"

Böcker ließ sich durch diese gezielt provozierende Frage nicht aus der Ruhe bringen. „Kann man so sagen", bemerkte er. „Sie wissen also, dass Goll und Ursula ein Verhältnis hatten?"

„Ja." Helmke zog das Foto, das Goll mit Ursula Böcker zeigte, aus seiner Jackentasche und legte es vor Böcker auf den Tresen.

Böcker bemühte sich um einen gleichgültigen Gesichtsausdruck. „Das Geschlechtliche hat für Ursula schon immer eine große Rolle gespielt", sagte er.

„Wie haben Sie von dem Verhältnis erfahren?"

„Ein Kamerad aus meiner Einheit, der auch aus Jöllenbeck kommt und auf Heimaturlaub war, hat es mir erzählt. Bei meinem nächsten Heimaturlaub habe ich Ursula zur Rede gestellt und, als sie das Verhältnis zugab, die Scheidung eingereicht. Ursula war damit einverstanden."

„Empfanden Sie es nicht als infam, dass der Ortsgruppenleiter sich mit der Frau eines Frontsoldaten vergnügt, während der sein Leben für Führer und Vaterland einsetzt?" Helmke hatte absichtlich Formulierungen gewählt, die in den Todesanzeigen gefallener Soldaten verwendet wurden.

Böcker schien sich an der Wortwahl aber nicht zu stören. Er nickte. „Ja, so ähnlich habe ich damals gedacht. Ich war enttäuscht und verbittert. Aber wir Landser haben in Frankreich ja auch das eine oder andere schöne Erlebnis gehabt. Wenn Sie auch im Felde waren, wissen

Sie, was ich meine." Er lachte meckernd.

Helmke wandte seinen Blick von dem grinsenden Gesicht Böckers ab. Wenn er an seine Kriegserlebnisse an der Ostfront dachte, drängten in seiner Erinnerung ganz andere Bilder an die Oberfläche. Er fragte: „Sie fühlten sich von Goll und Ihrer Frau hintergangen. Das war doch Grund genug, mit Goll abzurechnen, nachdem er kein Ortsgruppenleiter mehr war?"

Böcker schüttelte den Kopf. „Ah, darauf wollen Sie also hinaus?" Er blieb ruhig. „Ich habe mich schon gewundert, was Sie mit diesem Gespräch bezwecken. Sie sind da aber auf dem Holzweg. Ich hatte mich bei meinem Heimaturlaub mit Goll ausgesprochen. Ich wusste ja, dass meine Frau eine Schlampe war."

„Wo waren Sie am späten Sonntagabend?"

„In meiner Wohnung."

„Gibt es dafür Zeugen?"

Böcker zuckte mit den Schultern. „Nein, ich war allein. Habe zunächst etwas Radio gehört und bin dann zeitig zu Bett gegangen."

Helmke steckte das Foto wieder ein. „Ich hörte, dass Herr Goll Ihnen dabei behilflich gewesen sein soll, jüdisches Eigentum zu erwerben?"

Böcker protestierte vehement; übertrieben, wie Helmke empfand: „Ich habe das Grundstück der Familie Silberberg erworben, weil mich Herr Silberberg schon 1939 darum gebeten hatte. Er und seine Frau wollten auswandern und brauchten das Geld. Goll hat für mich lediglich ein Leumundszeugnis abgegeben, damit der

Vertrag rasch abgeschlossen werden konnte."

Helmke wusste, dass Böcker log, beziehungsweise zumindest die Wahrheit verbog. Auswanderungen von Juden waren nach Kriegsbeginn nicht mehr möglich. Wenn der Kaufvertrag erst während des Krieges geschlossen worden war, hatte die Familie Silberberg keine Chance mehr auf Auswanderung gehabt. Er unterließ es, Böcker auf diesen Widerspruch hinzuweisen, da er keinen Nebenkriegsschauplatz eröffnen wollte. Stattdessen bemerkte er: „Ihr Alibi für den Zeitpunkt des Mordes ist sehr dünn. Besitzen Sie eine Waffe?"

„Natürlich nicht. Sie wissen doch, dass die Besatzungsmacht nach Kriegsende alle Waffen in deutscher Hand konfisziert hat."

Helmke nickte. Hier kam er zunächst nicht weiter. „Gut, Herr Böcker, wenn sich weitere Fragen ergeben sollten, komme ich noch einmal vorbei." Helmke tippte an seinen Hut und wandte sich zur Tür.

Draußen vor dem Laden steckte er sich eine Zigarette an. ‚Ein unsympathischer Kerl', dachte er. ‚Kein Wunder, dass seine Frau anfällig für das Werben anderer Männer war.'

Er ging langsamen Schrittes zurück zur Polizeiwache, wo er seinen Dienstwagen abgestellt hatte. Böcker – ein Mörder? Vermutlich nicht. Der Mann war eher materialistisch eingestellt. Mit dem arisierten Grundstück als Kompensation für einen Seitensprung seiner Ehefrau war er wahrscheinlich zufrieden gewesen. Die Böckers waren bereits seit mehreren Jahren geschieden. Dass

Lothar Böcker so lange Zeit nach der Scheidung noch Rachegedanken hatte, war eher unwahrscheinlich.

An der Polizeiwache angekommen, steckte Helmke noch einmal seinen Kopf in das Büro von Horstmann. „Wo kann man hier zu Mittag essen?", fragte er dabei.

Horstmann überlegte nicht lange. „Wenn Sie Marken dabei haben, werden Sie im *Gasthof zum Adler* sicherlich einen schmackhaften Eintopf bekommen."

Helmke bedankte und verabschiedete sich. Der *Gasthof zum Adler* lag nur unweit der Kirche und des Adlerdenkmals, das an den Anschluss der Grafschaft Ravensberg an Brandenburg-Preußen erinnerte, und hatte über Mittag geöffnet. Die Speisekarte war überschaubar. Helmke entschied sich für einen Linseneintopf mit Wurst, der wirklich sehr gut schmeckte.

Der Wirt, ein beleibter Mann mit einem Bulldoggengesicht, stand hinter der Theke und rauchte. Gelegentlich polierte er ein Bierglas. Helmke zündete sich nach dem Essen ebenfalls eine Zigarette an und winkte nach dem Wirt: „Hatten Sie am letzten Sonntagabend gegen 23:00 Uhr noch viele Gäste?"

Der Wirt reagierte etwas unfreundlich. „Warum wollen Sie das wissen?"

Helmke zeigt ihm seinen Ausweis. „Ich ermittle in der Mordsache Goll."

Das Bulldoggengesicht zeigte sich wenig beeindruckt. „Einige Leute waren wohl noch da", knurrte er.

„Reinhold Wiegand auch?"

„Ja, der hat mit ein paar Kameraden Skat gespielt, bis
100

kurz vor Mitternacht."

„Was meinen Sie mit ‚Kameraden'? Haben die einen Skatverein?"

Der Wirt lachte verhalten. „Ich meinte: Kameraden von früher."

„Also andere ehemalige SA-Männer? Wiegand soll hier früher mal Sturmführer gewesen sein, wie ich gehört habe."

„Genau."

„Und Wiegand war bis kurz vor 24:00 Uhr hier im Lokal?"

„Hatte ich doch schon gesagt."

Helmke zahlte und stand auf. Bevor er die Gaststätte verließ, fragte er: „Spielt Wiegand mit seinen Kameraden hier jeden Sonntagabend Skat?"

Der Wirt nickte.

***

Die nächsten beiden Stunden verbrachte Helmke in seinem vor der Polizeistation abgestellten Auto, wo er für kurze Zeit die Augen schloss und sich dann Notizen über die am Vormittag geführten Gespräche machte. Ihm wurde immer bewusster, dass er sich mit diesem Mordfall schwertat. Ein wirklich Verdächtiger hatte sich bislang noch nicht herausgeschält. Mehrere Leute besaßen für die Tatzeit keine oder nur sehr schwache Alibis. Das reichte aber bei weitem noch nicht aus, die betreffenden Personen der Tat zu beschuldigen.

Als Helmke um 15:00 Uhr in den Hägerweg einbog und vor Wiegands Haus parkte, hatte er Glück. Zeitgleich mit ihm traf Reinhold Wiegand auf seinem Fahrrad, von der Frühschicht kommend, an seinem Haus ein.

Helmke stieg aus seinem Auto und traf auf Wiegand, der gerade sein Fahrrad in einem neben dem Haus errichteten Holzschuppen abgestellt hatte.

„Herr Wiegand, ich muss noch ein paar Dinge klären. Haben Sie einen Augenblick Zeit für mich?"

Wiegand nickte. Er hatte Helmkes Auto schon vorher gesehen und wohl vermutet, dass der Besuch ihm galt.

„Kommen Sie mit herein", sagte er und schloss die Haustür auf. Er schob Helmke über den Flur und öffnete eine Zimmertür am Ende des Ganges. „Meine Frau ist vor einem Jahr gestorben, ich lebe hier unten allein", erklärte er. „Oben wohnt mein Sohn mit seiner Familie."

In dem dunklen Raum, der als „gute Stube" wahrscheinlich wenig genutzt wurde, roch es muffig. Ein dunkler Wohnzimmerschrank, ein runder Tisch, ein mit braunem Stoff bespanntes Sofa sowie vier Stühle gehörten zur Grundausstattung des Zimmers. Wiegand öffnete die Tür des Schrankes und entnahm ihm zwei kleine Gläser und eine Flasche ohne Etikett mit hellem Schnaps. Als Helmke dankend abwinkte, sagte Wiegand: „Sie haben aber doch nichts dagegen, wenn ich meinen Feierabendschnaps trinke?" Ohne auf Helmkes Reaktion zu warten, goss er sich ein Glas ein, prostete Helmke zu und trank es in einem Zuge aus.

Helmke zog seine Zigaretten aus der Jacke und blickte

Wiegand fragend an. Der nickte, wies auf den Aschenbecher, der ebenfalls auf dem Wohnzimmertisch stand, und goss sein Glas noch einmal voll. „Muss erstmal den Staub der Weberei runterspülen", erklärte er.

„Herr Wiegand", begann Helmke das Gespräch, „Sie haben in der Tatnacht angedeutet, dass Anton Goll intime Kontakte zu verschiedenen Frauen hatte. Können Sie mir die Namen dieser Frauen nennen?"

Wiegand zuckte mit den Schultern. „Anton hat davon gesprochen, dass er mit Edith Sperling und Ursula Böcker im Bett war. Er pflegte auch noch einige Bekanntschaften in Bielefeld. Die Namen dieser Frauen kenne ich aber nicht."

„Wie stand Martin Richel zu Anton Goll?"

„Anton und Martin waren über die Ortsgruppenarbeit hinaus eng befreundet. Anton hatte Martin Richel als Organisationsleiter in die Ortsgruppe geholt, nachdem er selber Ortsgruppenleiter geworden war."

Helmke holte die Fotos aus der Jacke und legte sie auf den Tisch. Wiegand guckte erstaunt, als er die Fotos sah, beäugte sie kurz und goss sich einen weiteren Schnaps ein. „Ja", sagte er, „das war Anton Goll."

„Martin Richel soll diese Fotos gemacht haben", erklärte Helmke.

„Das ist schon möglich, so gut wie die beiden sich kannten." Wiegand kippte den Schnaps hinunter.

„Martin Richel ist vor zwei Jahren ebenfalls erschossen worden. Was wissen Sie über diesen Mord? Seinerzeit sprach man davon, dass der Mord von Mitgliedern einer Werwolf-Gruppe begangen worden sei."

„Das ist vollkommener Unsinn. In Jöllenbeck hat es nie eine Organisation des Werwolfs gegeben. Glauben Sie mir, wenn das so wäre, hätte ich davon erfahren."

„Sie waren Führer des hiesigen SA-Sturms?"

„Ja."

„Sie treffen sich jeden Sonntagabend mit ihren alten Kameraden und spielen Skat?"

„Ja, ist ja nicht verboten – oder?" Wiegand sah Helmke provozierend an.

Helmke schüttelte den Kopf. „Skatspielen ist nicht verboten …" Er verzichtete auf eine kritische Bemerkung und wechselte das Thema: „Wer könnte denn den Mord an Richel begangen haben?"

Wiegand machte ein bekümmertes Gesicht. „Darüber haben wir uns vor zwei Jahren auch schon den Kopf zerbrochen. Wir wissen es nicht."

„Richel soll beim Einmarsch der Amerikaner als erster im Orte die weiße Fahne rausgehängt haben. Stimmt das?"

„Ja, das stimmt. Richel war ein Schönwetternationalsozialist, ideologisch nicht gefestigt genug. Der hat vermutlich geglaubt, dass er sich damit beim Feind Vorteile verschaffen kann."

Helmke drückte seine Zigarette aus. „Jetzt könnte ich auch einen Schnaps vertragen", sagte er und zeigte auf die Flasche. Er hatte sich inzwischen dazu durchgerungen, Wiegand, der ihm nicht sonderlich sympathisch war, durch gemeinsamen Alkoholgenuss gesprächiger

104

zu machen. Da waren ja noch einige wichtige Fragen zu stellen.

„Na, sehen Sie." Wiegand griff nach der Flasche und füllte die beiden Gläser. Er prostete Helmke zu. Die beiden Männer tranken und verzogen gleichzeitig ihr Gesicht. Der Schnaps hatte es in sich.

„Herr Wiegand, einige Zeugen haben mir erzählt, dass gegen Goll der Verdacht besteht, Parteigenossen bei den Engländern angeschwärzt zu haben, um dadurch selber eher aus dem Internierungslager entlassen zu werden."

Wiegand schüttelte heftig den Kopf. „Ich habe von diesen Vorwürfen auch gehört, ich glaube aber nicht, dass Anton so etwas gemacht haben könnte. Ich kenne ihn seit mehr als 40 Jahren. Er war immer ein aufrichtiger Mensch und anständiger Deutscher."

„Wie war das denn bei Ihnen? Sie waren doch SA-Sturmführer. Sollten Sie auch interniert werden?"

„Ja, die Gefahr hat seinerzeit bestanden. Horstmann, der Ortspolizist, hat mich entlastet. Ein feiner Mensch, der gerecht und neutral ist, obwohl wir ihm gelegentlich Schwierigkeiten bereitet haben." Wiegand deutete auf die Flasche. „Noch einen?", fragte er.

„Da sage ich nicht ‚Nein'. Schmeckt ganz annehmbar, das Zeug."

„Ich habe da so meine Quellen. So guten Schnaps bekommt man zur Zeit nicht im Geschäft. Der hier hat so an die 60 Prozent." Wiegand grinste und prostete Helmke erneut zu.

„Herr Wiegand, noch mal zurück zu Anton Goll. Was hatte der an sich, dass er so gut bei den Frauen ankam? Wenn ich mich dagegen betrachte ..." Er ließ den Satz unvollendet.

Jetzt lachte Wiegand. Er hatte inzwischen die Gläser erneut gefüllt.

„Na ja, Anton konnte gut reden. Er hat den Frauen ständig Komplimente gemacht und sie so lange bequatscht, bis er sie herumbekommen hat. Er hat von sich auch immer behauptet, ein guter Liebhaber zu sein."

Wiegand nahm ein Glas und reichte es Helmke, gleichzeitig hob er sein eigenes Glas: „Prost!" Die beiden Männer tranken.

„Aber Goll sah doch nicht besonders gut aus – oder?"

Wiegand schüttelte den Kopf. „Er kam ziemlich abgemagert aus dem Internierungslager zurück, sein Haar war dünner geworden, er hatte eine Glatze bekommen. Vorher hat er besser ausgesehen."

Helmke strich mit einem Finger über den Rand seines Schnapsglases. „Ist Ihnen bekannt, ob es Ärger mit möglichen Ehemännern dieser Frauen gegeben hat?"

„Nein, als Ortsgruppenleiter hatte Anton bei manchen Frauen sicherlich einen Vorteil. Das hat vielleicht auch die Ehemänner davon abgehalten, sich mit Goll anzulegen, sofern sie überhaupt etwas von der Affäre mitbekommen haben. Einige waren ja auch im Felde. Ich kann mich erinnern, dass Anton einmal abends in unserem Sturmlokal erzählte, dass er es gerade mit einer

Roten getrieben hatte, deren Mann im Zuchthaus saß."

Helmke war seine Skepsis anzusehen. „Das ist kaum vorstellbar", sagte er. „Eine Kommunistin hat doch kein Verhältnis mit einem Ortsgruppenleiter der NSDAP."

Wiegand zuckte mit den Achseln. „Keine Ahnung. An den Abend kann ich mich aber noch gut erinnern. Wir hatten alle ziemlich viel getrunken. Ich weiß allerdings nicht, um welche Frau es sich gehandelt hat."

Nachdem Wiegand die beiden Gläser erneut gefüllt hatte, war die Flasche fast leer. Helmke begann, den bislang konsumierten Alkohol zu spüren.

„Wer von den Parteigenossen könnte sich denn von seinem früheren Ortsgruppenleiter denunziert gefühlt haben?", fragte er.

Auch Wiegand war anzumerken, dass der Alkohol wirkte. Er hatte Schwierigkeiten, sich klar zu artikulieren. „Ich glaube, diese Vorwürfe gehen auf die Familie Pünder zurück. Wilfried Pünder war in der SS und wurde kurze Zeit, nachdem man Goll inhaftiert hatte, von Soldaten der Besatzungsmacht abgeholt. Ein paar Wochen später hat er versucht, aus einem Internierungslager zu fliehen und wurde dabei erschossen. Seine Eltern und sein jüngerer Bruder erzählten danach bei jeder Gelegenheit, dass Anton Goll dafür verantwortlich zu machen sei. Das ist aber Blödsinn."

Er zeigte auf die fast leere Flasche. „Herr Kommissar, die Flasche stelle ich so nicht in den Schrank zurück." Ehe Helmke protestieren konnte, hatte Wiegand den restlichen Flascheninhalt in die beiden Gläser geschüttet und prostete Helmke erneut zu.

Helmke machte gute Miene zum bösen Spiel, lächelte und kippte den Inhalt des nicht mehr vollständig gefüllten Glases hinunter.

Als er sich von Wiegand verabschiedete, musste sich Helmke zusammenreißen, um klar und deutlich zu sprechen. Er war sich nicht sicher, ob sich der Alkoholexzess gelohnt hatte. Für Wiegand schien das Gelage ja nichts Außergewöhnliches gewesen zu sein. Helmke setzte sich in den Opel, steckte sich eine Zigarette an, inhalierte ein paar Male und versuchte dann, sich zu konzentrieren. Die Fahrt nach Bielefeld verlief ohne Zwischenfälle. Er gab das Auto ab, verzichtete allerdings darauf, noch einmal ins Büro zu gehen. Stattdessen machte er sich – immer noch etwas angeheitert – auf den Heimweg.

11. Kapitel

Mittwoch, 18. Februar 1942

„Gestern Abend sind Zwangsarbeiterinnen aus der Ukraine angekommen." Eine Kollegin, mit der sich Grete Dierker gut verstand, erzählte die Neuigkeit, während sich die beiden Frauen zur Arbeit umzogen. In den letzten Tagen hatten Grete Dierker und ihre Arbeitskolleginnen gerätselt, was es mit der Holzbaracke auf sich hatte, die auf dem Gelände der Weberei errichtet worden war. Jetzt war es klar: Die Baracke war für die Zwangsarbeiterinnen gedacht.

In der Mittagspause sahen sie die Frauen aus der Ukraine zum ersten Male. Es waren in der Mehrzahl junge Mädchen, kaum älter als 16 oder 17 Jahre. Sie trugen Holzschuhe und armselige, für die winterliche Kälte kaum ausreichende Kleidung, die im rechten Brustbereich mit einem großen „Ost"-Abzeichen versehen war. Die Mädchen machten einen verschüchterten Eindruck und wichen den Blicken der einheimischen Frauen aus.

Während der Mittagspause fand ein kurzer Betriebsappell statt. Die Belegschaft, einige Männer, mehrheitlich aber Frauen, hatte sich vor Betriebsführer Eimertenbrink versammelt, der sich im Vorraum der großen Halle auf eine Holzkiste gestellt hatte.

„Liebe Volksgenossen," begann er, „ihr habt sicherlich bemerkt, dass heute neue Arbeitskräfte eingetroffen sind. Fremdarbeiter sind keine Arbeitskameraden. Sie helfen lediglich, die Lücken zu schließen, die durch den

Weggang unserer Männer, die an der Front unser Reich verteidigen, entstanden sind. Seid nicht vertrauensselig, habt kein Mitleid. Es geht nur darum, dass wir unseren Anteil an dem Kampf um Sein oder Nichtsein unseres Volkes zu leisten vermögen."

Grete Dierker sah, dass die Mehrheit der Arbeiter und Arbeiterinnen zustimmend nickte. Die Propaganda vom unterschiedlichen Wert der Rassen zeigte ihre Wirkung. Die Frauen aus der Ukraine wurden nicht als gleichwertig angesehen.

Betriebsführer Eimertenbrink war mit den Reaktionen seiner Gefolgschaft zufrieden. „Die 15 Fremdarbeiterinnen sind auf dem Werksgelände in der neu errichteten Baracke untergebracht. Kontakte zu ihnen sind auf das Allernötigste zu beschränken, private Begegnungen sind ausdrücklich untersagt."

Die Belegschaft zerstreute sich und ging zurück an die Arbeitsplätze. Grete Dierker blieb noch einen Augenblick neben einer Kollegin stehen. „Wir sollten den Mädchen helfen, sich hier zurecht zu finden", sagte sie.

Ihre Kollegin schaute sie verwundert an und runzelte die Stirn. „Was haben wir mit denen zu schaffen?", fragte sie. „Hast du nicht verstanden, was der Eimertenbrink gesagt hat?"

***

Es zeigte sich bald, dass die von Betriebsführer Eimertenbrink geforderte Distanz zwischen den heimischen

110

Arbeitskräften und den Zwangsarbeiterinnen nicht von allen eingehalten wurde. Grete Dierker hatte bei nächster Gelegenheit den beiden Mädchen, mit denen sie nun zusammenarbeitete und die sie in der Spulerei anzulernen hatte, das Wort „Druschba" (Freundschaft) zugeflüstert, was bei den beiden ein Lächeln auf ihre Gesichter gezaubert hatte. Daraufhin hatten die beiden Mädchen Grete Dierker ihre Namen genannt: Nastia Kowalewa und Katerina Siwakowa hießen sie. Wie Grete Dierker später erfuhr, stammten beide aus einem kleinen Dorf im Süden der Ukraine, das an der Küste des Asowschen Meeres lag. Mit dem Grete Dierker aus ihrer politischen Arbeit ebenfalls bekannten russischen Satz „Da zdravstvuyet sotsializm" (Es lebe der Sozialismus), den sie den beiden Mädchen in der ersten Frühstückspause zuraunte, konnten die beiden hingegen wenig anfangen. Sie schienen sich nicht sonderlich für Politik zu interessieren.

Katerina Siwakowa, ein aufgewecktes Mädchen, sprach ein wenig Deutsch, das sie von ihrer deutschstämmigen Großmutter gelernt hatte. Sie schaffte es auch schnell, ihre Sprachkenntnisse zu verbessern. Nastia Kowalewa hingegen bemühte sich nicht, auch nur ein paar Brocken Deutsch zu lernen. Sie weinte viel und konnte die Trennung von ihrer Familie nur schlecht ertragen. Sie folgte Katerina auf Schritt und Tritt. Die Freundin musste auch immer übersetzen, wenn deutsche Arbeiterinnen irgendwelche Anweisungen gaben.

Bei der Arbeit stellten sich die beiden Mädchen

geschickt an, so dass der Werkmeister, der die Aufsicht in der Spulerei führte, zufrieden war.

Grete Dierker merkte sehr rasch, dass es den beiden Mädchen an vielen Dingen, vor allem an Kleidung, fehlte. Sie brachte abgelegte Kleidungsstücke aus eigenem Besitz oder von Genossinnen mit und steckte sie den beiden Mädchen zu, quasi als Beweis praktizierter internationaler Solidarität.

Von der Mehrzahl der deutschen Arbeiterinnen wurden die beiden Mädchen kaum beachtet, von einigen sogar schlecht behandelt. Viele redeten abfällig über sie.

Auf ihre Frage, wie sie nach Deutschland gelangt seien, erfuhr Grete Dierker von Katerina Siwakowa, dass sie und Nastia Kowalewa, zusammen mit anderen jungen Menschen, gegen ihren Willen aus ihrem Heimatdorf in Eisenbahnwaggons nach Deutschland transportiert worden seien. Für die in Deutschland zu leistende Arbeit habe man ihnen eine gute Entlohnung versprochen. Von diesen Versprechungen sei nach ihrer Ankunft in Deutschland aber nicht viel übriggeblieben. Sie mussten an sechs Wochentagen jeweils zehn bis zwölf Stunden lang arbeiten. Von ihrem Wochenlohn in Höhe von 20 Reichsmark würden 18 Reichsmark für die Ostabgabe und für Unterkunft und Verpflegung abgezogen. Sie hatten somit wöchentlich nur 2 Reichsmark zu ihrer Verfügung. Davon mussten sie allerdings noch Seife, Briefpapier, Briefmarken und weitere Kleinigkeiten kaufen. Die Hoffnung der Mädchen, Geld nach Hause schicken zu können, erfüllte sich damit nicht.

112

Die Zwangsarbeiterinnen lebten gemeinsam in der auf dem Betriebsgelände errichteten Holzbaracke, die nur einen Schlafraum und davon abgetrennte sanitäre Anlagen umfasste; das Betriebsgelände der Weberei durften die Mädchen nicht verlassen.

***

Dass sich Grete Dierker über das von der Werksleitung gebotene Maß hinaus für die Zwangsarbeiterinnen einsetzte und half, wo sie nur konnte, blieb Ulrich Schöne, dem Leiter der Betriebsgemeinschaft der Deutschen Arbeitsfront (DAF), nicht lange verborgen, da an Zuträgerinnen kein Mangel bestand.

Bereits gut eine Woche nach der Ankunft der Zwangsarbeiterinnen wurde Grete Dierker in das Büro von Betriebsleiter Eimertenbrink zitiert. Die Sekretärin im Vorzimmer hatte schon auf die Arbeiterin gewartet und führte sie mit einem missbilligenden Blick in das Arbeitszimmer des Betriebsleiters, das durch einen großen dunklen Schreibtisch beherrscht wurde, hinter dem Eimertenbrink, ein drahtiger Mitfünfziger mit Glatze und grauem Haarkranz, wie ein mittelalterlicher Herrscher thronte. Wenige Schritte vom Schreibtisch entfernt standen drei Ledersessel und ein kleines Tischchen. Auf einem der Ledersessel hatte Ulrich Schöne, auf dessen Betreiben hin die Vorladung offenbar erfolgt war, Platz genommen. Im Unterschied zu Eimertenbrink, der einen Anzug mit weißen Oberhemd und Krawatte trug, war

Schöne in seinem grauen Arbeitskittel erschienen. Auch er hatte gerade seinen Arbeitsplatz verlassen, um an dem Gespräch teilzunehmen.

„Frau Dierker", begann Eimertenbrink, ohne der Eingetretenen einen Platz anzubieten, „wir haben festgestellt, dass Sie sich in auffälliger Weise um die ukrainischen Fremdarbeiterinnen kümmern, obgleich Ihnen bekannt ist, dass engere Kontakte zu den fremdvölkischen Frauen zu vermeiden sind. Mehrere Volksgenossinnen haben sich über Ihr ungebührliches Verhalten beschwert."

Grete Dierker blickte hinüber zu Schöne, der bekräftigend nickte. Sie atmete tief durch und versuchte, ruhig zu bleiben. Es dauerte eine Weile, bis sie antworten konnte. „Ich habe einigen Frauen lediglich dabei geholfen, sich hier bei uns einzugewöhnen. Sie hatten doch kaum genug Kleidung, als sie zu uns kamen."

Ulrich Schöne, ein etwa 50-jähriger Mann, der in der Weberei als Meister fungierte, schüttelte den Kopf „Die Frauen haben alles, was sie benötigen, um hier zu arbeiten. Uns hat nur zu interessieren, dass sie ihre Arbeit verrichten können. Und dazu sind sie in der Lage."

Der Betriebsleiter schaltete sich wieder ein. „Frau Dierker, es herrscht Krieg, das deutsche Volk steht mitten im Kampf um seine Existenz. Da können wir uns Sentimentalitäten jedweder Art nicht erlauben. Es gibt viele deutsche Volksgenossen, die unsere Unterstützung benötigen. Wenn Sie Kleidung übrig haben, können Sie die dem Deutschen Winterhilfswerk spenden."

Grete Dierker verzichtete darauf anzumerken, dass das Deutsche Reich den Krieg begonnen hatte und dass die von Eimertenbrink angesprochene Not doch wohl eher eine Folge des Krieges war.

Schöne, der Grete Dierker auch bei der Arbeit duzte, blickte die etwas verloren dastehende Frau an. „Grete, wir wissen, dass dein Mann ein inhaftierter Kommunist ist, wir wissen, dass auch du keine zuverlässige Volksgenossin bist. Du musst aufpassen, dass du nicht ernsthaft in Schwierigkeiten gerätst. Manch einer hat sich plötzlich in Buchenwald wiedergefunden."

Auch bei diesen Vorhaltungen verzichtete Grete Dierker auf eine Antwort. Offenbar erwarteten die beiden Männer von ihr weitere Erklärungen. Als diese ausblieben, verkündete der Betriebsleiter: „Frau Dierker, ich habe mich entschlossen, Sie für Ihr Verhalten mit 100 Reichsmark zu bestrafen, die Ihnen in vier Raten vom Lohn abgezogen werden. Sie haben ja offenbar so viel Geld, dass Sie sogar die Fremdarbeiterinnen unterstützen können."

Da Grete Dierker weiterhin schwieg, sagte Eimertenbrink nach der eingetretenen Pause: „Sie können jetzt wieder zurück an Ihre Arbeit gehen. Betrachten Sie dieses Gespräch als allerletzte Warnung."

12. Kapitel

Freitag, 16. Mai 1947

„Benötigen Sie weitere Unterstützung?" Die morgendliche Lagebesprechung war Helmke wie ein Spießrutenlauf vorgekommen. Kriminalrat Konstantin Mähler hatte sich nach dem Stand der Ermittlungen in der Mordsache Goll erkundigt und war sichtlich unzufrieden mit dem, was ihm Helmke und Wessler vorgetragen hatten. Die beiden Kriminalbeamten wussten, dass Mählers Unterstützungsangebot keineswegs ernst gemeint war. Im Gegenteil: von ihnen wurde erwartet, dass sie versicherten, es alleine schaffen zu können. Und das taten Helmke und Wessler natürlich auch.

Am Ende der „Lage", als die meisten Teilnehmer den Besprechungsraum bereits verlassen hatten, wandte sich Mähler noch einmal an die beiden Kriminalbeamten. „Ich möchte Sie gerne in einer Viertelstunde in meinem Büro sprechen."

***

„Der Kriminalrat erwartet Sie." Liane Bartels, die Sekretärin Mählers, lächelte Helmke und Wessler freundlich an, als die beiden in das Vorzimmer traten und öffnete für sie die Tür zum Büro ihres Chefs.

Mähler saß hinter seinem Schreibtisch. Mit ernstem Blick winkte er die beiden Kriminalbeamten zu sich heran und wies ihnen einen Platz auf den beiden Stühlen an, die vor seinem Schreibtisch standen. Das war ein schlechtes Zeichen. Bei anderer Gelegenheit hatte Mähler Helmke einen Sessel in der kleinen Sitzecke angeboten, die am anderen Ende des großen Büros stand.

„Was können Sie mir hierzu sagen?" Der Kriminalrat reichte den beiden Kriminalbeamten eine gefaltete Ausgabe der *Westfalen-Zeitung*. Helmkes Blick fiel – wie von Mähler beabsichtigt – sofort auf die Überschrift eines Artikels, der mitten auf der passend gefalteten Seite abgedruckt war. „Fememord in Jöllenbeck?" hieß es da.

Bevor Helmke antwortete, nahm er sich die Zeit und überflog den Artikel. Rolf Neumann, der Journalist, berichtete über die Ermordung Anton Golls, stellte die Verbindung zu dem angeblichen Werwolf-Mord aus dem Jahre 1945 her und fragte, ob auch der Mord an Goll auf das Konto einer möglicherweise immer noch existierenden Werwolf-Gruppe gehe.

In dem Artikel hieß es unter anderem wörtlich: „Schon im Jahre 1945 wurden die polizeilichen Ermittlungen ohne Ergebnis abgeschlossen, über den Stand der gegenwärtigen Ermittlungen ist nichts in Erfahrung zu bringen. Darf man daraus die Schlussfolgerung ziehen, dass es in der Bielefelder Kriminalpolizei immer noch Verbindungen zur Nazi-Partei gibt?"

Mähler konnte seine Erregung nur mühsam unterdrücken. „Was glauben Sie, meine Herren, wie der Verbindungsoffizier der englischen Militärregierung auf diesen Artikel reagiert, wenn er ihn gelesen hat? Und er wird ihn lesen, davon können Sie ausgehen."

Bevor Helmke etwas sagen konnte, erklärte Wessler: „Diese Informationen hat Neumann nicht von uns. Der Journalist hat mich gestern Nachmittag angerufen und sich nach dem aktuellen Ermittlungsstand im Fall Goll erkundigt. Ich habe es abgelehnt, ihm irgendwelche Informationen zu geben, da das die laufenden Ermittlungen beinträchtigen könnte. Das habe ich ihm so gesagt."

Mähler beugte sich nach vorn. „Und wie kommt er auf die vermeintlichen Werwolf-Morde? Von diesem Sachverhalt haben Sie beide mir bislang noch nichts erzählt."

Jetzt schaltete sich Helmke ein. „Weil wir die Verbindung zwischen dem Mordfall und einer Werwolf-Organisation für völlig abstrus halten. In Jöllenbeck hat es nie eine Werwolf-Gruppe gegeben. Ich habe keine Ahnung, wie Neumann auf die Werwolf-Verbindung gekommen ist."

Wessler deutete auf den Zeitungsartikel und erklärte: „Neumann hat während der Hitlerzeit für die *Westfälischen Neuesten Nachrichten* geschrieben, da war er stramm auf Parteilinie. Und heute spekuliert er über Kontakte zwischen uns und alten Nazi-Aktivisten. Das ist doch blanker Unsinn. Ich werde mir Neumann mal zur Brust nehmen."

„Dennoch, dieser Artikel ist für die Engländer ein gefundenes Fressen und nährt ihr Misstrauen uns Deutschen gegenüber." Mähler schlug mit der flachen Hand auf die Zeitung, die ihm Wessler zurückgegeben hatte. „Was gedenken Sie zu tun?"

118

Helmke zuckte die Schultern. „Weitermachen, weiter in alle Richtungen ermitteln."

„Meine Herren, ich brauche Ergebnisse. Ergebnisse, hören Sie? Und das möglichst schnell! Wenn Sie Ergebnisse liefern, ist solch obskuren Spekulationen der Boden entzogen." Mähler schlug seine geballte rechte Faust mehrfach gegen die Innenseite der flachen linken Hand und blickte zur Tür. Damit waren die beiden entlassen.

***

Es war aber auch zum Verzweifeln. Helmke war sich sicher, dass der Mörder in der unmittelbaren Umgebung Golls zu finden war. Es hatten sich zwar mehrere mögliche Motive herausgeschält, aber zu diesen Motiven gab es niemanden, der für die Tat sicher in Frage kam. Alle verdächtigen Personen besaßen mehr oder weniger plausible Alibis; die weniger belastbaren Alibis waren von Personen genannt worden, bei denen das Motiv eher schwächer erschien. Für eine Verhaftung reichte es in keinem Fall.

Zurück im Büro fiel Wesslers Blick auf einen Zettel, der auf seinem Schreibtisch lag. Der Zettel enthielt nur eine kurze Notiz. „Hier", Wessler zeigt auf den Zettel, „es geht wahrscheinlich um den ballistischen Vergleich der beiden Pistolenkugeln." Er klemmte sich den Telefonhörer unter sein Kinn und wählte die Nummer der Kriminaltechnik. „Wessler hier. Was habt ihr für uns?"

Sein Gesprächspartner schien Wessler etwas zu

erklären. Plötzlich explodierte Helmkes ansonsten sehr ruhiger Kollege. „Das gibt es doch nicht", schrie er in den Hörer, „solch eine Schlamperei habe ich noch nicht erlebt – und ich bin seit 1910 dabei." Mit einer heftigen Bewegung legte er den Hörer zurück auf die Gabel.

„Die Kugel aus dem Jahre 1945, mit der Martin Richel erschossen wurde, ist nicht mehr vorhanden", erklärte er. „Ein Abgleich der beiden Kugeln ist also nicht mehr möglich. Ob es sich in beiden Fällen um den selben Täter handelt, ist somit durch eine ballistische Untersuchung nicht mehr zu klären."

Auch Helmke war perplex. „Wie konnte das passieren?"

„Das wusste Coring nicht. Die scheinen unmittelbar nach Kriegsende die Asservate nicht oder nicht richtig archiviert zu haben."

„Schöner Mist. Wie soll man denn da vernünftig ermitteln?"

Als sich die beiden beruhigt hatten, gingen Helmke und Wessler den Fall noch einmal durch. „Der Franzen hat ein starkes Motiv, schließlich macht er Goll für den Tod seines Sohnes verantwortlich. Seine Frau hat aber spontan bestätigt, dass er zur Tatzeit zu Hause war. Ich glaube nicht, dass die beiden dieses Alibi miteinander abgesprochen haben." Helmke zog eine Zigarette aus seiner Packung, die vor ihm auf dem Tisch lag und suchte in seinem Jackett nach dem Feuerzeug.

„Deinem Bericht über Lothar Böcker ist zu entnehmen, dass der nur noch wenig Interesse an seiner Frau hat. Ihre Affäre mit Goll ist schon einige Jahre her und Böcker ist offenbar durch ein arisiertes Grundstück dafür ‚entschädigt' worden," führte Wessler das Gespräch weiter.

Helmke war auf der Suche nach dem Feuerzeug endlich fündig geworden und steckte sich die Zigarette an. Er nahm einen tiefen Zug und nickte. „Krischan Jäger wirkte auf mich auch nicht wie ein leibhaftiger Rachegott", sagte er dann. „Der ist Kommunist, hasst die Nazis, aber ob der in der Lage ist, einen Mord zu begehen? Indizien dafür gibt es jedenfalls keine."

„Mir scheint, wir tappen immer noch so ziemlich im Dunkeln?"

„Tja, so ist das manchmal", sagte Helmke und blickte dem Zigarettenqualm hinterher. „Vielleicht kannst du heute noch mit diesem Neumann sprechen. Versuch herauszufinden, von wem der seine Informationen hat."

***

Als Helmke im Begriff war, das Büro zu verlassen, klingelte erneut das Telefon. Wessler griff nach dem Hörer, brummte zweimal ein „Ja" und gab Helmke ein Zeichen, im Büro zu bleiben. Er reichte den Hörer an Helmke weiter. „Hier, für dich."

Es knackte in der Leitung, als durchgestellt wurde. Konrad Mellenthin war am Apparat. Er klang aufgeregt. „Herr Helmke, in der Wohnung von Herrn Goll ist eingebrochen worden."

„Wann ist das passiert?"

„Wir wissen es nicht genau. Vermutlich am Mittwochabend, als wir zusammen mit den Kindern die Heilige Messe besucht haben."

Helmke runzelte die Stirn. „Und Sie haben das erst heute bemerkt?"

„Ja, wir haben in der ersten Etage ja keine Räume. Meine Frau hat heute Morgen, als sie Wäsche auf dem Dachboden aufhängen wollte, gesehen, dass oben eingebrochen worden ist."

„Was genau hat sie bemerkt?"

„Na ja, dass die Tür zu Herrn Golls Wohnung beschädigt war und dass in der Wohnung Unordnung besteht."

„Gut, ich hoffe, Ihre Frau hat nichts angefasst. Ich komme gleich vorbei … Von woher rufen Sie an?"

„Aus der Firma. Ich bin jetzt bei der Arbeit. Meine Frau kann Ihnen aber alles zeigen."

Helmke legte auf. Zu Wessler, der ihn fragend anblickte, sagte er: „Einbruch in Golls Wohnung. Da scheint irgendjemand irgendetwas gesucht zu haben. Ich fahre da jetzt hin. Komme bitte mit der Spurensicherung nach. Da sind sicherlich Fingerabdrücke zu finden."

***

Eine knappe halbe Stunde später zog Helmke an dem Draht, der die Glocke im Flur des Gollschen Hauses betätigte. Frau Mellenthin öffnete die Tür und ließ Helmke herein. „Wir haben nichts von dem Einbruch bemerkt", sagte sie, während sie Helmke nach oben führte. „Da hätte ja alles Mögliche passieren können."

„Ich hoffe, Sie haben in der Wohnung nichts angefasst", entgegnete Helmke, während er die Stufen nach oben hochstieg.

Brigitta Mellenthin schüttelte den Kopf. „Nein, ich habe die Wohnung nicht betreten, ich habe nur die Tür etwas weiter aufgedrückt. Als ich sah, welche Unordnung im Flur herrschte, habe ich das meinem Mann gesagt. Der wollte Sie von der Firma aus anrufen."

Jetzt standen die beiden vor der Eingangstür zur oberen Wohnung, die Helmke nach seinem letzten Besuch abgeschlossen hatte. Er sah, dass die Tür, die Einbrechern wohl nur wenig Widerstand geboten hatte, aufgehebelt worden war. Das war sicherlich nicht ohne Geräusche abgegangen. „Haben Sie eine Idee, wann der Einbruch erfolgt ist? Hätten Sie das nicht hören müssen?"

Brigitta Mellenthin nickte. „Darüber habe ich mit meinem Mann auch schon gesprochen. Das kann nur am Mittwochabend geschehen sein, da gehen wir immer zur Heiligen Messe. Ansonsten ist eigentlich immer jemand im Haus."

Helmke streifte sich seine Handschuhe über und öffnete vorsichtig die Tür. „Gut, gleich kommen noch zwei Herren von der Spurensicherung, lassen Sie die bitte herein."

Frau Mellenthin nickte. Sie blieb neben Helmke stehen und schien auf weitere Anweisungen zu warten.

Nachdem Helmke die Tür inspiziert und festgestellt hatte, dass das Schloss aus dem Türblatt gebrochen worden war, wandte er sich an die Frau „Sie können jetzt wieder nach unten gehen. Ich komme hier allein zurecht."

Man konnte der Frau ansehen, dass ihr Helmkes Aufforderung nicht recht war, sie wagte aber nicht, sich ihm zu widersetzen. Während Frau Mellenthin die Treppe hinabstieg, betrat Helmke den Flur der oberen Wohnung.

Der kleine Schrank, der im Flur unter den Garderobenhaken gestanden hatte, war umgekippt und geöffnet worden. Der Inhalt, Handschuhe, Schals und Schuhe, lag verstreut auf dem Fußboden. Der zur Garderobe gehörende ovale Wandspiegel war abgehängt worden, offenbar um zu überprüfen, ob hinter dem Spiegel etwas versteckt worden war.

In der Küche bot sich ein ähnliches Bild. Die Türen des Küchenschrankes standen offen. Das Geschirr war ordentlich auf dem Küchentisch abgestellt worden, offenbar hatte der Einbrecher befürchtet, dass zerbrechendes Geschirr zu viel Lärm machen könnte. Der Schrank war vollständig ausgeräumt. Helmke legte sich auf den Fußboden und blickte unter den Schrank. Außer reichlich Staub war da nichts.

Unten schepperte die Türglocke. Kurze Zeit später kamen Wessler und zwei Beamte der Spurensicherung die Treppe hinauf.

Helmke begrüßte die Kollegen. Während sich die

Männer der Spurensicherung an die Arbeit machten und zunächst die Tür in Augenschein nahmen, gingen Helmke und Wessler in das Schlafzimmer, das ebenfalls durchwühlt worden war. Der Einbrecher hatte die Matratzen aus dem Gestell des Doppelbettes gerissen, aufgeschlitzt und dann auf den Boden geworfen, Kopfkissen und Bettdecken ebenso.

„Ich frage mich, was der Einbrecher in dieser Wohnung gesucht hat." Helmke zeigte auf Kleidungsstücke, die ebenfalls auf dem Boden lagen. „Er ist jedenfalls ein großes Risiko eingegangen. Der Einbruch hat doch vermutlich etwas mit dem Mord an Goll zu tun. Wenn man den Einbrecher in der Wohnung gesehen oder gefasst hätte, wäre er auch des Mordes verdächtigt worden."

Wessler nickte. „Vielleicht hat er nach den Fotos gesucht, die du schon vorher gefunden hast", sagte er dann.

Helmke blickte skeptisch. „Hm, vielleicht, glaube ich aber nicht. Die Fotos sind doch eher Material für einen Scheidungsanwalt. Da muss mehr dahinterstecken."

„Wir wissen ja nicht, ob der Einbrecher tatsächlich fündig geworden ist. Auch wir sollten uns hier mal umsehen."

Die beiden Männer begannen mit ihrer Suche in der Küche, mussten aber nach etwa einer Viertelstunde erkennen, dass – trotz ihrer Erfahrung in solchen Dingen – nichts Bemerkenswertes zu finden war.

Auch im Schlafzimmer wurden sie nicht fündig. Zum Abschluss der Suche legte sich Helmke auf den

Fußboden und blickte unter den Schlafzimmerschrank. Außer einer dicken Staubschicht war auch hier nichts zu sehen. Bevor er aufstand, wischte er mit seiner Hand noch über die Unterseite des Schrankes. Dabei spürte er eine kleine Unebenheit, die ihn neugierig machte. Er tastete noch einmal und konnte seine Fingernägel in eine Ritze schieben. Dabei bekam er einen Papierumschlag zu fassen, der offenbar mit kleinen Nägeln oder Stiften unter dem Schrank angebracht und auf diese Weise versteckt worden war. Vorsichtig löste er den Umschlag vom Schrankboden und gab ihn Wessler, der Helmkes Bemühungen aufmerksam verfolgt hatte.

Während Helmke aufstand und sich den Staub von der Kleidung klopfte, öffnete Wessler den Umschlag. Er enthielt nur ein Blatt Papier, einen Totenschein, ausgestellt für einen gewissen Pierre Desmoulins, geboren am 24. März 1920 in Soissons. Wessler reichte das Papier an Helmke weiter. „Ein toter Franzose", sagte er.

Als Todesursache wurde ein Schlag mit einem harten Gegenstand seitlich gegen den Kopf angegeben, der zu einer Schädelfraktur geführt hatte. Der Totenschein war von Dr. Karl Maßmann am 18. April 1944 ausgestellt worden.

„Interessant", sagte Wessler, „ein toter Franzose hier in Jöllenbeck." Er blickte Helmke an. „Was ist daran so geheim, dass Goll den Schein so aufwändig versteckt hat?"

Helmke hob die Schultern. „Ich weiß es nicht, Kurt, aber ich vermute, dass uns Dr. Maßmann diese Frage beantworten kann."

***

Die Praxis von Dr. Maßmann lag nur wenige Gehminuten von Golls Haus entfernt und war nach der präzisen Beschreibung von Frau Mellenthin nicht zu verfehlen.

Die Arztpraxis war gut besucht, nur wenige der dort aufgestellten Stühle waren noch frei. Helmke erklärte der Sprechstundenhilfe, einer älteren Dame mit einem geflochtenen Haarzopf, den sie zu einem Knoten zusammengebunden trug, dass er und sein Kollege dringend mit Dr. Maßmann sprechen müssten und zeigte ihr dabei seinen Ausweis.

„Ist gut", sagte die Frau nach einer eingehenden Musterung der beiden Männer, „Sie müssen aber solange warten, bis der Patient aus dem Arztzimmer kommt. Ich rufe Sie dann auf."

Helmke und Wessler nickten und setzten sich auf die beiden letzten freien Stühle im Wartezimmer. Es dauerte nur wenige Minuten, bis ein älterer Mann das Sprechzimmer des Arztes verließ. Die Sprechstundenhilfe gab den beiden Kriminalbeamten ein Zeichen und die beiden erhoben sich.

Dr. Maßmann war überrascht, Helmke, den er ja schon kannte, und seinen Kollegen zu sehen. Er zeigte auf die beiden Stühle, die vor seinem Schreibtisch standen.

„Ich gehe davon aus, dass Sie sich nicht von mir behandeln lassen wollen und ich hoffe, Sie nehmen meine Zeit nicht zu sehr in Anspruch. Sie sehen ja selber, das Wartezimmer ist voll."

„Ich kann Sie beruhigen, Herr Doktor. Uns interessiert nur eine vermutlich sogar unwichtige Kleinigkeit … Können Sie etwas mit dem Namen Pierre Desmoulins anfangen?"

Die Überraschung war dem Arzt ins Gesicht geschrieben. Er schien nachzudenken. Dann sagte er: „Ich erinnere mich, das muss 1943 oder 1944 gewesen sein. Desmoulins war ein französischer Kriegsgefangener, der einen Arbeitsunfall hatte. Er war von einem Gerüst gestürzt und hatte sich das Genick gebrochen. Als ich zu ihm gerufen wurde, war er bereits tot."

„Sie haben den Totenschein ausgestellt?"

„Ja, natürlich. Das war meine Aufgabe. Ich habe den Toten untersucht und dann den Totenschein ausgefertigt. Mehr konnte ich nicht tun."

Wessler fragte: „Bei wem hat der Tote gearbeitet?"

„Bei der Firma Maßmann, die meinem Onkel gehört. Jedenfalls hat Erich Hellmann, der Schwiegersohn meines Onkels, in der Praxis angerufen und mich über den Unfall unterrichtet."

Helmke legte den Totenschein auf den Schreibtisch des Arztes.

Dr. Maßmann nahm den Totenschein und las ihn. „Ja, was ist damit?"

Helmke blickte den Arzt an. „Von einem Unfall steht

da aber nichts. Sie haben seinerzeit geschrieben, der Tote sei an einem Schlag gegen den Kopf gestorben."

„Todesursache war eine Kopfverletzung. Das steht so auf dem Totenschein. Da müssen Sie nicht päpstlicher als der Papst sein."

Helmke nickte. Er wollte diesem offenkundigen Widerspruch jetzt nicht weiter nachgehen. „Wir haben diesen Totenschein in Golls Wohnung gefunden, er war dort sorgfältig versteckt und scheint deshalb für Goll eine wichtige Bedeutung gehabt zu haben."

Dr. Maßmann zuckte mit den Achseln. „Dazu kann ich Ihnen nichts sagen. Ich habe den Schein nur ausgestellt." Er blickte auf seine Armbanduhr. „Wenn Sie keine weiteren Fragen haben, würde ich mich gerne wieder um meine Patienten kümmern."

Helmke und Wessler erhoben sich. Helmke lächelte. „Das war's schon. Vielen Dank für Ihre Hilfe. Falls sich weitere Fragen ergeben sollten, kommen wir noch einmal auf Sie zurück."

***

Helmke merkte beim Hinausgehen, als er der Sprechstundenhilfe zulächelte und dabei Wesslers Gesicht mit seinem Blick streifte, dass es in Wessler brodelte. „Was bedrückt dich?", fragte er, als die beiden wieder auf der Straße standen.

„Warum hast du wegen des Totenscheins nicht nachgehakt? Da ist doch irgendetwas faul. Von einem

Arbeitsunfall steht auf dem Totenschein nichts."

„Ich weiß."

„Ja – und?"

„Wir werden das Gespräch mit Dr. Maßmann zu gegebener Zeit fortsetzen. Zuvor möchte ich mir aber noch ein paar Hintergrundinformationen beschaffen. ... Es gibt da übrigens noch einen Widerspruch."

„Ich weiß", Wessler lächelte. „Wenn jemand tatsächlich in die obere Wohnung eingebrochen ist, wieso gibt es dann unten keine Einbruchsspuren?"

Helmke grinste. „Du sagst es. Aber auch das werden wir noch klären."

Die beiden Männer gingen wieder zurück in den Hägerweg, wo die beiden Kollegen von der Spurensicherung ihr Arbeit beendet und eine große Anzahl von Fingerabdrücken gesichert hatten.

Während Wessler mit den beiden Kollegen nach Bielefeld zurückfuhr, setzte sich Helmke in seinen Dienstwagen, um dem Ortspolizisten Horstmann einen weiteren Besuch abzustatten.

***

Der Ortspolizist saß in seinem Büro. Er freute sich, als er Helmke erblickte. „Na, sind Sie vorbeigekommen, damit ich als Erster erfahre, wer den Mord begangen hat?"

Helmke grinste schief. „Wenn wir schon soweit wären ... Ich bekomme inzwischen Druck von meinem Chef, weil sich die Ermittlungen so lange hinziehen."

130

Horstmann machte eine einladende Handbewegung und zeigte auf den Besucherstuhl. „Einen Muckefuck?"

„Gerne."

Während sich Horstmann daran machte, mit einem Tauchsieder Wasser zu erhitzen, zog Helmke sein Zigarettenpäckchen aus dem Jackett, hielt es Horstmann hin und nahm dann selber eine.

Nach kurzer Zeit fing das Wasser im Sieder an, zischende Laute von sich zu geben.

„Haben Sie heute schon die Zeitung gelesen?"

„Sie sprechen jetzt den Artikel von diesem Neumann an, ja?"

Helmke nickte.

Horstmann glaubte, sich verteidigen zu müssen. „Ich habe mit dem Mann nicht gesprochen, von mir hat der keine Informationen. Ich habe mich lediglich mit Wiegand über die mögliche Existenz einer Werwolf-Gruppe unterhalten."

„Schon in Ordnung." Helmke verzichtete darauf, Horstmann davon zu berichten, welche Reaktion der Artikel bei seinem Chef ausgelöst hatte.

Horstmann hatte inzwischen den dünnen Kaffee zubereitet. Die beiden Männer rauchten die Zigaretten zu Ende und nahmen erste Schlucke vom Kaffee. Das war für Helmke eine gute Gelegenheit, Horstmann auf Pierre Desmoulins anzusprechen.

„Haben Sie im Jahre 1944 etwas vom Tod eines französischen Kriegsgefangenen mitbekommen?"

Horstmann nickte. „Ja sicher. So etwas kommt hier ja

nicht alle Tage vor. Der Mann ist von einem Baugerüst gestürzt und unglücklich auf den Kopf gefallen."

Helmke nahm einen weiteren Schluck aus seiner Kaffeetasse. „Diese Version habe ich auch von Dr. Maßmann gehört, der den Totenschein ausgestellt hat. Der Totenschein enthält aber eine etwas andere Version." Er legte Horstmann den Totenschein auf den Schreibtisch.

Horstmann las und sagte dann: „Ja, der Schein vermittelt ein etwas anderen Bild. Woher haben Sie den Totenschein?"

„Den haben wir in Golls Wohnung gefunden, wo er sorgfältig versteckt war. Uns interessiert jetzt, ob der Totenschein möglicherweise etwas mit dem Mord an Goll zu tun haben kann."

Horstmann zuckte die Achseln, griff nach seiner Kaffeetasse und trank. Helmke nahm ebenfalls einen Schluck. „Was wissen Sie über Dr. Maßmann? War er auch Parteigenosse?"

„Vermutlich. Es gab mal das Gerücht, Maßmann gehöre zum Förderkreis der SS. In der Öffentlichkeit ist er allerdings nicht als Nazi aufgetreten."

Helmke pfiff leise durch die Zähne. Gleichwohl – diese Information überraschte ihn nicht wirklich. Leute wie Dr. Maßmann waren typische Rückversicherer. Nach außen wollten sie mit den primitiven Nazis nichts zu tun haben, in aller Stille flossen aber Gelder, um sich Vorteile zu verschaffen oder um sich rückzuversichern.

Helmke steckte sich eine neue Zigarette an. „Ich frage mich auch, wieso der Totenschein in den Besitz von Goll gelangen konnte, normalerweise landet der doch beim Standesamt – oder, wenn ein Verbrechen vorliegt, bei der Polizei beziehungsweise bei der Staatsanwaltschaft."

Horstmann nickte. „Jetzt, wo Sie es sagen … Ich glaube, ich habe damals den Totenschein dieses Franzosen sogar auf meinem Schreibtisch gehabt. Der Inhalt des Scheines muss damals aber etwas anders ausgesehen haben, denn ich habe den Schein bestimmt an das örtliche Standesamt weitergeleitet."

Helmke wurde hellhörig. „Können Sie das überprüfen?"

Horstmann lächelte. „Kann ich. Kostet mich einen Telefonanruf." Er suchte kurz in einer Telefonliste, die unter dem Diensttelefon lag, dann griff er zum Hörer und wählte eine Nummer. Seinem Gesprächspartner, offenbar ein Beamter aus dem örtlichen Standesamt, erklärte er in knapper Form, wonach er suchte.

Es dauerte etwa zwei Minuten, bis das Gespräch fortgesetzt wurde. „Gut, der Kollege von der Kripo kommt wahrscheinlich gleich vorbei", sagte Horstmann abschließend. Er legte auf. „Der Totenschein befindet sich noch im Standesamt", erklärte er, „Sie können ihn sich gleich ansehen, wenn Sie wollen."

„Das ist seltsam", sagte Helmke, „normalerweise wird doch immer nur ein Totenschein ausgestellt – oder?"

Horstmann nickte. „Das ist auch mein Kenntnisstand."

***

Das in den 1930er Jahren errichtete Jöllenbecker Amtshaus, das auch das Standesamt beherbergte, war ein großes weißes Gebäude, das in unmittelbarer Nähe der Polizeistation lag. Der Standesbeamte, ein älterer Mann mit kurzgeschnittenen grauen Haaren, der eine dicke Hornbrille trug, blickte zunächst unwillig auf, als Helmke das Zimmer betrat. Nachdem ihm Helmke seinen Ausweis gezeigt hatte, erwies er sich aber als sehr zuvorkommend und legte den bereits herausgesuchten Totenschein vor Helmke auf den Tresen, der den Arbeitsbereich des Standesbeamten von möglichen Besuchern abtrennte.

„Ist was Besonderes mit diesem Totenschein?", fragte er. „Sie sind der zweite, der sich danach erkundigt."

„Was meinen Sie damit?", fragte Helmke.

„Na, vor zwei Wochen war ein französischer Offizier hier, der sich ebenfalls für den Sterbefall Desmoulins interessierte und den Totenschein sehen wollte."

„Und – hat der irgendwas gesagt?"

Der Standesbeamte schüttelte den Kopf. „Nein, der hat sich den Schein nur angesehen und ist dann wieder verschwunden. War ein unfreundlicher Mensch."

Helmke zog sein Exemplar des Totenscheins aus dem Jackett und schob ihn neben den anderen Schein. Beide Totenscheine waren von Dr. Maßmann unterzeichnet worden. Ein kurzer Vergleich zeigte Helmke aber, dass

134

die für den jungen Franzosen angegebene Todesursache auf beiden Scheinen nicht genau übereinstimmte. Während auf dem bei Goll gefundenen Exemplar von einem Schlag die Rede war, der gegen den Kopf des Mannes ausgeführt worden war und zu einer tödlichen Schädelverletzung geführt hatte, hatte Dr. Maßmann auf dem im Standesamt archivierten Totenschein vermerkt, dass der Tod die Folge eines Unfalls war. Dr. Maßmann hatte einen Genickbruch attestiert, den sich der Kriegsgefangene durch den Sturz von einem Gerüst zugezogen hatte.

Helmke notierte die auf dem Totenschein aus dem Standesamt gemachten Angaben. Als er dem Standesbeamten danach den Schein zurückgab, bemerkte er: „Passen Sie gut darauf auf. Vielleicht benötige ich den noch einmal."

Draußen vor dem Amtshaus blieb er einen Augenblick stehen. Er wusste immer noch nicht, ob es einen Zusammenhang zwischen dem Fund aus Golls Schlafzimmer und dem Mord an Goll gab.

Helmke überlegte kurz, zurück zu Dr. Maßmann zu gehen und ihn mit der Existenz der beiden Totenscheine zu konfrontieren. Dann aber entschied er sich dafür, den Sachverhalt zunächst mit Wessler zu besprechen.

Er blickte auf seine Armbanduhr. Es war Mittagszeit. Helmke spürte jetzt seinen Magen und er entschloss sich dazu, noch einmal den *Gasthof zum Adler* aufzusuchen, um eine Mittagsmahlzeit zu sich zu nehmen.

Der Gasthof lag in fußläufiger Nähe. Es waren nur

135

wenige Gäste anwesend und die saßen ausnahmslos an der Theke. Das Angebot an Speisen war – wie Helmke bereits bei seinem ersten Besuch erfahren hatte – sehr begrenzt. Helmke entschied sich wieder für die Linsensuppe. Dazu bestellte er ein Mineralwasser. Nach dem Schnapsexzess mit dem früheren SA-Sturmführer Wiegand am Vortag wusste er nicht, ob ihm ein Bier schon wieder schmecken würde.

***

Rolf Neumann war am Telefon sofort einverstanden gewesen, sich mit Wessler zu treffen. Offenbar erwartete er neue Informationen zum Mordfall Goll. Kurt Wessler hatte in dem an der Bahnhofstraße gelegenen Café Knigge nicht lange auf den Journalisten warten müssen. Neumann erschien pünktlich, setzte sich zu Wessler an den Tisch und kam sofort zur Sache: „Sie haben jetzt doch etwas für mich?"

Der Kriminalbeamte wartete, da in diesem Augenblick der Kellner erschien.

„Zwei Tassen Kaffee", sagte Wessler. Neumann nickte auf Wesslers fragenden Blick hin zustimmend.

„Sagen Sie mir zuerst, woher Sie die Informationen über die angebliche Werwolf-Organisation in Jöllenbeck haben."

Neumann grinste. „Oha, bin ich da vielleicht jemanden zu stark auf die Füße getreten?" Er schüttelte den Kopf. „Kann ich nicht machen. Ich muss meinen

Informanten schützen. War ein vertrauliches Gespräch."

Wessler hatte mit einer ähnlichen Antwort gerechnet.

„Gut", sagte er, „dann teilen Sie Ihrem Informanten mit, dass er Ihnen Blödsinn erzählt hat. In Jöllenbeck hat es nie eine Werwolf-Gruppe gegeben."

Neumanns Grinsen wurde breiter. „Das hat mir mein Informant auch gesagt." Als er in Wesslers verständnisloses Gesicht blickte, erklärte er: „Mein Informant hat mir aber auch gesagt, dass die Polizei zumindest zeitweise erwogen hat, hinter den Morden könnte eine Werwolf-Gruppe stecken."

„Und das gibt Ihnen das Recht, Falschmeldungen zu veröffentlichen?"

In diesem Augenblick kam die Serviererin mit dem Kaffee. Wessler bedankte sich und trank einen Schluck. Der Kaffee war gut.

„Wer sagt denn, dass in dem Artikel Unwahrheiten stehen? Sie haben den Fall doch noch gar nicht gelöst. Außerdem habe ich das als Frage formuliert und wenn Sie mir gestern eine genauere Auskunft gegeben hätten ..." Neumann ließ den Satz unvollendet. Dann setzte er aber noch einmal an: „Der Mord im Jahre 1945 scheint ja tatsächlich von Mitgliedern einer Werwolf-Organisation begangen worden zu sein."

„Auch das ist keineswegs bewiesen." Wessler fragte sich inzwischen, was dieses Gespräch mit dem Journalisten sollte. Informationen von Neumann, die ihn und Helmke im Fall Goll weiterbringen könnten, würde er hier nicht erhalten. „Vielleicht sollte seinerzeit nur der

Verdacht auf eine nichtexistente Gruppe gelenkt werden, damit die wirklichen Täter nicht gefasst werden konnten."

„Mag sein. Ist aber insgesamt eine dünne Suppe, die Sie mir da mitgebracht haben. Was wollen Sie eigentlich von mir?"

„Sie an Ihre journalistische Sorgfaltspflicht erinnern, die ja vermutlich in der Hitlerzeit bei den *Westfälischen Neuesten Nachrichten* Ihrer Karriere eher hinderlich gewesen wäre." Ohne auf den Protest Neumanns zu achten, fuhr Wessler fort: „Die Besatzungsmacht reagiert auf Begriffe wie ‚Werwolf‘ oder auf Unterstellungen, es gebe Seilschaften zwischen alten Nazikadern und der Polizei, sehr empfindlich. Wir sollten alles daran setzen, dass das gute Einvernehmen zwischen Besatzungsmacht und denjenigen, die für den demokratischen Neuaufbau in Deutschland zuständig sind, nicht in unverantwortlicher Weise gestört wird."

Er trank den Kaffee aus, legte einen Geldschein auf den Tisch und erhob sich. „Betrachten Sie unser heutiges Gespräch nicht als Streit. Sie können mich gerne weiter anrufen. Wenn ich es verantworten kann, Informationen weiterzugeben, mache ich das."

Neumann sagte nichts. Das rasche Ende der Unterhaltung, von der er sich offenbar einiges versprochen hatte, kam für ihn überraschend. Er nickte nur.

***

138

Helmke schaltete das Licht aus und schloss die Bürotür hinter sich. Langsam stieg er die Treppe hinab. Er nickte dem Beamten an der Eingangstür zu und verließ das Präsidium.

Er hatte den ganzen Tag gearbeitet und mehrere Personen befragt, am Ende des Tages stellten sich ihm aber weitere Fragen, auf die er ebenfalls noch keine schlüssigen Antworten hatte. Ihm graute vor der Lagebesprechung am Montag. Kriminalrat Mähler würde wahrscheinlich ein weiteres Mal mit seiner Arbeit unzufrieden sein.

Sollte er der Sache mit den beiden Totenscheinen Priorität einräumen oder führte das die Ermittlungen auf einen falschen Weg? Wie lange hatte sich der Totenschein bereits unter Golls Schlafzimmerschrank befunden? Vielleicht hatte Goll die Existenz des Scheines bereits vergessen und er, Helmke, maß dem Schein eine Bedeutung bei, die ihm gar nicht zukam. Aber weshalb war dann in Golls Wohnung eingebrochen worden? Vielleicht hatte der Einbrecher etwas ganz anderes gesucht und war sogar fündig geworden?

Für Helmke war klar, dass er so schnell wie möglich mit Dr. Maßmann sprechen musste. Möglicherweise gab es für die Existenz des zweiten Totenscheins ja eine ganz einfache Erklärung.

Helmke wandte sich nach rechts in die Heeper Straße, wo auf Höhe der Ravensberger Spinnerei die Mühlenstraße abzweigte. In dem in der Mühlenstraße gelegenen *Leuchtturm* trafen sich Menschen aus der industriellen

Arbeitswelt ebenso wie aus dem Bürgertum, aber auch – und das schien für einige Besucher besonders interessant zu sein – Leute aus der sogenannten Halbwelt, kleine Schieber und Schwarzhändler. Freitagabends herrschte im *Leuchtturm* Hochbetrieb, einige Arbeiter feierten bereits das herannahende Wochenende, obgleich sie am nächsten Tag noch bis Mittag arbeiten mussten. Helmke erkämpfte sich einen Platz am Tresen und bestellte ein Bier.

Gerade als er sich eine *Eckstein* anzünden wollte, tippte ihm jemand auf die Schulter. Er drehte sich um und blickte in das grinsende Gesicht von Paule Beckmann, der schräg hinter ihm stand, eine halbgerauchte Zigarette in der rechten, ein Bier in der linken Hand. Er gab Helmke mit einer knappen Neigung seines Kopfes ein kurzes, unmerkliches Zeichen Richtung Kneipenausgang. Helmke nickte ebenso knapp, erhielt in diesem Augenblick aber von dem Wirt sein Bier hingestellt, nahm es und trank es in einem Zug aus. Er legte dem Wirt Geld auf den Tresen und wandte sich zur Tür. Draußen steckte er sich die Zigarette an, die er zuvor hinter sein rechtes Ohr geschoben hatte.

Kurze Zeit später kam auch Paule Beckmann aus dem Lokal. Beckmann wandte sich nach links und ging langsamen Schrittes Richtung Spinnerei. Helmke folgte ihm und holte ihn bald ein. „Was gibt es, Paule?", fragte er leise, während er neben Beckmann herging.

„Erstmal noch vielen Dank für die Warnung vor der Haussuchung."

„Dafür nicht Paule, ich hatte bloß – wie gesagt – an dem betreffenden Abend keine Zeit mehr, meine Kollegen zu informieren. Aber deshalb willst du mich doch nicht sprechen – oder?"

„Nee. Sie haben mich doch nach einer Sauer 38H gefragt. Ich habe mich da ein bisschen umgehört. Ein Kollege von mir hat vor ein paar Tagen eine Sauer 38H mit passender Munition verkauft."

Helmke wurde hellhörig. „Name, Adresse deines Kollegen?", fragte er, während die beiden langsam weitergingen.

Beckmann schüttelte den Kopf. „Kann ich nicht machen."

„Dann sag' mir, an wen dein Kollege die Waffe verkauft hat."

„Das weiß er nicht. Er hatte den Eindruck, sein Kunde hat die Waffe nicht für sich, sondern für einen anderen gekauft."

„Weshalb erzählst du mir das, wenn ich mit dieser Information nichts anfangen kann?"

Beckmann zuckte die Achseln. „Sie hatten mich gefragt und Sie hatten noch einen gut bei mir."

Helmke blieb stehen und hielt Beckmann am Ärmel fest. Es war niemand in der Nähe, der die beiden hätte beobachten können. Eindringlich sagte er: „Vielleicht kannst du noch einmal mit deinem Kollegen reden. Ich verspreche, dass ich gegen ihn nichts unternehmen werde. Und sein Name bleibt außen vor. Ich muss nur alles über seinen Kunden herausfinden. Dein Kollege kann mir durch ein persönliches Gespräch vielleicht helfen."

Beckmann wand sich zunächst ein wenig, dann nickte er. „Mache ich, versprechen kann ich aber nichts."

„Gut. Rufe mich am Montagmorgen im Präsidium an, wenn du etwas erreicht hast, ja?"

„Wird gemacht." Beckmann ging weiter, während Helmke umkehrte und den Weg zurück zum *Leuchtturm* einschlug.

13. Kapitel

Donnerstag, 4. Februar 1943

„Mein Mann ist Soldat in der 6. Armee unter General Paulus." Käthe Tappes Augen waren gerötet. Die Meldung, dass die 6. Armee in Stalingrad zur Kapitulation gezwungen worden war, hatte inzwischen auch in der Weberei die Runde gemacht. Der Großdeutsche Rundfunk und die Zeitungen hatten darüber berichtet und Käthe Tappe, die zuvor immer mit glänzenden Augen aus den Briefen ihres Mannes vom deutschen Vormarsch in der Sowjetunion vorgelesen hatte, saß neben zwei Arbeitskolleginnen in der Umkleidekabine der Weberei. Ihre beiden Kolleginnen versuchten, sie zu trösten, was aber bei Käthe Tappe kaum Wirkung zeigte.

„Hoffentlich hat Peter die letzten Tage vor der Kapitulation überlebt", sagte sie mit kaum hörbarer Stimme. „Aber was passiert jetzt mit ihm? Man hört ja, dass die Russen ihre Gefangenen nicht gut behandeln sollen. Das sind ja richtige Untermenschen." Die beiden Kolleginnen pflichteten ihr bei.

Grete Dierker konnte nicht anders, jetzt musste sie sich einmischen: „Wie man hört, behandeln wir unsere russischen Kriegsgefangenen ja auch nicht besonders gut."

Die drei Frauen blickten auf. „Woher willst du denn das wissen?", fragte Käthe Tappe.

Grete Dierker zuckte die Achseln. „Man hört so einiges. In Stukenbrock ist ja ein Lager für russische

Kriegsgefangene."

„Und du warst schon einmal da und hast dir das Lager angeguckt?", fragte Käthe Tappe bissig, indem sie Grete Dierker feindselig musterte. „Oder hast du die Information von deinen kommunistischen Freunden?"

Grete Dierker schwieg. Sie hatte das Wissen tatsächlich von Parteigenossen, die in der Stukenbrocker Region wohnten und die Informationen über noch funktionierende Verbindungen an Bielefelder Parteimitglieder weitergegeben hatten. Von dort aus waren die Informationen nach Jöllenbeck gelangt. Die Genossen hatten vom Dahinvegetieren der sowjetischen Kriegsgefangenen, von der schlechten Versorgungslage und von der massiven Ausbeutung ihrer Arbeitskraft berichtet.

Sie wusste, dass sie sich verdächtig machte, wenn sie den Frauen jetzt mit Einzelheiten kam. Sie wandte sich deshalb ab, zog sich um und machte sich auf den Weg in die Spulerei.

An ihrem Arbeitsplatz traf sie auf Katerina Siwakowa, in deren Gefolge sich – wie üblich – Nastia Kowalewa befand.

„Stimmt, dass deutsche Soldaten in Stalingrad kapituliert?", fragte Katerina leise, nachdem sie sich zuvor umgeschaut und dabei festgestellt hatte, dass sich niemand in ihrer Nähe befand.

Grete Dierker nickte. Sie antwortete ebenso leise: „Ja, das ist richtig. Woher weißt du das?"

„Habe gehört vorhin, wie Kolleginnen geredet."

„Vielleicht ist der Krieg jetzt bald zu Ende und ihr
144

könnt wieder nach Hause."

Katerina lächelte. Da Nastia Kowalewa jetzt heftig an Katerinas Ärmel zog, kam diese nicht umhin, das bislang Gesagte zu übersetzen. Jetzt strahlte auch Nastia.

„Die Herrschaft der Nazis dürfte bald ..." Grete Dierker brach den angefangenen Satz ab, weil jetzt zwei weitere Frauen in die Halle kamen, die sie kannte und denen sie nicht traute. Sie ließ die beiden Zwangsarbeiterinnen stehen und wandte sich ihrer Arbeit zu, die ihr heute rasch von der Hand ging.

Eine Kriegsniederlage würde die Herrschaft der Nazis nicht überstehen, da war sich Grete Dierker sicher. Dann würde es zum Umsturz kommen. Mit Unterstützung der linken Kräfte durch die Rote Armee, die sich jetzt hoffentlich auf dem Vormarsch befand, würde das Naziregime bald ausgedient haben. Je eher, desto besser.

Kurz vor dem Ende der Schicht kam Ulrich Schöne, der Leiter der Betriebsgemeinschaft der DAF, vorbei. Er sprach sie ohne Umschweife an: „Grete, wie ich gerade gehört habe, hast du schon wieder aufsässige Reden geführt. Du stellst dich damit gegen dein eigenes Volk und du störst damit auch das gute Klima hier im Betrieb." Er machte eine kurze Pause und blickte Grete Dierker dabei mit zusammengekniffenen Augen an, so als wolle er sie hypnotisieren: „Falls das noch einmal vorkommt, muss ich dich der Betriebsleitung melden und bei deiner Vorgeschichte kannst du dir vielleicht denken, was dann passiert."

Es half nichts. Sie musste wieder kleine Brötchen

backen. Noch waren die anderen am Drücker. Sie nickte und sagte: „Das war nicht so gemeint, das muss Käthe Tappe falsch verstanden haben, in ihrer Situation, die Sorge um ihren Mann ….“ Bald, sie hoffte sehr bald, würde es ein Ende haben mit diesem Versteckspiel. Dann würden auch hier in Jöllenbeck die Männer zur Rechenschaft gezogen werden, die im Augenblick das Sagen hatten. Auch Ulrich Schöne würde dazugehören. Jede Gefallenenmeldung, die der Ortsgruppenleiter im Dorf zu überbringen hatte, und das waren in den letzten Wochen und Monaten viele gewesen, schwächte die Begeisterung der Menschen für das Regime.

Ulrich Schöne schien mit dieser Antwort zufrieden zu sein. Er nickte Grete Dierker noch einmal ernst zu und setzte seinen Rundgang fort.

14. Kapitel

Samstag, 17. Mai 1947

Samstags fanden im Präsidium nur in absoluten Ausnahmefällen Lagebesprechungen statt. Heute war kein solcher Tag. Helmke hatte sich mit Wessler unmittelbar nach Dienstbeginn kurz über den aktuellen Ermittlungsstand ausgetauscht, wobei Helmke Wessler vornehmlich über das abendliche Gespräch mit Paule Beckmann informiert hatte, das auf Ermittlungsfortschritte hoffen ließ.

Auch Wessler hatte sich die Existenz zweier Totenscheine nicht erklären können und plädierte für eine rasche Untersuchung des Sachverhalts. „Außerdem müssen wir feststellen, wie der Einbruch in Golls Wohnung erfolgen konnte, ohne dass die Haustür gewaltsam geöffnet worden ist."

Helmke nickte und stand auf. „Gut, ich fahre nach Jöllenbeck, um noch einmal mit Dr. Maßmann zu sprechen. Wir werden dann wissen, was es mit dem doppelten Totenschein auf sich hat … Du hast Recht: Bei der Familie Mellenthin fahre ich ebenfalls vorbei."

Erst jetzt fiel Helmke auf, dass Wessler übernächtigt aussah. „Ist was mit deiner Frau?"

Wessler nickte. „Sie ist heute Nacht ins Krankenhaus nach Bethel eingeliefert worden. Ich habe kaum geschlafen."

Die beiden Männer schwiegen einen kurzen Moment, da Helmke nicht wusste, was er sagen sollte.

„Machst du dir Sorgen?"

„Ja, natürlich. Erna und ich, wir wissen beide, dass …" Wessler ließ den Satz unvollendet. „Erna hat keinen Lebensmut mehr", flüsterte er dann.

Auch jetzt fiel Helmke wenig Tröstendes ein. „Verlier' du deinen Mut nicht, das hilft auch deiner Frau", sagte er, wobei er sich hilflos fühlte. Als er an der Tür stand, verabschiedete er sich mit den Worten: „Vielleicht mache ich auch noch einen kurzen Besuch bei dem ehemaligen SA-Sturmführer Wiegand, wenn er zu Hause ist. Mal sehen, ob er es war, der die Presse informiert hat. Wir sehen uns spätestens am Montag."

Wessler nickte nur.

Helmke nahm wieder den Opel Olympia. Der Tag versprach, schön zu werden. Nachdem er die Innenstadt hinter sich gelassen hatte, hoben kurz vor Theesen das frische Grün der Bäume und die Sonnenstrahlen schlagartig seine Stimmung, die nach dem Gespräch mit Wessler über dessen kranke Frau einen Tiefpunkt erreicht hatte. Helmke war bekannt, dass die Ärzte bei Erna Wessler schon vor Monaten einen nicht operablen Hirntumor festgestellt hatten, der immer weiter wuchs und dadurch bei ihr zu starken Kopfschmerzen führte. Sprache und Sehvermögen waren bei Wesslers Frau bereits stark eingeschränkt.

Hinter Theesen verlief die Straße schnurgerade. Helmke trat aufs Gas und genoss die Geschwindigkeit. Kurz vor Jöllenbeck musste er allerdings scharf abbremsen, als ihm ein englischer Militärkonvoi entgegenkam,

148

Teile des Konvois beanspruchten mehr als die Hälfte der Straße für sich.

In Jöllenbeck steuerte Helmke zunächst die Praxis von Dr. Maßmann an, die auch am Samstagvormittag geöffnet war. Im Wartezimmer saßen nur zwei Patienten. Die Ehefrau des Arztes, eine hübsche blonde Frau, bestimmt noch keine 30 Jahre alt, die samstags die Aufgabe der Sprechstundenhilfe übernahm, konnte Helmke allerdings nur auf später vertrösten, als er um ein Gespräch mit dem Arzt bat: „Mein Mann macht gerade Hausbesuche, vor einer Stunde erwarte ich ihn nicht zurück."

Helmke entschied, nicht so lange zu warten und machte sich zu Fuß auf den Weg zu Golls Haus im Hägerweg. Auf sein Klingeln, das die scheppernde Glocke im Hausflur in Aktion versetzte, öffnete eine überrascht blickende Frau Mellenthin die Tür, die Helmke mit dem Satz „Mein Mann ist nicht zu Hause, er muss heute Morgen arbeiten", begrüßte und ihn damit auch wohl abzufertigen gedachte.

Helmke nickte der Frau freundlich zu. „Das macht nichts. Was ich wissen muss, kann ich auch mit Ihnen besprechen."

„Ja? Worum geht es denn?"

Helmke räusperte sich. „Frau Mellenthin, wir haben uns gefragt, wie der Wohnungseinbrecher in die obere Wohnung gelangt ist, ohne dass Sie das bemerkt haben."

„Wir waren am Mittwoch bei der Heiligen Messe, das hatte Ihnen mein Mann doch schon gesagt."

Helmke schüttelte den Kopf. „Nein, nein, das meinte ich nicht. Der Einbrecher muss doch ins Haus gekommen sein, bevor er in die Wohnung von Herrn Goll gelangen konnte. Also muss er doch an irgendeiner Stelle in das Haus eingebrochen sein. Die Haustür scheint aber unversehrt zu sein." Helmke zeigte auf die Haustür, vor der die beiden jetzt standen. „Sehen Sie irgendwelche Beschädigungen oder Einbruchsspuren?"

„Ach so." Die Frau nickte. „Ja, klar. Darüber haben mein Mann und ich auch schon gesprochen. Wir können uns das nur so erklären, dass der Einbrecher durch den Keller gekommen ist. Wir schließen die Kellertür nicht immer ab. Kann sein, dass die Tür am Mittwoch unverschlossen war."

„Können Sie mir die Kellertür einmal zeigen?"

„Ja, natürlich, kommen Sie." Frau Mellenthin führte Helmke um das Haus herum. An der rückwärtigen Seite des Wohnhauses ging eine schmale Außentreppe in den Kellerbereich. Helmke stieg die Treppe hinab und versuchte, die Tür zu öffnen, was ihm aber nicht gelang.

„Die Tür ist ja verschlossen", wunderte er sich, während er nach oben blickte und die Frau dabei ansah.

Frau Mellenthin nickte. „Mein Mann hat mir gesagt, dass wir in Zukunft besser darauf achten müssen, dass die Tür immer verschlossen ist."

„Können Sie die Tür einmal für mich öffnen?"

„Ja, warten Sie." Frau Mellenthin drehte sich um und ging zurück zur Eingangstür. Wenige Augenblicke später hörte Helmke, dass sich im Schloss der Kellertür ein

Schlüssel drehte und die Tür öffnete sich.

Helmke nahm die geöffnete Kellertür in Augenschein. Spuren eines Einbruchs waren nicht zu erkennen. „Und wie ist der Einbrecher von hier in das Obergeschoss gelangt?", fragte er.

„Warten Sie, ich gehe voraus." Frau Mellenthin führte Helmke durch einen Waschkeller, in dem ein hölzerner Waschzuber stand, den Frau Mellenthin zum Wäschewaschen nutzte, und durch einen schmalen Gang zu einer Treppe, die nach oben ins Erdgeschoss führte. Helmke musste seinen Kopf einziehen, denn die Kellerräume waren sehr niedrig. Auch an der Tür zwischen Keller und Erdgeschoss fand Helmke keine Spuren, die auf einen Einbruch hätten hindeuten können.

„Ist diese Tür verschlossen, wenn Sie nicht zu Hause sind?"

„Nein, nie."

Die beiden standen jetzt im Flur des Erdgeschosses, nahe der Eingangstür. Helmke nickte der Frau zu. „Vielen Dank für die Führung durch das Haus. Ich denke, wir sehen jetzt etwas klarer. Meine Empfehlung an Ihren Ehemann."

***

Als Helmke zur Arztpraxis zurückkehrte, stand ein Wanderer W 24 vor der Garage, die zu Maßmanns Haus gehörte. Der Arzt war offenbar von seinen Hausbesuchen zurück. Im Wartezimmer saß nur noch ein älterer

Mann.

Die Frau des Arztes lächelte, als Helmke hereinkam. „Mein Mann hat gleich für Sie Zeit. Ich habe Sie schon angekündigt", sagte sie. „Nehmen Sie doch noch einen Augenblick Platz."

Nach wenigen Minuten wurde der ältere Mann in das Behandlungszimmer gerufen, das er einige Minuten später in Begleitung des Arztes wieder verlies. Dr. Maßmann kam auf Helmke zu und atmete demonstrativ tief durch. „Herr Kommissar, Schluss für heute. Womit kann ich Ihnen dienen?", fragte er lächelnd.

Helmke kam sofort zur Sache. „Wir beschäftigen uns immer noch mit dem Todesfall Desmoulins."

„Was ist damit?"

„Nun ja, wir haben herausgefunden, dass es für den Kriegsgefangenen zwei verschiedene Totenscheine gibt, beide von Ihnen unterschrieben. Das ist doch ungewöhnlich – oder?"

Das Lächeln verschwand aus dem Gesicht des Arztes. Es dauerte einen Augenblick, bis er sich äußerte. „Kommen Sie bitte mit", sagte er und wies auf das Behandlungszimmer hinter sich.

Die beiden Männer setzten sich.

Dr. Maßmann kramte in der Schublade seines Schreibtisches und holte einen Aschenbecher und ein Päckchen *Camel* hervor. „Möchten Sie eine?", fragte er.

Helmke griff zu. „Gerne."

Der Arzt gab ihm und dann sich selbst Feuer. „Wissen Sie, das war damals eine seltsame Situation. Ich war ein junger Arzt, hatte die Praxis nach dem Tode meines Vaters gerade erst übernommen und dann wurde ich zu diesem Unfalltoten gerufen. Meine erste Untersuchung war – das gebe ich zu – etwas oberflächlich und führte zu einem falschen Ergebnis. Ich habe mir den Toten dann in meiner Praxis genauer angesehen und da war sonnenklar, dass der Genickbruch, den er sich durch den Sturz vom Gerüst zugezogen hatte, die eigentliche Ursache für seinen Tod war."

„Wie kam es zur Ausfertigung von zwei Totenscheinen?"

Der Arzt zuckte die Achseln. „Der erste Totenschein, den ich an Ort und Stelle ausgefüllt hatte, war dummerweise verschwunden, so dass ich dann hier in der Praxis einen neuen Totenschein ausgestellt habe. So war das."

Helmke nickte. „Diesen Totenschein haben wir, wie ich Ihnen bereits gesagt habe, in der Wohnung des ermordeten Goll gefunden. Von daher stellt sich für uns die Frage, ob der Totenschein etwas mit dem Mord an Anton Goll zu tun hat."

Dr. Maßmann schüttelte den Kopf. „Das kann ich mir beim besten Willen nicht vorstellen. Der Unfall des französischen Kriegsgefangenen liegt etwa drei Jahre zurück. Vermutlich hat Anton Goll den Mann überhaupt nicht gekannt. Was sollte es da für Zusammenhänge geben?"

Helmke drückte seine Zigarette aus. „Wahrscheinlich haben Sie recht. Danke für Ihre Auskunft. Wir müssen jeder Spur nachgehen."

***

Der frühere SA-Sturmführer Reinhold Wiegand war zu Hause. Als er Helmke die Tür öffnete, stieg dem Kriminalbeamten der Geruch von Steckrübeneintopf in die Nase. „Kommen Sie herein, ich koche gerade." Wiegand lachte. „Ich muss dabei aber in der Küche bleiben, um den Überblick nicht zu verlieren."

Helmke folgte Wiegand in die wenig aufgeräumte Küche. Geschirr vom Vortag stapelte sich in der Spüle, auf dem Küchentisch standen zwei Tassen mit braunen Rändern sowie ein halbgefüllter Aschenbecher.

„Herr Wiegand, ich will Sie nicht lange stören", sagte Helmke, nachdem er auf einem Küchenstuhl Platz genommen hatte, „aber mich würde interessieren, ob Sie einen Journalisten namens Rolf Neumann kennen?"

„Ah, Sie haben den gestrigen Bericht in der *Westfalen-Zeitung* gelesen?"

„In der Tat. Der Neumann-Artikel ist bei unserem Chef nicht gut angekommen. Irgendwer hat den Journalisten darüber informiert, dass wir uns bei Ihnen über eine mögliche Werwolf-Spur erkundigt haben."

Wiegand grinste. „Ich kenne Rolf Neumann von früher. Ich dachte mir, dass ihn das interessieren würde. Ich habe ihn vor drei Tagen angerufen und er ist sofort vorbeigekommen." Wiegand grinste immer noch. „Was ist denn an diesem Artikel so schlimm? In den Zeitungen steht doch 'ne Menge Zeugs. Journalisten wollen auch leben."

Helmke schüttelte den Kopf. „Wenn die Engländer lesen, dass in Jöllenbeck möglicherweise noch eine Werwolf-Organisation aktiv ist, kann das die deutsche Polizei in Schwierigkeiten bringen."

Wiegand zuckte mit den Achseln und goss ein wenig Wasser in den Steckrübeneintopf. „Wollen Sie mitessen?", fragte er.

„Nein, danke, ich werde heute zu Mittag in Bielefeld erwartet." Das war gelogen, aber Helmke wollte nach dem Alkoholexzess am Donnerstag nicht zu sehr in Wiegands Schuld stehen. So etwas schuf Abhängigkeiten. Er zog eine Zigarette aus der Packung. „Herr Wiegand, da ich schon mal hier bin: Sagt Ihnen der Name Pierre Desmoulins etwas?"

„Wer soll das sein?"

„Ein französischer Kriegsgefangener, der im Jahre 1944 hier in Jöllenbeck ums Leben gekommen ist."

Wiegand nickte. „Ach so, ja, den habe ich gekannt. Ein frecher, aufsässiger Mensch, ein Franzose eben."

„Was können Sie mir über Pierre Desmoulins erzählen?"

„Na ja, er hat bei Maßmann in der Fabrik gearbeitet. Er muss wohl schon eine Zeitlang in Deutschland gewesen sein, als ich ihn das erste Mal sah, denn er sprach ganz gut Deutsch."

„Haben Sie sich mal mit ihm unterhalten?"

„Ja, er hat sich bei mir kurz vor seinem Unfall mit provokanten Worten nach der militärischen Lage

155

Deutschlands erkundigt. Vermutlich hat ihm jemand, der den Feindsender abgehört hat, Informationen über die Situation an den Fronten gegeben."

Helmke zündete sich die Zigarette an. „Wie kam Desmoulins mit Maßmann und den anderen Arbeitern klar?"

Wiegand, der noch immer am Herd stand, rührte den Eintopf um. „Ich glaube, Helmut Maßmann und auch Hellmann, sein Schwiegersohn, mochten den Franzosen nicht, die beiden haben sich mehrfach mit dem ihm laut gestritten. Erich Hellmann hat mich einmal gefragt, ob wir dem Franzosen nicht mal einen Denkzettel verpassen könnten. Das habe ich aber abgelehnt, weil die SA keine Drecksarbeiten für die SS macht."

„Wie ich hörte, war Erich Hellmann, der Schwiegersohn, Mitglied der SS?"

Wiegand nickte. „Ja, Hellmann stammt gebürtig aus Münster. Der war dort in der Reiter-SS, das war eine sehr elitäre Truppe. Die hielten sich für etwas Besseres und haben auf uns SA-Männer herabgeblickt." Man konnte Wiegand ansehen, dass er sich heute noch über den damaligen Hochmut Hellmanns ärgerte. „Dabei hat Hellmann lediglich die Tochter vom alten Maßmann geheiratet, der hatte den Betrieb in den Zwanziger Jahren gegründet. Hellmann hat sich nur ins gemachte Nest gesetzt. Während des Krieges ist das Unternehmen dann noch größer geworden, war ja ein kriegswichtiger Betrieb. Die Firma ist immer noch nach dem alten Maßmann benannt, Hellmann und seine Frau sind
156

inzwischen aber Inhaber des Unternehmens."

Helmke drückte seine Zigarette in dem gut gefüllten Aschenbecher aus und stand auf. „Herr Wiegand, vielen Dank für die Informationen. Ich muss los, ich will Sie auch nicht länger vom Essen abhalten."

An der Haustür drehte sich Helmke noch einmal um. „Wissen Sie, wo der Franzose beerdigt worden ist?"

„Natürlich, der ist seinerzeit hier auf dem Jöllenbecker Friedhof beigesetzt worden, er hat nach Kriegsende sogar einen Grabstein bekommen. Soweit ich weiß, hat Hellmann den gestiftet."

***

Helmke saß schon im Auto und wollte zurück nach Bielefeld fahren, als er sich spontan dazu entschloss, das Grab des französischen Kriegsgefangenen auf dem Friedhof zu besuchen.

Der Friedhof lag an der Straße, die nach Eickum führte. Helmke parkte den Opel in der Schwagerstraße, nahe der Marienkirche. Bereits der dritte Friedhofsbesucher, bei dem sich Helmke nach der Lage des Grabes erkundigte, konnte ihm die gewünschte Auskunft geben.

Als sich Helmke der Grabstätte näherte, sah er, dass zwei Männer in Arbeitskleidung und in Holzschuhen, offenbar Friedhofsgärtner, dabei waren, das Grab zu öffnen.

Helmke stellte sich neben das Grab und beobachtete eine Weile die arbeitenden Männer. Schließlich sprach er die Männer an: „Soll hier ein Toter wieder ausgegraben werden?"

Einer der Männer, ein kleiner untersetzter Mann mit grauem Schnurrbart und rotem Gesicht, musterte den Fragenden ausgiebig, bevor er sich zu einer Antwort bequemte. Der andere Mann schaufelte ungerührt weiter, ohne von Helmke besonders Notiz zu nehmen. „Ja", sagte er „hier liegt ein Franzose, der soll jetzt in seine Heimat überführt werden."

Helmke nickte leicht. Die Männer hatten das Grab bereits knietief ausgehoben. „Interessant. Wer hat das angeordnet?"

Der Mann hob die Schultern. „Keine Ahnung. Man erzählt sich, dass der Bruder des Toten hier am Grab war, soll ein hohes Tier beim französischen Militär sein." Er machte eine Pause und fragte dann: „Was geht Sie das eigentlich an?"

„Oh", sagte Helmke, „ich habe vergessen, mich vorzustellen." Er kramte in seinem Jackett und zeigte dem Friedhofsgärtner seinen Dienstausweis. Der war wenig beeindruckt, er sagte nur: „Ah, ja" und arbeitete weiter.

15. Kapitel

Samstag, 11. September 1943

Als sie die Wohnungstür öffnete, wusste sie, dass sie einen Fehler begangen hatte. Vor ihr standen zwei Männer, die sie kannte, die sie nur zu gut kannte. Noch bevor sie die Tür wieder zuschieben konnte, hatte Anton Goll den Fuß in den Türspalt gestellt. Er grinste sie an und gab ihr einen Stoß, so dass sie zurück in den Korridor flog. Der andere Mann folgte ihnen.

„Was wollen Sie? Gehen Sie, wir haben nichts miteinander zu schaffen!" Auf diese Aufforderung, das ahnte sie, würde Goll nicht reagieren. Er trug heute nicht die braune Uniform des Ortsgruppenleiters, sondern zivile Kleidung, das hieß, er war nicht in einer offiziellen Angelegenheit da. Die beiden Männer hatten, wie es schien, bis zum Dunkelwerden gewartet, um die Wohnung ohne Zeugen betreten zu können.

Goll lachte höhnisch. „Wir wollen dir ein wenig Abwechslung bereiten. Dein Mann ist seit mehr als acht Jahren im KZ, da hast du doch sicherlich Bedürfnisse – oder?"

„Gehen Sie!"

Anstelle einer Antwort schlug Goll zu. Seine Hand klatschte auf die Wange der Frau, die einen Schmerzensschrei ausstieß. Sein Begleiter griff nach der Frau und hielt ihre Hände auf ihrem Rücken fest. Goll drückte der Frau ein Taschentuch in den Mund, das er mit einer Kordel befestigte, die er aus seiner Hosentasche zog. Mit einer zweiten Schnur banden die beiden die Hände der Frau. Dann schob Goll die Widerstrebende in das Schlafzimmer, wo er sie auf das Bett warf.

Grete Dierker wusste, was gleich passieren würde. Die beiden Eindringlinge hatten ihr Vorhaben gut vorbereitet. Sie war allein in dem Haus, ihre Vermieter waren auf der Silbernen Hochzeit von Bekannten. Es würde wohl noch ein paar Stunden dauern, bis sie wieder zurückkamen.

„Ich habe nichts dagegen, wenn du als erster das Vergnügen hast", sagte Goll zu seinem Begleiter und grinste. „Ich gucke gern bei Dingen zu, die fachgerecht erledigt werden." Er lachte. „Die Kommunistenschlampe soll ihren Spaß haben. Soll keiner sagen, wir hätten uns nicht bemüht."

Er hielt die sich trotz ihrer Fesselung heftig wehrende Frau fest, während ihr der andere Mann den Schlüpfer auszog.

Der Mann, ein kleiner, unansehnlicher Glatzkopf, spuckte in seine geöffnete Hand und rieb mit der Spucke über sein steifes Glied, das er aus der heruntergelassenen Hose geholt hatte, drängte dann seine Beine zwischen die Oberschenkel der Frau und versuchte, sein Glied einzuführen, was erst nach mehreren Versuchen gelang und den Mann dabei zu einem Grunzlaut veranlasste.

Grete Dierker gab auf. Sie roch den alkoholgeschwängerten Atem des Mannes und wusste, dass sie keine Chance hatte, dem Kommenden zu entgehen. Deshalb ließ sie geschehen, dass sich der Mann rhythmisch bewegte. Nach kurzer Zeit steigerte er die Bewegungen und es dauerte nicht lange, bis er kam.

Der Mann richtete sich auf, grinste und blickte Goll an, der den Oberkörper der Frau für ihn fixiert hatte. „Anton, jetzt bist du dran."

Er erhob sich, richtete seine Kleidung wieder her und drückte seinerseits den Oberkörper der Frau nieder.

Goll, der die Vergewaltigung aufmerksam und mit sichtlicher Erregung verfolgt hatte, ließ sich nicht lange bitten. Auch er öffnete seinen Hosengürtel, schob Hose und Unterhose nach unten und legte sich auf die Frau und drang in das regungslose Opfer ein. Auch Goll roch nach Alkohol.

Grete Dierker hatte ihre Augen geschlossen, um das Gesicht des erregten Ortsgruppenleiters nicht sehen zu müssen. Als sie die Augen öffnete, bemerkte sie, dass Golls Begleiter einen Fotoapparat in den Händen hielt, den er auf Goll und sie gerichtet hielt. Sie versuchte ihren Kopf abzuwenden, aber Goll drückte ihren Kopf mit seinem rechten Arm zurecht, so dass sie trotz ihrer Bemühungen, den Kopf wegzudrehen, in die Kamera blicken musste.

Bei Goll dauerte es ebenfalls nicht lange, bis er kam. Er stand auf und zog seine Hosen wieder hoch, dann beugte er sich über die immer noch auf dem Bett liegende Frau und tätschelte mit seiner Hand ihr Gesicht, bevor er noch einmal unvermittelt zuschlug: „Noch eines ...", sagte er heiser. „Du solltest dir gut überlegen, ob du über unseren Besuch reden willst. Da steht Aussage gegen Aussage und die Verleumdung eines Hoheitsträgers bringt dich direkt ins KZ zu deinem Mann. Vergiss nicht: Der alte Heineke ist ein Parteigenosse. Der wird den Deubel tun, einem Kommunistenweib zu glauben und gegen uns zu ermitteln."

Grete Dierker schwieg.

Goll schlug ein weiteres Mal zu. „Wenn es dir gut gefallen hat, melde dich, vielleicht kommen wir dann noch einmal vorbei." Jetzt lachte auch der Glatzkopf.

Goll und sein Begleiter drehten sich um und verließen die Wohnung. Grete Dierker hörte noch, wie Goll zu seinem Begleiter sagte: „Ich hasse diese Kommunistenweiber, nicht mal ordentlich vögeln können die."

Sie wollte sich vom Bett erheben, stand aber nur kurz, verlor dann das Gleichgewicht und sank vor dem Bett auf den Fußboden.

16. Kapitel

Montag, 19. Mai 1947

Als Wessler deutlich nach 8:00 Uhr das Büro betrat, konnte Helmke ihm ansehen, dass er ein deprimierendes Wochenende hinter sich hatte.

„Wie geht es deiner Frau?", fragte Helmke. Am Sonntag hatte er Wessler, der in Schildesche wohnte, besuchen wollen, um sich nach dem Gesundheitszustand seiner Frau zu erkundigen und ihn etwas aufzubauen, Wessler war aber nicht zu Hause gewesen. Wahrscheinlich war er gerade bei seiner Frau im Krankenhaus gewesen. Helmke hatte daraufhin seinen Spaziergang fortgesetzt und den während des Krieges zerstörten Schildescher Viadukt in Augenschein genommen, der in den letzten Wochen soweit wiederhergestellt worden war, dass zumindest der Güterverkehr wieder darüber rollen konnte.

Wesslers Gesicht spiegelte seine Hilflosigkeit. „Schlecht, die Ärzte haben wenig Hoffnung. Es kann jetzt ganz schnell zu Ende gehen."

Helmke seufzte. Eine Weile sprach niemand. Dann, vielleicht um die Stille zu durchbrechen, erkundigte sich Wessler nach dem Stand der Ermittlungen.

„Ich glaube, ich bin am Samstag ein Stück weitergekommen", sagte Helmke und berichtete seinem Kollegen von den Gesprächen, die er in Jöllenbeck geführt hatte. „Dr. Maßmann hatte zwar eine plausible Erklärung für die Existenz von zwei Totenscheinen, aber mir scheint das etwas zu glatt zu sein. Ich glaube, da stimmt was nicht, zumal, wie ich später erfahren habe, Dr. Maßmann und der Unternehmer Helmut Maßmann, bei dem der Franzose gearbeitet hat, miteinander verwandt sind."

Wessler nickte nachdenklich. „Das ist in der Tat seltsam. Das scheint ja so, als ob Dr. Maßmann den Totenschein auf Wunsch seines Verwandten abgeändert hat."

Helmke hatte schon ähnliche Überlegungen angestellt. „Möglich. Ich glaube, wir sollten uns mal mit Erich Hellmann, dem jetzigen Firmeninhaber, unterhalten. Hellmann soll früher in der SS gewesen sein. Er und sein Schwiegervater hatten wohl häufiger Streit mit Desmoulins."

Wessler stimmte ihm zu. „Ja, wir sollten dem Hellmann wirklich auf den Zahn fühlen."

„Versuche, auch etwas mehr über Dr. Maßmann herauszufinden, der hat 1944 die Praxis seines Vaters in Jöllenbeck übernommen. Wir sollten wissen, wo er vorher praktiziert hat. Dass er als blutiger Berufsanfänger eine Fehldiagnose gestellt hat, nehme ich ihm nicht ab."

„Ich kümmere mich darum." Wessler zeigte auf die Wanduhr, deren großer Zeiger unaufhaltsam der Zwölf entgegenstrebte. Es war kurz vor 9:00 Uhr. „Wir müssen jetzt zur Lagebesprechung. Wird gleich schwer genug, Mähler zufriedenzustellen. Da sollten wir nicht zu spät kommen."

In diesem Augenblick klingelte das Telefon. „Geh' schon mal. Ich erwarte noch einen Anruf." Während

Wessler zur Tür ging, nahm Helmke den Telefonhörer ab.

„Herr Kommissar Helmke?" Helmke erkannte die Stimme von Liane Bartels, der Sekretärin von Kriminalrat Mähler, die auch die eingehenden Telefongespräche entgegennahm.

„Ja, am Apparat."

„Ein Anruf für Sie. Warten Sie bitte, ich stelle durch."

Es knackte in der Leitung, dann hörte Helmke die Stimme von Paul Beckmann, dem Schwarzhändler. „Herr Kommissar, ich habe am Wochenende mit meinem Kollegen gesprochen. Er ist bereit, sich mit Ihnen zu treffen, allerdings nur, wenn Sie versprechen, dass Sie ihm keine Schwierigkeiten machen."

Helmke atmete tief durch. Das war eine positive Nachricht, die große Hoffnung machte, den Mörder Golls zu finden. „Natürlich. Es geht mir nur um die Aufklärung des Mordes, die Geschäfte deines Kollegen interessieren mich nicht." Als Beckmann nicht sofort antwortete, fügte Helmke schnell hinzu: „Paule, du kennst mich und du weißt, dass ich zu meinem Wort stehe – oder?"

Es dauerte einen Augenblick. Helmke befürchtete bereits, dass Beckmann das Gespräch beendet hatte, dann hörte er aber, dass sich Beckmann leise mit seinem Kollegen besprach. Nach einer Weile antwortete Beckmann: „Gut. Sie können meinen Kollegen und mich heute Abend um 20:00 Uhr am Bahnhof treffen. Verzichten Sie aber darauf, ihn nach seinem Namen zu fragen."

„Abgemacht. Ich werde da sein … Und Paule: Vielen Dank!"

Helmke legte den Hörer auf die Gabel und atmete tief durch. Bevor er sich auf den Weg in die morgendliche Besprechung machte, zündete er sich eine *Eckstein* an und rauchte sie genüsslich zu Ende.

***

Die Lagebesprechung war wider Erwarten gut verlaufen. Wessler hatte von den neuen Ermittlungsansätzen berichtet und seiner Hoffnung Ausdruck gegeben, dass man auf diesem Wege zum Ziel kommen würde. Kriminalrat Mähler war damit zufrieden gewesen. Offenbar hatte es vom britischen Kreis Resident Officer wegen des Werwolf-Artikels keine Nachfragen gegeben.

Nach der Besprechung hatten sich die beiden Kriminalisten noch kurz abgestimmt. Helmke würde nach Jöllenbeck fahren, um Hellmann zu befragen, während Wessler bei der Ärztekammer Erkundigungen über Dr. Maßmann einholen würde. Er hatte zudem für den Morgen die Ehefrauen von Werner Franzen und Krischan Jäger einbestellt, die er nach den Alibis ihrer Männer befragen wollte.

„Vielleicht bin ich heute Nachmittag im Krankenhaus bei meiner Frau", sagte Wessler abschließend. „Kann sein, dass es mit ihr heute schon zu Ende geht. Irgendwie wird es mir aber gelingen, dich über meine Ermittlungen zu informieren."

Helmke machte eine abwehrende Handbewegung. „Mach dir darüber bitte keine Gedanken. Ich wünsche dir viel Kraft und deiner Frau alles Gute."

***

Der Schmierstoffvertrieb Maßmann KG war im Südosten Jöllenbecks, im Ortsteil Oerken, beheimatet. Das Unternehmen stellte Motorenöle und Getriebeöle her und beschäftigte, wie Helmke von dem Ortspolizisten Horstmann erfahren hatte, etwa 30 Leute.

Helmke parkte den Opel Olympia vor einem flachen, barackenähnlichen Gebäude, in dem sich die Büroräume der Firma befanden. Die Herstellung der Öle erfolgte, wie auf einem Hinweisschild zu lesen war, in dem größeren Gebäude links daneben.

Nachdem er die drei Stufen genommen und die Eingangstür durchschritten hatte, stand er vor einem Tresen mit einer Glasscheibe, hinter der sich eine junge Frau mit einer Schreibmaschine abmühte. Als sie Helmke wahrnahm, lächelte sie und schob die Glasscheibe zur Seite. „Sie wünschen?", fragte sie.

„Ich möchte Herrn Hellmann sprechen." Zur Untermauerung seines Wunsches schob Helmke seinen Dienstausweis über den Tresen.

„Einen Augenblick." Die Frau schien beeindruckt zu sein. „Ich werde Herrn Hellmann informieren." Sie erhob sich und ging zu einer Tür im Hintergrund des Empfangsbereiches.

Kurze Zeit später kam sie mit einem gutaussehenden, athletischen Mann, der einen perfekt sitzenden Anzug trug, zurück. In seiner Begleitung befand sich ein älterer, vierschrötiger Mann, den Helmke auf 60 Jahre oder älter schätzte. Der Mann nickte Helmke nur kurz zu und verabschiedete sich dann von Hellmann.

„Herr Kommissar?", Hellmann lächelte. „Kommen Sie bitte in mein Büro, dort können wir uns unterhalten."

Helmke nickte.

„Möchten Sie einen Kaffee oder vielleicht einen Weinbrand?", fragte Hellmann, nachdem sich die beiden gesetzt hatten.

Helmke lehnte ab. „Danke, nein, ich bin ja dienstlich hier", sagte er.

„Worum geht es?" Erich Hellmann beugte sich gespannt nach vorn und blickte dabei Helmke interessiert an.

Helmke erwiderte den Blick. „Ich ermittle im Mordfall Goll. Ich habe ein paar Fragen an Sie."

„Gerne, wenn ich Ihnen damit helfen kann." Hellmann lächelte. „Aber eine Zigarette darf ich Ihnen doch anbieten – oder?" Er reichte Helmke eine mit Intarsien verzierte Holzschatulle, die mit Zigaretten gefüllt war. „Oder bevorzugen Sie Filterzigaretten?"

Helmke schüttelte den Kopf und griff zu. Während er noch in seiner Jacketttasche nach seinem Feuerzeug suchte, hielt ihm Hellmann bereits ein brennendes Streichholz hin.

„Danke." Helmke nahm einen tiefen Zug. Die Zigarette schmeckte deutlich besser als die von ihm bevorzugten Zigaretten der Marke *Eckstein*. „Herr Hellmann, Sie werden ja sicherlich mitbekommen haben, dass vor gut einer Woche Ihr früherer Mitarbeiter Anton Goll ermordet worden ist."

Hellmann nickte. „Ja, natürlich habe ich davon gehört. Schrecklich."

„Haben Sie seit seiner Rückkehr mit Herrn Goll gesprochen? Wollte er wieder bei Ihnen anfangen?"

Auch Hellmann hatte sich eine Zigarette angezündet. Er lehnte sich zurück und blies den Rauch aus. „Ja, wir hatten in der Tat ein kurzes Gespräch, da ich davon ausgegangen war, dass er wieder bei uns anfangen wollte. Ich glaubte, er brauche nach der Zeit im Internierungslager noch ein paar Tage, bis er wieder arbeitsfähig wäre. Wir haben uns so verständigt, dass wir uns in ein bis zwei Wochen erneut unterhalten wollten."

„Sie kannten also Herrn Goll gut?"

Hellmann nickte. „Ja, sicher."

„Haben Sie eine Idee, wer Herrn Goll umgebracht haben könnte?"

„Nein." Die Antwort kam spontan, ohne langes Nachdenken. „Sie haben ja sicherlich in Erfahrung gebracht, dass Herr Goll während der Hitlerzeit hier Ortsgruppenleiter war, aber er gehörte nicht zu den Scharfmachern. Wirkliche Todfeinde hat er sich – soweit ich weiß – nicht gemacht. Ich glaube auch nicht, dass der Täter hier aus dem Dorf kommt."

Helmke drückte seine Zigarette aus. „Vor zwei Jahren ist schon ein früheres Mitglied der Ortsgruppenleitung ermordet worden ..."

„Martin Richel, ich weiß", unterbrach ihn Hellmann. „Das sollen seinerzeit Mitglieder des Werwolfs gewesen sein."

„Gab es denn in Jöllenbeck eine Werwolf-Organisation?"

Hellmann zog seine Schultern hoch, um damit seine Unkenntnis zu demonstrieren. „Ist mir nicht bekannt."

„Wenn es eine gegeben hätte, müssten Sie das doch wissen – oder? Waren Sie nicht in der Schutzstaffel? Jedenfalls erzählt man sich das hier im Orte."

Hellmann verlor ein wenig seine Freundlichkeit. „Ich war zeitweise nominelles Mitglied in der Reiter-SS. Aktiv in der SS bin ich nie gewesen. Gerade als Unternehmer musste man sich ja irgendwo positionieren", erklärte er ruhig. „Waren Sie nicht in der Partei?"

Helmke überging diese Frage. Er drückte die Zigarette aus, fummelte eine *Eckstein* aus seiner Packung und zündete sie an. „Herr Hellmann, es gibt da noch eine zweite Sache, wegen der ich hier bin. 1944 ist einer Ihrer Zwangsarbeiter zu Tode gekommen, der Kriegsgefangene Pierre Desmoulins. Erinnern Sie sich?"

„Ja natürlich. Er ist von einem Gerüst gestürzt. Wir haben seinerzeit unser Hauptgebäude erweitert. Er war wohl einen Augenblick unaufmerksam."

„Haben Sie den Vorfall gesehen?"

170

„Nein, nicht direkt. Als ich aus dem Büro kam, lag der Franzose bereits auf dem Boden. Ich habe sofort einen Arzt angerufen."

„Dr. Maßmann, den Cousin Ihrer Frau?"

Hellmann nickte. „Ja. Der kam sofort, konnte aber nur noch den Tod des Mannes feststellen."

Helmke blickte Hellmann nachdenklich an. Dann fragte er: „Können Sie mir erklären, weshalb Anton Goll in seiner Wohnung den vom Arzt für den Kriegsgefangenen ausgestellten Totenschein versteckt gehalten hat?"

Hellmann schüttelte den Kopf. „Hat er das? … Nein, keine Ahnung."

„Wo war Goll zu dem Zeitpunkt, als das Unglück passierte?"

Hellmann überlegte kurz. „Mit mir zusammen im Büro", sagte er. „Wir haben einen Schrei gehört, sind zum Fenster gelaufen und haben gesehen, dass unterhalb des Gerüstes jemand lag. Goll hat sich dann um den Franzosen gekümmert und ich habe den Arzt angerufen."

Helmke drückte seine Zigarette aus. „Gut", sagte er und erhob sich. „Herr Hellmann, das war es schon. Falls sich noch weitere Fragen ergeben sollten, weiß ich ja, wo ich Sie finden kann."

***

Als Helmke gegen 12:00 Uhr ins Büro zurückkehrte, traf er Wessler noch an. Der Kollege wirkte bedrückt.

„Steht es schlecht um deine Frau?", fragte Helmke.

„Ja, ich habe mir für heute Nachmittag freigenommen. Ich will gleich ins Krankenhaus."

„Natürlich."

Wessler gab sich einen Ruck. „Ich habe vorhin mit Paula Jäger und Luise Franzen gesprochen, hab' sie ziemlich in die Mangel genommen", sagte er. „Sie sind aber nicht einen Millimeter von den Aussagen ihrer Männer abgewichen und haben deren Alibis bestätigt. Mir scheint …"

„Na ja, wir wissen ja aus Erfahrung, was die Alibis von Familienangehörigen, speziell von Ehefrauen, wert sind", unterbrach ihn Helmke.

Wessler nickte. „Sicher, aber da kommen wir erstmal nicht weiter. … Weitaus interessanter ist aber, was ich über Dr. Maßmann herausgefunden habe. Maßmann hat in Marburg studiert. Er hat, bevor er nach Jöllenbeck kam, längere Zeit in Oberzeuzheim in Hessen gewohnt und dort praktiziert. Das hat jedenfalls ein Anruf bei der Ärztekammer ergeben." Wessler machte eine kurze Pause. „Ich habe das noch einmal beim Einwohnermeldeamt in Jöllenbeck überprüft. Maßmann ist tatsächlich von Oberzeuzheim nach Jöllenbeck gezogen. Von einem Anfängerfehler bei der Diagnose kann da wohl keine Rede sein. Was sagst du dazu?"

„Ja … und?" Helmke wusste nicht, worauf Wessler hinauswollte.

172

„Oberzeuzheim ist ein Ortsteil der Stadt Hadamar. Klingelt es jetzt bei dir?"

In der Tat, jetzt „klingelte" es bei Helmke. Hadamar, das war die Landesheilanstalt, in der man während des Krieges mehrere Tausend Menschen mit Behinderungen und psychischen Erkrankungen umgebracht hatte. Vor wenigen Wochen erst hatte es in Frankfurt einen vielbeachteten Prozess gegen Ärzte und Pflegepersonal dieser Heilanstalt gegeben. „Du glaubst … Maßmann hat in der Anstalt Hadamar gearbeitet und sich 1944 rechtzeitig abgesetzt?"

„Könnte doch sein – oder?"

***

Es war bereits 20:20 Uhr. Helmke, der seit kurz vor 20:00 Uhr in der mittlerweile recht leeren Bahnhofshalle stand, wollte schon aufgeben und nach Hause gehen, als er Paule Beckmann erblickte, der auf die Eingangstür des Bahnhofs zustrebte und einen gutgekleideten, etwa dreißigjährigen Mann im Schlepptau hatte. Der dunkelhaarige, mittelgroße Mann schien erregt zu sein, er gestikulierte heftig mit seinen Armen, während Beckmann offenbar beschwichtigend auf ihn einredete. Als Beckmanns Blick auf Helmke fiel, stieß er seinen Begleiter an und deutete auf den Kommissar.

Helmke ging auf die beiden Männer zu und begrüßte sie. Während Paule Beckmann Helmkes Gruß freundlich erwiderte, verhielt sich sein Begleiter sehr reserviert.

Um das Eis zu brechen, schlug Helmke vor: „Wir sollten vielleicht irgendwo ein Bier trinken gehen, da können wir uns besser unterhalten." Beckmann sah seinen Begleiter an, der zögerte kurz, dann nickte er und akzeptierte damit Helmkes Vorschlag.

„Haben die Herren eine Idee, wo wir uns in aller Ruhe unterhalten können?"

Beckmann meinte, dass das in der Nähe des Bahnhofes gelegene *Kronenstübchen* dazu gut geeignet sei, was die Zustimmung seines Begleiters fand. Auch Helmke war einverstanden.

Die Kneipe war nur mäßig gefüllt. Die drei Männer fanden einen Tisch weit genug von der Theke entfernt, so dass ihr Gespräch ohne unerwünschte Mithörer bleiben würde.

Helmke bestellte drei Bier, die der Wirt, ein wortkarger Hüne mit einem steifen Bein, nach kurzer Zeit an den Tisch brachte. Bis zu diesem Zeitpunkt hatten die drei Männer geschwiegen.

Helmke hob sein Glas. „Prost." Die drei Männer tranken. Als er sich den Schaum vom Mund gewischt hatte, wandte sich Helmke an Beckmanns Begleiter, der immer noch sehr distanziert wirkte: „Sie können sich auf meine Verschwiegenheit verlassen. Ihr Name, den ich nicht kenne, wird zu keinem Zeitpunkt bei meinen Ermittlungen eine Rolle spielen. Ihre Geschäfte interessieren mich auch nicht. Ich arbeite an der Aufklärung eines Mordfalles. Nur darum geht es mir."

Paule Beckmanns Begleiter blickte Helmke prüfend

an und nickte dann vorsichtig. „Ich will keinen Ärger. Ich glaube auch nicht, dass ich Ihnen sehr helfen kann. Ich kannte die Männer nicht, denen ich die beiden Pistolen und die Munition verkauft habe."

„Sie haben zwei Pistolen verkauft? An denselben Mann?" Jetzt war Helmke ein wenig irritiert.

Der Mann schüttelte den Kopf. „Nein, an zwei verschiedene Männer."

„Zur gleichen Zeit?", wollte Helmke wissen.

„Nein, im Abstand von wenigen Tagen."

„Bei den Pistolen handelte es sich jeweils um eine Sauer 38H?"

„Ja, sicher."

Helmke beugte sich nach vorn und fixierte den Schwarzhändler: „Wie sind Sie mit den beiden Männern in Kontakt gekommen?"

„Kollegen haben sie mir vermittelt, die Kollegen wussten, dass ich noch über die beiden Pistolen verfügte. Jetzt sind sie weg. Ich besitze keine weiteren Schusswaffen." Wahrscheinlich glaubte der Mann, das sagen zu müssen, um weiteren Schwierigkeiten aus dem Weg zu gehen.

„Kannten Ihre Kollegen die beiden Männer, an die Sie die Waffen verkauft haben?"

Beckmanns Begleiter schüttelte erneut den Kopf. „Nein, beide Kollegen wurden von den Männern im Zusammenhang mit anderen Transaktionen angesprochen. Dann kam ich ins Spiel."

Helmke nahm einen weiteren Schluck aus seinem

Bierglas und griff nach den Zigaretten. „Beschreiben Sie doch einmal die beiden Waffenkäufer."

Beckmanns Begleiter überlegte kurz. „Der eine Mann war kein Einheimischer, eher ein Vertriebener, das habe ich an seiner Sprache erkannt. Es war etwa so groß wie ich, schlank und ungefähr 40 Jahre alt."

„Welche Haarfarbe hatte er?"

„Bei der Transaktion war es dunkel, seine Haare waren weder schwarz noch blond, eher braun."

„Sind Ihnen an diesem Mann noch weitere Dinge aufgefallen?"

Der Schwarzhändler zuckte die Achseln. „Ich hatte den Eindruck, dass er die Waffe nicht für sich selbst gekauft hat, sondern für einen anderen, der ihn losgeschickt hat."

„Wie kommen Sie zu dieser Einschätzung?"

„Na ja, der Preis spielte keine Rolle, ich will damit sagen, er hat den Preis sofort akzeptiert. Er zögerte aber, was das Fabrikat der Pistole anging. Hat sich vielleicht gefragt, ob sein Auftraggeber mit der Waffe einverstanden ist. Ich glaube, er hatte keine Ahnung von Waffen." Der Schwarzhändler machte eine kurze Pause, dann sagte er: „Ich habe ihn übrigens kurze Zeit später am Steuer eines großen Autos gesehen."

Helmke horchte auf. Das war vielleicht eine Spur. „Was war das für ein Auto?", fragte er.

„Keine Ahnung, hab' ihn nur von der Seite und von hinten gesehen, aber ich weiß noch, dass ich mich über das Auto gewundert habe, sieht man nicht alle Tage.
176

Könnte vielleicht ein Horch, ein großer Audi oder ein Mercedes gewesen sein, auf jeden Fall ein Auto für reiche Leute."

„Wann war das?"

„Ist jetzt etwa 14 Tage her."

Helmke gab dem Wirt durch ein Handzeichen zu verstehen, dass er noch einmal drei Biere bringen sollte. Er zündete sich eine Zigarette an. „Wie sah der zweite Mann aus?"

„Das war einer von hier. Der sprach so wie wir. Sah ziemlich schlecht aus, sehr mager. Der war auch so um die 40 Jahre alt."

„Wie ging dieser Handel vonstatten?"

„Mir schien, der Typ war schlecht bei Kasse, es war ein zähes Verhandeln mit ihm. Ich bin ihm etwas entgegengekommen, weil ich die Pistole loswerden wollte."

Der Wirt kam und stellte die Gläser auf den Tisch. „Möchten die Herren etwas essen?", fragte er. „Ich habe frische Frikadellen oder Bockwürstchen."

Die drei Männer schüttelten unisono die Köpfe. Der Wirt zog unverrichteter Dinge wieder ab.

„Irgendwelche Besonderheiten bei diesem Mann?", fragte Helmke, nachdem sie getrunken hatten.

„Abgesehen, dass das so ein Hungerhaken war, eigentlich nicht. Mir ist zumindest nichts aufgefallen. … Doch, jetzt wo Sie fragen … er hatte am Revers seines Jacketts so eine Nadel mit einem roten Stern, wie ihn die Kommunisten tragen."

„Wann hat diese zweite … Transaktion

stattgefunden?"

„Das war Ende vorletzter Woche, am Freitag, glaube ich, also ein paar Tage nach dem Verkauf der ersten Pistole."

„Gut. Falls Ihnen noch etwas einfallen sollte … Sie wissen, wo Sie mich erreichen können." Helmke stand auf und leerte sein Glas im Stehen. An Beckmann gewandt sagte er: „Dieses Gespräch war vertraulich. Ihr könnt euch auf mein Wort verlassen."

Er ging zur Theke, zahlte und verließ das Lokal, während die beiden Schwarzhändler noch eine Weile sitzen blieben.

17. Kapitel

Dienstag, 11. Januar 1944

Grete Dierker hatte nach Beendigung der Nachtschicht nur wenige Stunden geschlafen und war bereits morgens um 9:02 Uhr vom Jöllenbecker Bahnhof mit der Kleinbahn über Horstheide, Kahlerkrug und Theesen nach Schildesche gefahren, wo ihre Eltern wohnten. Um diese Zeit war der Waggon nur mäßig besetzt. Am frühen Morgen, wenn der Berufsverkehr von Jöllenbeck nach Bielefeld floss, und am Abend, wenn die Menschen wieder zurückfuhren, waren Sitzplätze Mangelware und jeder war froh, wenn er noch einen Stehplatz ergattern konnte.

Nach etwa zwanzigminütiger Fahrt und einigen Minuten Spaziergang erreichte Grete Dierker kurz nach 9:30 Uhr die Wohnung ihrer Eltern, wo sie nur ihre Mutter antraf, die gerade dabei war, Steckrübeneintopf zu kochen; ihr Vater war bei der Arbeit.

Nach der herzlichen Begrüßung zeigte die Mutter ihrer Tochter zwei Stapel mit Kleidungsstücken. „Hier, Grete, ich habe bei meinen Freundinnen abgelegte Sachen eingesammelt, damit deine Zwangsarbeiterinnen warme Kleidung zum Anziehen haben. Du kannst das Zeug hier in diesen Bettbezug packen, dann lässt es sich nachher besser transportieren."

Grete Dierker lächelte. Sie freute sich über die Unterstützung durch ihre Mutter. Sie setzte sich an den

Küchentisch und half ihrer Mutter beim Kartoffelschälen. „Wie geht es euch, Mutti? Wie kommt ihr zurecht?"

Klara Kespohl hob die Schultern. „Uns geht es soweit gut. Dein Vater wird aufgrund seines Alters sicher nicht mehr eingezogen, außerdem ist seine Arbeit kriegswichtig."

Grete Dierker entgegnete schärfer, als sie es eigentlich beabsichtigt hatte: „Ja, sicher. Die Rüstungsindustrie sorgt dafür, dass der Krieg noch länger dauert und noch mehr Menschen umkommen."

Klara Kespohl schüttelte den Kopf. „Du bist ungerecht, Grete. Was soll Vater machen? Letztens haben sie einen Genossen dabei erwischt, dass er die Herstellung von Granathülsen sabotiert hat. Der sitzt jetzt in Gefängnis und wird bestimmt hingerichtet werden."

Grete Dierker nickte. „Ich weiß, Mutti. Das sollte auch kein Vorwurf an Vati sein. Was machen Dietrich und Friedrich?"

„Friedrich ist in Frankreich, an der Atlantikküste. Im Augenblick ist es ruhig, schreibt er, er rechnet aber damit, dass die Alliierten irgendwann angreifen werden."

„Und wie geht es Dietrich?" Dietrich Kespohl war Grete Dierkers jüngerer Bruder, um den sich Grete immer besonders gekümmert hatte.

„Na ja, du weißt ja, er liegt in Köln im Lazarett. Die linke Schulter ist arg verletzt. Die Operation ist aber gut verlaufen. In ein paar Wochen wird er entlassen. Sie werden ihn hoffentlich nicht zurück an die Front schicken."

Grete Dierker lachte bitter. „Mit den Nazis geht es langsam dem Ende entgegen. Mir kann es nicht schnell genug gehen. Dann kommt die große Abrechnung."

Klara Kespohl nickte zustimmend. „Vater erzählte gestern Abend einen neuen Witz, den er auf der Arbeit gehört hatte: ‚Wer für die Partei zwei neue Mitglieder wirbt, kann austreten, wer sechs Neue wirbt, kann eine Bescheinigung bekommen, dass er niemals in der Partei gewesen ist.'"

Grete lachte. „Ja, so wird es wohl kommen. Hinterher will niemand dabei gewesen sein."

Klara Kespohl holte einen Topf aus dem Küchenschrank, füllte ihn mit Wasser und legte die geschälten Kartoffeln hinein. „Kind, erzähl du aber erst mal von dir. Wie geht es dir? Bist du immer noch so voller Wut und Hass?"

Grete Dierker hatte ihrer Familie von ihrer Vergewaltigung erzählt. „Das kann ich nicht vergessen, Mutti. Dafür muss Goll bezahlen", sagte sie. „Wenn die Nazis abgewirtschaftet haben, wird er sterben, so oder so."

Ihre Mutter erschrak. „Kind, damit stürzt du dich selbst ins Unglück. Du sitzt hinterher bis an dein Lebensende im Gefängnis. Ist es das wert?"

„Hass hat mich aufrecht gehalten. Die Hoffnung auf Rache für das, was mir Goll und Richel angetan haben, hat mir damals Kraft gegeben, die folgenden Wochen zu überstehen. In dem Augenblick, in dem die beiden Schweine meine Wohnung verlassen hatten, war für mich klar, dass sie dafür bezahlen würden."

181

Die beiden Frauen schwiegen. Klara Kespohl sah ihrer Tochter an, dass diese keineswegs bereit war, ihre Meinung zu ändern. Um ein anderes Thema anzuschneiden, fragte sie: „Gibt es Neuigkeiten von Rudi?"

Es war gegen 11:00 Uhr, der Geruch des Steckrübeneintopfs erfüllte bereits die Küche, als plötzlich die Sirenen heulten. Ohne auf die Antwort ihrer Tochter zu der gestellten Frage zu warten, rief Klara Kespohl: „Luftalarm. Grete, wir müssen in den Keller."

Klara Kespohl stellte den Gasherd aus und ergriff die bereitliegende Tasche mit den Ausweispapieren, Fotos und anderen unverzichtbaren Dingen. Während sie sich zur Tür wandte, sagte sie: „Hoffentlich haben sie es heute nicht wieder auf den Viadukt abgesehen."

Der Schildescher Viadukt, ein wichtiges Verbindungsstück der Eisenbahnlinie zwischen Minden und Hamm, war bereits mehrfach Ziel von Bombardierungen gewesen, hatte den Angriffen aber bislang getrotzt.

Die beiden Frauen hasteten die Kellertreppe hinunter, wo sie auf andere Hausbewohner trafen. In mehreren Kellerräumen waren einfache Sitzbänke und Stühle aufgestellt worden.

Feste Sitzplätze schien es nicht zu geben. Die Hausbewohner setzten sich und hofften, dass nichts passieren würde. Die Stimmung war gespannt. Zwei Frauen, die mit ihren kleinen Kindern in den Keller gekommen waren, beteten laut.

Nach wenigen Minuten konnte man im Keller die ersten Detonationen hören. „Die bombardieren Bielefeld", sagte ein älterer Mann. „Vielleicht haben wir Glück und der Viadukt ist heute nicht dran."

Diese Hoffnung hatten unausgesprochen wohl auch alle anderen Menschen in den Kellerräumen. In den nächsten Minuten nahm die Zahl der Detonationen zu, die aus der südwestlich gelegenen Bielefelder Innenstadt zu hören waren. Eine Frau murmelte: „Die Bielefelder kriegen heute aber reichlich ab." Der ältere Mann nickte. „Unsere Flak schafft das nicht mehr, dazu sind die Angriffe zu massiv. Unsere angebliche Luftüberlegenheit ist ein Witz." Er schien noch mehr sagen zu wollen, besann sich dann aber. Offenbar befürchtete er, dass sich unter den Kellerinsassen Zuträger der Gestapo befinden konnten.

In der näheren Umgebung blieb es ruhig. Als nach etwa einer Stunde Entwarnung gegeben wurde, konnten die Menschen die Kellerräume wieder verlassen. Grete Dierker und ihre Mutter, die Tasche mit den Ausweispapieren an sich gedrückt, gehörten zu den ersten, die die Kellertreppe wieder emporstiegen. Sie gingen auf die Straße, wo sich nach und nach auch andere Menschen versammelten. In südwestlicher Richtung waren Rauchsäulen zu sehen.

Die Stimmung der Menschen war auf dem Tiefpunkt. Einerseits war man froh, heute unbeschadet davongekommen zu sein, gleichzeitig hatte man aber erkannt, dass es vor den feindlichen Fliegerangriffen keinen wirksamen Schutz mehr gab. Jeden Tag konnte auch die einfache Bevölkerung Opfer der Angriffe werden, selbst in einem kleinen Dorf wie Schildesche. Einige der Umstehenden äußerten deshalb auch Kritik an der Regierung und an der deutschen Flugabwehr. Eine Frau in schwarzer Kleidung, die neben Klara Kespohl und ihrer Tochter stand, klagte mit leiser Stimme: „Einen Sohn habe ich schon verloren, der zweite kämpft an der Ostfront. Wenn ich den auch noch verliere …" Klara Kespohl versuchte, die Frau zu trösten.

Nach einiger Zeit zerstreute sich die Menschenmenge. Klara Kespohl ging mit ihrer Tochter zurück in die Wohnung, wo sie den Gasherd wieder anmachte, um den Eintopf zu Ende zu kochen.

Nach dem Mittagessen saßen die beiden Frauen noch lange beisammen und besprachen sowohl die politische Situation als auch die Kriegslage. Ihnen war bewusst, dass Hitler den Krieg bis zum bitteren Ende weiterführen würde. Und das konnte noch eine Zeitlang dauern. Von einem Bielefelder Parteigenossen hatte Klara Kespohl erfahren, dass im Osten, im vormaligen Polen, Lager existierten, in denen Juden umgebracht wurden. Wenn das wirklich stimmte, so konnte man sich ausrechnen, was passieren würde, wenn Deutschland den Krieg verlor.

***

Grete Dierker hatte Glück, dass sie in der Kleinbahn um 16:55 Uhr mit ihrem Kleidersack noch einen Stehplatz bekam. In dem vollbesetzten Waggon sprachen

184

alle über den Luftangriff auf Bielefeld, der in einer solchen Wucht, wie bislang noch nicht geschehen, stattgefunden hatte. Ein mitfahrender älterer Mann, der sich zum Zeitpunkt des Angriffs in der Innenstadt aufgehalten hatte, berichtete, dass die größten Zerstörungen im Bereich der Hindenburgstraße und am Oberntorwall stattgefunden hatten. „Das städtische Kunsthaus am Oberntorwall wurde weitgehend zerstört. Schlimme Schäden gab es aber auch im Bereich der Heeper-, Schlosser-, Bleich- und Mühlenstraße. Ich habe viele Tote gesehen. Entsetzlich!" Die Umstehenden schwiegen. Manch einer war dankbar dafür, dass er nicht in der Bielefelder Innenstadt, sondern im ländlichen Jöllenbeck wohnte.

Als die Kleinbahn den Jöllenbecker Kleinbahnhof erreichte, war es kurz vor 17:30 Uhr. Grete Dierker eilte mit ihrem Kleidersack zu ihrer Wohnung. Sie hatte nicht mehr viel Zeit, bald begann die nächste Nachtschicht.

18. Kapitel

Dienstag, 20. Mai 1947

Noch vor dem Klingeln des Weckers, den er auf 6:30 Uhr gestellt hatte, war Helmke wach. Er blieb, nachdem er den Wecker abgestellt hatte, noch einige Minuten im Bett liegen und dachte, wie er das gelegentlich tat, über seine Lebenssituation nach. Im Unterschied zu seinem Kollegen Wessler, der zwei erwachsene Kinder hatte und nach dem wohl bevorstehenden Tod seiner Frau nicht allein sein würde, hatte er, Helmke, seine Eltern und seine Schwester bei dem großen Bombenangriff auf Bielefeld am 11. Januar 1944 verloren. Das elterliche Haus an der Mühlenstraße war weitgehend zerstört worden. Nahe Verwandte besaß er nicht. Er war in dieser Zeit an der Front gewesen. Später hatte er in der Zeitung gelesen, dass Gauleiter Meyer und Oberbürgermeister Budde auf dem Johannesfriedhof die amerikanischen „Terrorflieger" gegeißelt und die Trauernden auf den deutschen Endsieg eingeschworen hatten. Im Unterschied zu vielen anderen seiner Zeitgenossen machte Helmke nicht die Amerikaner für den Tod seiner Angehörigen verantwortlich, sondern die Nationalsozialisten, die schließlich den Krieg begonnen hatten.

Wie lange wollte er sein gegenwärtiges Leben so weiterführen? Was wollte er erreichen? Wie sollte sein Leben in zehn oder zwanzig Jahren aussehen? Im Augenblick dachte er perspektivisch immer nur bis zur Lösung

des nächsten Falles. Sollte das so bleiben? ... Er kam –
wie gewöhnlich – mit diesen Gedanken nicht weiter.

Helmke stand auf und suchte die Toilette auf. Dann
rasierte und wusch er sich an der Küchenspüle, zog seine
Kleidung an und machte sich das Frühstück. Wenige Minuten später war er schon auf dem Weg ins Präsidium.

***

Als Helmke um 8:00 Uhr das Büro betrat, war Wessler
noch nicht da. Die Zeit bis zur „Lage" verbrachte
Helmke damit, Notizen über die am Vortag geführten
Gespräche anzufertigen.

Kurz vor 9:00 Uhr kam der von Helmke bereits befürchtete Anruf Kurt Wesslers. Der Kollege klang relativ
gefasst. „Walter, meine Frau ist heute Nacht gestorben.
Ich komme heute nicht zum Dienst, hier ist noch einiges
zu regeln. Wir sehen uns morgen."

„Mein herzliches Beileid!" Das war für Helmke keine
bloße Formel. Er wusste aber gleichzeitig, dass er Wessler in dieser Situation nicht viel Trost spenden konnte. Er
verzichtete auch darauf, Wessler über das am gestrigen
Abend mit den beiden Schwarzhändlern geführte Gespräch zu berichten.

Nachdem Wessler aufgelegt hatte, war es an der Zeit,
in den Besprechungsraum zu gehen. Dieses Mal bat
Mähler Helmke als Ersten, den aktuellen Ermittlungsstand zu referieren. Helmke ging auf die möglichen Zusammenhänge zwischen dem Tod des französischen

Kriegsgefangenen und der Ermordung des früheren Ortsgruppenleiters ein. Er erwähnte auch den Besuch eines französischen Offiziers im Jöllenbecker Standesamt.

„Der Besuch eines Offiziers der französischen Besatzungsmacht in der englischen Besatzungszone müsste doch mit den Engländern abgestimmt worden sein. Vielleicht können Sie einmal bei dem Verbindungsoffizier der englischen Militärregierung erkunden, was es mit dem Besuch auf sich hatte?", wandte sich Helmke am Schluss seines Berichts an den Kriminalrat.

Kriminalrat Mähler nickte. „Ja, das sollten wir tun. Ich werde noch heute bei Oberstleutnant Howlett anfragen", versprach er.

Als Helmke dachte, das Gespräch mit Mähler sei beendet, sprach der Kriminalrat noch einen weiteren Punkt an. „Die Vermutung, der Jöllenbecker Arzt, wie hieß der noch mal …?"

„Dr. Maßmann", erklärte Helmke.

„Ja, die Vermutung, Dr. Maßmann sei in die Geschehnisse in der Landesheilanstalt Hadamar involviert gewesen, muss natürlich zweifelsfrei bestätigt werden, bevor wir den Arzt damit konfrontieren können", nahm Mähler seinen Gesprächsfaden wieder auf. „Alles andere würde uns in einem schlechten Licht erscheinen lassen."

Helmke nickte. „Ja, natürlich. Darum werde ich mich gleich kümmern."

***

188

Zurück im Büro setzte sich Helmke an seinen Schreibtisch und machte sich einige Notizen für das anstehende Telefongespräch. Dann ließ er sich von der Telefonauskunft die Nummer der Polizeiwache in Hadamar geben.

Es dauerte eine Weile, bis sich jemand meldete. Helmke schilderte sein Anliegen und bat den hessischen Kollegen um Amtshilfe – ohne großen bürokratischen Aufwand. Helmke hatte Glück. Der Kollege schien unkompliziert zu sein. Er versprach, sich mit dem Polizeiposten in Oberzeuzheim in Verbindung zu setzen und über den früheren Dorfarzt Erkundigungen einzuholen.

Während des Gespräches mit der Polizeistation in Hadamar war Helmke ein Gedanke gekommen. Er notierte rasch noch Namen und Telefonnummer des Kollegen in Hadamar, dann zog er sein Jackett an und machte sich auf den Weg Richtung Sparrenburg.

Er klingelte an der Tür von Ursula Böcker. Helmke hatte Glück, Ursula Böcker war zu Hause. Die Frau war überrascht, als sie Helmke vor der Wohnungstür stehen sah. Offenbar hatte sie jemand anders erwartet. Sie war geschminkt und trug einen Morgenmantel aus Seide, der vermuten ließ, dass sie darunter wenig anhatte.

„Vielleicht komme ich ungelegen", sagte Helmke, „ich störe auch nicht lange. Ich muss Paule sprechen, es ist dringend."

Ursula Böcker schüttelte den Kopf. „Paule ist nicht hier. Er kommt vielleicht heute Mittag vorbei."

„Gut. Paule soll mich so schnell wie möglich im Präsidium anrufen."

Ursula Böcker schien besorgt zu sein: „Hat Paule etwas ausgefressen?", fragte sie.

Helmke beruhigte sie: „Nein, im Gegenteil. Er soll mir helfen."

„Gut, ich sage es ihm."

Helmke nickte und verabschiedete sich. Auf der Höhe der ersten Etage kam Helmke ein gutgekleideter, fettleibiger und leicht schwitzender Mann entgegen. Als die beiden Männer auf gleicher Höhe waren, konnte es sich Helmke nicht verkneifen, ihm zuzuraunen: „War wirklich gut, eine wahre Künstlerin. Hat sich gelohnt. Viel Spaß, Kollege!"

Der Mann stutzte zunächst, doch dann grinste er. Helmke schien mit seiner Bemerkung die Vorfreude des Mannes auf die anstehende Begegnung mit Ursula Böcker noch verstärkt zu haben.

***

Gegen 15:00 Uhr klingelte Helmkes Telefon. „Paul Beckmann hier. Ich möchte Kommissar Helmke sprechen."

„Ist am Apparat … Paule, du musst mir noch einmal helfen."

„Ja?" Beckmanns Stimme klang nicht gerade begeistert.

„Ich muss mich noch einmal mit deinem Kollegen unterhalten."

Beckmann lachte. „Das trifft sich gut. Der steht gerade

neben mir. Warten Sie einen Augenblick."

Helmke hörte im Hintergrund Stimmengemurmel. Wahrscheinlich hielten sich die beiden Schwarzhändler in einer Kneipe auf.

„Ja?"

Helmke erkannte die Stimme des unbekannten Schwarzhändlers wieder. „Ich habe noch eine Bitte an Sie", sagte er. „Ich habe Vermutungen, was die beiden Erwerber Ihrer Pistolen angeht. Ich möchte Sie bitten, mit mir nach Jöllenbeck zu fahren. Ich werde mit den in Frage kommenden Personen sprechen, während Sie im Auto sitzen bleiben und sich die Personen aus sicherer Entfernung angucken. Hinterher sollen Sie mir sagen, ob meine Vermutungen zutreffend sind. Wären Sie dazu bereit?"

Der Mann zögerte. Helmke ergänzte schnell: „Ich stünde dann in Ihrer Schuld und es ist doch immer gut, wenn man jemanden bei der Polizei kennt, der einem möglicherweise mal helfen kann." Dieser letzte Hinweis schien den Mann überzeugt zu haben.

„Gut. Wann soll das stattfinden?", klang es aus dem Hörer.

„Am besten noch heute, am späten Nachmittag. Passt Ihnen das?"

„Ja, gut. Ich würde Paule gern mitnehmen. Meine früheren Kunden sollten mich aber nicht erkennen."

Helmke jubelte innerlich. Er blieb aber betont ruhig. „Natürlich. Können wir uns um 17:00 Uhr am Jahnplatz treffen? Ihr könnt dann beide zusteigen."

„Einverstanden."

***

Helmke war die Beschreibung des Schwarzhändlers von einem seiner Kunden als „Hungerhaken" nicht aus dem Kopf gegangen. Er erhoffte sich von der anstehenden Aktion einen Durchbruch in den Ermittlungen. Paul Beckmann und sein Kollege saßen hinten im Auto und unterhielten sich leise. Helmke interessierten die „Transaktionen", wie die beiden Schwarzhändler ihre Geschäfte zu bezeichnen pflegten, nicht sonderlich. Während er sich auf den Feierabendverkehr konzentrierte und den Opel über Schildesche und Vilsendorf nach Jöllenbeck lenkte, versuchte er die beiden Männer davon zu überzeugen, nicht nur auf den Schwarzhandel zu setzen. „Sobald wir eine harte Währung bekommen, ist es mit dem Schwarzhandel vorbei."

Paul Beckmann widersprach heftig, sein Kollege schien jedoch ähnlich zu denken wie Helmke. „Wahrscheinlich haben Sie Recht. Ich könnte mir vorstellen, schon bald eine Kneipe aufzumachen."

„Du müsstest dann jeden Tag hinter der Theke stehen. Vor der Theke ist es aber angenehmer", wandte Beckmann ein und grinste. „Bis die Wirtschaft wieder richtig läuft und wir genug von allem produzieren, was man so braucht, werden noch Jahre vergehen. Bis dahin haben wir genug verdient, so dass wir dann immer noch überlegen können, wo wir unser Geld investieren können."

Inzwischen hatten sie das Jöllenbecker Ortseingangs-schild passiert. Wenige Minuten später bog Helmke in die Deliusstraße ein. Er hatte am frühen Nachmittag mit dem Ortspolizisten Horstmann telefoniert und sich die Adresse von Rudi Dierker geben lassen, auf den die Be-schreibung als „Hungerhaken", so glaubte Helmke, wohl zutreffen konnte. Hinzu kam, dass Rudi Dierker von Krischan Jäger als „Genosse" bezeichnet worden war. Der Erwerber der zweiten Pistole hatte nach Aus-sage des Schwarzhändlers eine Anstecknadel mit einem roten Stern getragen, was ja wohl ein deutlicher Hinweis auf seine Zugehörigkeit zur Kommunistischen Partei war.

Helmke parkte den Opel wenige Meter vom Eingang des Hauses entfernt, in dem Dierker mit seiner Frau in einer Wohnung im Obergeschoss lebte. Die beiden Schwarzhändler blieben auf der Rückbank des Autos sit-zen. Helmke stieg aus und klingelte. Wenige Augenbli-cke später stand Rudi Dierker an der Haustür. Er war merklich überrascht, den Kriminalbeamten vor sich zu sehen.

Helmke setzte ein freundliches Gesicht auf. „Herr Dierker, entschuldigen Sie bitte die Störung. Ich habe ein paar Fragen an Sie. Haben Sie etwas Zeit?"

Dierker nickte. Ihn schien der Besuch des Kriminalbe-amten nicht sonderlich zu beunruhigen.

„Macht es Ihnen etwas aus, wenn wir hier draußen ein paar Schritte auf- und abgehen? Ich habe fast den ganzen Tag am Schreibtisch gesessen, mir täte ein wenig

Bewegung gut."

Dierker zuckte die Achseln. „Von mir aus." Er drehte sich um und zog die Haustür hinter sich zu.

Helmke bog nach rechts ab und entfernte sich, mit Dierker im Gefolge, von dem geparkten Auto.

„Herr Dierker, Sie wissen ja, dass ich versuche, den Mord an Anton Goll aufzuklären. Goll scheint der Familie Jäger übel mitgespielt zu haben." Helmke wartete einen Augenblick, bevor er die Frage stellte, deren Antwort er bereits kannte. „Sie kennen Herrn Jäger gut. Halten Sie es für möglich, dass sich Herr Jäger an Goll gerächt hat?" Helmke hatte sich diese Frage ausgedacht, um mit Dierker ins Gespräch zu kommen.

Dierker schüttelte den Kopf. Seine Antwort erfolgte in nahezu den floskelhaften Worten, die Helmke erwartet hatte: „Krischan ist ein Mensch, der keiner Kreatur etwas zuleide tun kann." Er blickte Helmke an und nickte. „Ja, es stimmt, Goll ist für den Tod von Krischans Sohn verantwortlich, aber Krischan ist kein Mörder. Völlig undenkbar. Für Krischan lege ich meine Hand ins Feuer."

„Haben Sie eine Vermutung, wer ein Interesse an dem Tod des früheren Ortsgruppenleiters haben könnte?"

„Nein, keine Ahnung. Ist aber doch auch nicht schade um den – oder?"

Helmke verzichtete auf eine Antwort. „Herr Dierker, wir sind im Verlaufe unserer Ermittlungen auch auf den Unfalltod eines französischen Kriegsgefangenen im Jahre 1944 gestoßen. Wissen Sie etwas darüber?"

Dierker lachte bitter: „Sind Sie nicht darüber

informiert, wo ich im Jahre 1944 war?"

Helmke antwortete wahrheitsgemäß: „Nein." Da Dierker schwieg, fragte Helmke nach einer Weile: „Wo waren Sie denn?"

Dierker blickte Helmke an, vermutlich um die Reaktion auf seine Antwort zu prüfen. „Seit 1934 war ich im Gefängnis, nach dem Ende der Haftzeit musste ich mehrere Jahre im KZ und Strafgefangenenlager Esterwegen verbringen, von 1944 bis Kriegsende war ich, obwohl ‚wehrunwürdig', in einer Einheit, die Blindgänger entschärfen musste. Ein Himmelfahrtskommando, bei dem nicht wenige meiner Kameraden zu Tode gekommen sind."

„Weil Sie Mitglied der KPD gewesen sind?"

Dierker nickte. „Ja, weil ich im Widerstand war."

Während des Gesprächs waren die beiden Männer die Straße ein beträchtliches Stück hinuntergeschlendert, jetzt gab Helmke seinem Gesprächspartner zu verstehen, dass sie umkehren könnten.

Während sie sich wieder der Wohnung Dierkers näherten, sagte dieser: „Sie sprachen eben von dem sogenannten Unfalltod des französischen Kriegsgefangenen. Hier im Dorf wird erzählt, er sei von einem Baugerüst gefallen. Meine Frau kennt aber eine andere Version. Ein Unfall ist das wohl nicht gewesen."

Helmke wurde hellhörig. „Was hat Ihre Frau gesehen?", fragte er.

„Das kann Ihnen Grete am besten selbst erzählen."

„Ist Ihre Frau zu Hause?"

Dierker nickte. „Ja. Wollen Sie mit hochkommen?"

„Ja, gerne. Der Fall interessiert mich sehr."

Die beiden gingen durch den Vorgarten auf das Haus zu. Helmke hoffte, dass Beckmanns Kollege einen ausgiebigen Blick auf Dierker hatte werfen können.

Die beiden Männer betraten das Haus. Dierker ging vor Helmke die Treppe hinauf und öffnete die Wohnungstür, hinter der sich ein Korridor erstreckte.

„Wo warst du, Rudi?", fragte eine Frauenstimme aus einem der Nebenzimmer.

„Ich habe jemanden mitgebracht", sagte der Angesprochene, was dazu führte, dass den beiden eine mittelgroße, dunkelhaarige, attraktive Frau entgegenkam. In ihrem Gesicht dominierten die großen, etwas traurig blickenden Augen, die Helmke neugierig musterten.

„Kommen Sie herein", sagte sie und zeigte auf eine Tür, die, wie Helmke feststellen konnte, in die „gute" Stube der Wohnung führte.

„Nehmen Sie bitte Platz." Hier in der Wohnung schien die Frau das Kommando zu haben.

Helmke setzte sich in einen der beiden Sessel, die zusammen mit dem Sofa die vorhandenen Sitzgelegenheiten darstellten. Auf dem Tisch vor ihm lag eines Ausgabe des *Volksechos*, der in der Region verbreiteten kommunistischen Tageszeitung. Die „gute" Stube war nicht sehr groß; ein dunkler Wohnzimmerschrank und ein kleines Regal, auf dem ein Radiogerät stand, bildeten die weitere Ausstattung des Raumes. An der Wand über dem Regal hing ein Foto von Ernst Thälmann, dem im

196

KZ umgekommenen KPD-Vorsitzenden in der Zeit der Weimarer Republik.

„Grete, das ist Kommissar Helmke von der Bielefelder Kriminalpolizei," erklärte Dierker seiner Frau. „Er untersucht unter anderem den sogenannten Unfalltod des französischen Kriegsgefangenen bei der Fima Maßmann im Jahre 1944. Ich habe Herrn Helmke gesagt, dass du ihm dazu einige Informationen liefern kannst."

Helmke konnte nicht erkennen, ob sich Grete Dierker über die Aussage ihres Mannes freute oder ärgerte. „Wird Zeit, dass sich mal jemand darum kümmert", sagte sie. „Denn so, wie der feine Herr Hellmann das heute darstellt, hat sich das damals nicht abgespielt. Darüber kann auch der Grabstein auf dem Friedhof nicht hinwegtäuschen."

Helmke blickte die Frau an. „Was meinen Sie damit?"

„Nun ja, ich habe auch damals schon in der Weberei gearbeitet, und wir hatten ab 1942 einige ukrainische Zwangsarbeiterinnen, die wohnten in Baracken auf dem Werksgelände. Der Schmierstoffvertrieb von Maßmann liegt in unmittelbarer Nähe der Weberei. Ich hatte mich mit einer der Zwangsarbeiterinnen etwas angefreundet, und sie hat mir bereits am Tag des sogenannten Unfalls erzählt, dass es zwischen dem französischen Kriegsgefangenen und einem anderen Mann oben auf dem Gerüst einen Streit gegeben habe. Der andere Mann habe mit einer Latte auf den Kriegsgefangenen eingeschlagen, der sei zusammengebrochen und der Mann habe ihn dann von dem Gerüst geworfen."

Helmke beugte sich gespannt nach vorn. „Hat Ihnen die Frau auch sagen können, wer dieser andere Mann gewesen ist?"

Grete Dierker nickte. „Sie hat mir den Mann ein paar Tage später gezeigt, als der bei Maßmann über das Firmengelände ging."

„Und – wer war es?"

Grete Dierker sagte leise: „Es war der alte Maßmann, Helmut Maßmann, der Schwiegervater des heutigen Firmeninhabers."

Diese Information überraschte Helmke nicht sonderlich. Dadurch ließ sich auch die Existenz der beiden Totenscheine erklären. Dr. Karl Maßmann hatte seinen Onkel schützen wollen, indem er den ursprünglich ausgestellten Totenschein nachträglich noch einmal verändert hatte.

Helmke fragte: „Die Zwangsarbeiterin war sich da ganz sicher?"

„Absolut. Sie hat auf den alten Maßmann gedeutet und mir dabei erklärt, dass dieser Mann den Franzosen vom Gerüst geworfen hat."

„Wie heißt die frühere Zwangsarbeiterin?"

„Katerina ... Katerina Siwakowa." Der Name ging Grete Dierker ohne Stocken über die Lippen, wohl ein Zeichen dafür, dass sie ihn oft ausgesprochen hatte.

„Haben Sie noch Kontakt zu ihr?"

Grete Dierker schüttelte bedauernd den Kopf. „Nein, das ist zur Zeit ja schwierig. Sie kommt aus einem kleinen Dorf in der Nähe von Mariupol, das liegt am

198

Asowschen Meer."

„Weshalb ist Helmut Maßmann nach Kriegsende für diesen Totschlag nicht zur Rechenschaft gezogen worden?"

Grete Dierker zuckte die Achseln. „Der war nach Kriegsende verschwunden, war wohl eine Zeitlang bei Verwandten oder Freunden untergetaucht. Katerina und die anderen Frauen sind dann wieder zurück in die Ukraine und ich ... mir ging es nicht so gut." Grete Dierker stockte.

Ihr Mann schaltete sich ein. „Grete war in dieser Zeit krank. Sie litt unter einer Depression. Ich bin auch erst etwas später wieder nach Hause gekommen, da war die Katerina schon weg. Wenn man jemanden beschuldigt, muss man das auch beweisen können, wir konnten das nicht."

Helmke nickte. „Da haben Sie recht. Aber vielleicht kommt jetzt wieder etwas Bewegung in die Angelegenheit."

Er erhob sich. „Vielen Dank für Ihre Offenheit." Er nickte Grete Dierker freundlich zu, während ihr Mann Helmke zur Tür begleitete.

***

„Wie sieht's aus?", fragte Helmke, den Kopf nach hinten gewandt, als er wieder im Auto saß.

„Ja, der Mann war's." Beckmanns Kollege war sich sicher. „Der hat eine der beiden Pistolen bei mir gekauft."

199

Helmke nickte zufrieden und zündete sich eine *Eckstein* an. Er blies den Rauch durch das geöffnete Fenster. „Gut, dann bin ich ja schon einen Schritt weiter."

„War's das?", fragte Beckmann. „Wir müssen zurück nach Bielefeld, die Geschäfte warten."

Helmke, der mit den beiden Schwarzhändlern eigentlich noch eine zweite Adresse anfahren wollte, nickte. „Einverstanden. Fahren wir also zurück nach Bielefeld." Nach einer kurzen Pause fügte er hinzu: „Vielleicht müssen wir eine solche Fahrt in den nächsten Tagen noch einmal machen. Danach werde ich eure Dienste aber nicht mehr in Anspruch nehmen müssen."

Während der Rückfahrt verfielen die beiden Schwarzhändler wieder in Gespräche über stattgefundene oder mögliche „Transaktionen". Dieses Mal schaltete sich Helmke aber nicht ein.

Er ließ die beiden am Bahnhof aussteigen und fuhr weiter zur Viktoriastraße. Im Büro kochte er sich einen Kaffee aus gemahlenen Kaffeebohnen, die er als eiserne Reserve im hintersten Winkel einer Schublade seines Schreibtisches aufbewahrte, und zündete sich, als der Kaffee vor ihm in der Tasse dampfte, dazu eine Zigarette an.

Dierker war also einer der beiden Erwerber der Pistolen und damit ein Hauptverdächtiger im Mordfall Goll. Das stand jetzt fest. Daraus ergab sich aber zwangsläufig die Frage nach seinem Motiv für diese Tat. Hatte er – wenn er tatsächlich der Täter war – etwa im Auftrag seines Freundes Krischan Jäger gehandelt, der ein Motiv besaß? Oder verfügte Dierker über ein ganz anderes Motiv, das sich ihm, Helmke, bislang noch nicht erschlossen hatte?

Er schlug noch einmal die Akte auf, die durch die von ihm und Wessler angefertigten Vermerke und Protokolle zu den Aussagen der verschiedenen Zeugen um einiges angewachsen war. Als Helmke die Akte durchblätterte, fiel sein Blick auf die Fotos, die Goll mit den verschiedenen Frauen beim Geschlechtsverkehr zeigten. Die bislang unbekannte Frau, die nur undeutlich zu erkennen war, weil sie sich vielleicht dagegen gewehrt hatte, fotografiert zu werden, kam ihm plötzlich bekannt vor. Er sah sich das Foto noch einmal genauer an und benutzte dabei auch ein Vergrößerungsglas. Entscheidendes Erkennungsmerkmal waren die großen Augen der Frau, bei der es sich, da war sich Helmke jetzt fast sicher, um Grete Dierker handelte. Falls Rudi Dierker davon erfahren hatte, war das natürlich das gesuchte Mordmotiv.

19. Kapitel

Mittwoch, 20. September 1944

„Grete, hast du schon davon gehört? Sie haben in Dortmund Gustav und die anderen Genossen hingerichtet." Paula Jäger war rasch eingetreten, nachdem ihr Grete Dierker die Wohnungstür geöffnet hatte. Erst als die Tür hinter ihr wieder ins Schloss gefallen war, hatte sie Grete Dierker die schreckliche Nachricht überbracht.

Seit Tagen hatte man mit dieser Botschaft rechnen müssen. Gustav Höcker und weitere Genossen waren Mitte August vom Oberlandesgericht Hamm wegen – wie es in der Anklageschrift hieß – Vorbereitung eines hochverräterischen Unternehmens zum Tode verurteilt worden. Krischan und Paula Jäger, die einige der Verurteilten kannten, hatten bis zuletzt gehofft, dass die eingereichten Gnadengesuche Erfolg haben würden. Der Reichsjustizminister hatte die Gesuche aber abgelehnt. Die Hinrichtung der Genossen war dann offenbar vor wenigen Tagen im Dortmunder Gerichtsgefängnis durch das Fallbeil erfolgt.

Die Genossen hatten – wie Krischan Jäger auch – in Bielefeld bei der Firma Dürkopp gearbeitet. Während der Arbeitspausen hatten sich mehrere Kollegen im Toilettenbereich getroffen und sich gegenseitig über die neuesten Meldungen ausländischer Sender informiert. Das hatte gereicht, um sie vor Gericht als „Volksschädlinge" zu kennzeichnen. Der Staatsanwalt hatte die Todesstrafe gefordert. Die Richter waren dieser Forderung bereitwillig gefolgt.

„Woher hast du von den Hinrichtungen erfahren?", wollte Grete Dierker wissen.

„Von Gustavs Familienangehörigen. Die haben gestern die Nachricht erhalten mit dem Verbot, Todesanzeigen in den Zeitungen abzudrucken." Paula Jäger weinte vor Wut. „Krischan hat ja ebenfalls gelegentlich an den Gesprächen teilgenommen. Sie haben Krischan aber nicht verraten. Wenn ich bedenke, dass auch Krischan …" Paula Jäger brach den angefangenen Satz ab.

Grete Dierker nahm ihre Freundin in den Arm. „Wenn man, nur weil man ausländische Radiosender hört und sich mit Freunden darüber unterhält, schon umgebracht wird, steht das Regime doch mittlerweile auf tönernen Füßen", sagte sie. „Es wird nicht mehr lange dauern, bis die Leute, die unsere Genossen ermordet haben, selber vor Gericht sitzen werden. Dann werden sie ihre gerechte Strafe bekommen. Auge um Auge!"

Paula Jäger schüttelte den Kopf. „Das gibt Gustav und den anderen Genossen aber nicht ihr Leben zurück."

„Nein, da hast du Recht. Wir müssen einfach noch vorsichtiger sein. Das Ende der Naziherrschaft ist in Sicht. Unser Widerstand hat es nicht geschafft, wir müssen jetzt darauf hoffen, dass die Rote Armee den Hitlerfaschismus zerschlägt."

Die beiden Frauen schwiegen. „Magst du einen Kaffee trinken?", fragte Grete Dierker schließlich.

Paula Jäger nickte. „Ich kann aber nicht lange bleiben. Ich will noch ein paar andere Leute über die Morde informieren."

Während sich Grete Dierker mit der Kaffeemühle beschäftigte, fragte Paula Jäger: „Hast du neue Nachrichten von Rudi?"

„Ja." Grete Dierker lächelte. „Rudi hat geschrieben. Er ist jetzt im Siegerland. Er muss dort gemeinsam mit anderen Gefangenen Fliegerbomben entschärfen. Das ist eine gefährliche Sache. Rudi schreibt, dass schon drei seiner Kameraden dabei umgekommen sind." Trotz ihres Lächelns war Grete Dierker die Sorge um ihren Mann anzumerken, den sie jetzt etwa zehn Jahre lang nicht gesehen hatte.

„Aber Rudi lebt noch." Paula Jäger blickte ihre Freundin und Genossin aufmunternd an. „Du musst daran glauben, dass du ihn wiedersehen wirst. Du sagst ja selbst, dass die Naziherrschaft bald vorbei sein wird."

Grete Dierker nickte. „Das tue ich auch. Aber dass die Nazis uns zehn Jahre unseres Lebens gestohlen haben, werde ich ihnen niemals verzeihen. Da wird noch einiges abzurechnen sein."

20. Kapitel

Mittwoch, 21. Mai 1947

Wessler hatte morgens im Präsidium angerufen und Helmke mitgeteilt, dass er erst am Nachmittag kommen könne. Es seien noch weitere Dinge zu regeln.

In der morgendlichen Lagebesprechung stellte Helmke den derzeitigen Ermittlungsstand im Mordfall Goll vor. Kriminalrat Mähler entschied daraufhin, Rudi Dierker zu verhaften, die Verhaftung solle noch im Laufe des Vormittags erfolgen.

Nach der Besprechung, während die Männer den Raum verließen, nahm der Kriminalrat Helmke beiseite: „Ich habe gestern mit Oberstleutnant Howlett von der britischen Militärregierung gesprochen", sagte er. „Er hat mir mitgeteilt, dass ein französischer Offizier vor einiger Zeit, mit Genehmigung der Militärregierung, Nachforschungen über seinen Bruder angestellt hat, der als Kriegsgefangener in Jöllenbeck ums Leben gekommen ist. Falls sich durch Ihre Ermittlungen neue Erkenntnisse ergeben sollten, würde er, Howlett, diese gerne an den französischen Offizier weiterleiten."

Helmke nickte. „Ja, gut. Ich werde daran denken." Während er sich an Mähler vorbeischob, sagte er: „Wir fahren jetzt nach Jöllenbeck und nehmen die Verhaftung vor."

Er ging in sein Büro, orderte telefonisch einen Wagen, schnallte sich seine Waffe um und rekrutierte dann zwei Kollegen aus dem Nachbarbüro.

Während der Fahrt nach Jöllenbeck herrschte in dem Wagen eine gespannte Erwartung. Obgleich Helmke bei der Verhaftung Dierkers nicht mit Schwierigkeiten rechnete, so wusste man doch nie, wie ein Mann reagierte, der nichts mehr zu verlieren hatte. Da er Dierker am gestrigen Abend zu Hause angetroffen hatte, musste er sich jetzt wohl an seinem Arbeitsplatz befinden. Helmke lenkte den Opel deshalb auf den Parkplatz der Weberei und instruierte seine beiden Begleiter. Einer blieb beim Wagen stehen, der andere Kollege begleitete Helmke zur Pförtnerloge. Der Pförtner, ein Invalide, konnte den beiden Beamten sofort erklären, wo sie Dierker finden würden. „Ich muss aber den Werksleiter anrufen und ihm sagen, dass Sie hier sind", ergänzte er.

„Tun Sie das. Der Werksleiter wird uns bei Herrn Dierker finden." Er gab seinem Kollegen durch ein kurzes Kopfnicken ein Zeichen und die beiden Beamten stiefelten los, ohne auf den Protest des Pförtners zu hören.

Als sie die große Tür zum Websaal öffneten, in dem zahlreiche Webmaschinen, von nur wenigen Menschen beaufsichtigt, ihre Arbeit verrichteten, empfing die beiden Beamten starker Lärm. Rudi Dierker stand an einer der Maschinen. Als er die beiden Beamten bemerkte, ging er ihnen entgegen. Um den Lärm der Webmaschinen zu übertönen, trat Dierker nahe an die Besucher heran. „Herr Kommissar", sagte er mit lauter Stimme und lächelte, „haben Sie gestern etwas zu fragen versäumt?"

„Nicht direkt, Herr Dierker. Ich habe hier einen Haftbefehl für Sie."

Rudi Dierker runzelte die Stirn. „Sie wollen mich verhaften? Weshalb?"

„Wegen des Mordes an Anton Goll."

Jetzt lachte Rudi Dierker lauthals los. „Das ist ein guter Witz", sagte er, „völliger Blödsinn."

Helmke wurde langsam ungeduldig, der Lärm und die Lautstärke, in der das Gespräch stattfinden musste, nervten ihn. „Hören Sie auf zu lachen! Sie haben kürzlich in Bielefeld auf dem Schwarzmarkt eine Pistole gekauft. Dafür gibt es Zeugen."

Dierker zuckte die Achseln. „Ja und? Wollen Sie mir deshalb den Mord an Goll unterschieben? Ich dachte immer, wir lebten jetzt in einer Demokratie und in einem Rechtsstaat. Das, was hier gerade passiert, sind doch Gestapo-Methoden."

Helmke schüttelte den Kopf. „Natürlich leben wir in einem Rechtsstaat. Darauf können Sie sich verlassen. Wenn Sie unschuldig sind, haben Sie nichts zu befürchten. Besitzen Sie die Waffe noch?"

„Na klar." Rudi Dierker lachte erneut. „Warten Sie hier, ich gehe nach Hause und hole sie."

Als Helmke protestieren wollte, sagte Dierker, immer noch lachend: „War nur ein Scherz. Wir können zu mir nach Hause fahren, ich übergebe Ihnen die Pistole dort."

In diesem Augenblick kam Werksleiter Eimertenbrink durch die große Tür in den Websaal. Sein Gesicht zeigte eine verschlossene Miene, er blickte unfreundlich.

„Was soll das hier?", fragte er, als er die Gruppe erreicht hatte.

Helmke stellte sich vor und sagte dann: „Wir haben an Herrn Dierker einige Fragen und müssen ihn deshalb mit nach Bielefeld nehmen."

Eimertenbrink nickte zögernd. „In Ordnung. Ich missbillige aber die Art und Weise Ihres Eindringens in diese Firma. Ich glaube, da haben Sie Ihre Kompetenzen etwas überschritten."

Helmke ließ diese Bemerkung unerwidert, um den Konflikt mit dem Werksleiter nicht unnötig eskalieren zu lassen. Er wandte sich an Dierker. „Gehen wir", sagte er. Die drei Männer setzten sich in Bewegung. Helmke schenkte dem Werksleiter zum Abschied ein freundliches Lächeln.

Wenige Minuten später parkte Helmke den Opel vor dem Haus in der Deliusstraße. Helmke und einer seiner Begleiter stiegen mit Dierker aus, der bereitwillig die Haustür öffnete.

Als die Männer die Treppe hoch gingen, stand Grete Dierker auf dem oberen Treppenabsatz. Sie schien überrascht zu sein, sagte aber nichts. Ihr Mann warf ihr einen vielsagenden Blick zu und informierte sie mit wenigen Bemerkungen über den Sachverhalt. „Die Herren möchten meine Pistole sehen", sagte er dann und ging, Helmke im Gefolge, in das Schlafzimmer der Wohnung, wo er die Pistole aus dem Nachttischschränkchen holte und an Helmke weiterreichte. „Ich hoffe, Sie können feststellen, ob der Schuss auf Goll aus dieser Pistole abgegeben worden ist", sagte er.

Helmke nickte. „Das können wir. Wenn Goll nicht mit dieser Waffe erschossen worden ist, haben Sie nichts zu befürchten."

Rudi Dierker nahm seine Frau noch einmal in die Arme und verabschiedete sich von ihr. Helmke sah, dass beide Tränen in den Augen hatten. Als die beiden Beamten mit Dierker die Wohnung verließen, kommentierte Grete Dierker das mit den Worten: „Kommunisten eignen sich auch heute wieder gut als Sündenböcke, nicht wahr?"

Helmke schüttelte energisch den Kopf. „Das ist Unsinn, Frau Dierker, wir überprüfen lediglich, ob aus der Pistole Ihres Mannes auf Anton Goll geschossen worden ist. Vielleicht ist Ihr Mann morgen schon wieder bei Ihnen."

Grete Dierker blickte Helmke mit ernster Miene an. „Wissen Sie, ich habe in der Zeit des Faschismus so viel erlebt, dass ich auch heute nicht alles glauben kann, was mir die Polizei erzählt. Dafür befinden sich noch genug Nationalsozialisten in ihren alten Positionen, wahrscheinlich auch bei der Polizei. Goll, dieses Schwein, wurde als einfacher Mitläufer entnazifiziert. Das sagt doch schon alles über die neue Demokratie – oder?"

***

Am Nachmittag war Wessler im Präsidium und nahm an der Vernehmung Dierkers teil. Die drei Männer saßen sich im Vernehmungsraum gegenüber.

„Herr Dierker", begann Helmke das Gespräch, „Sie haben vor etwa zehn Tagen in Bielefeld bei einem Schwarzhändler eine Pistole des Typs Sauer H38 gekauft. Ist das richtig?"

„Ja."

„Weshalb haben Sie die Pistole erworben?"

Dierker schwieg. Nach einer kurzen Pause durchbrach er das eingetretene Schweigen und fragte: „Wird die Pistole bereits untersucht?"

„Ja, natürlich. Also: weshalb haben Sie die Pistole erworben?"

Dierker zuckte die Achseln.

Helmke zog aus der Ermittlungsakte das Foto, das seiner Meinung nach Goll mit Grete Dierker zeigte, und legte es vor Rudi Dierker auf den Tisch. Dierker warf einen Blick auf das Foto, nahm es dann und betrachtete es genauer. Eine Weile sagte niemand etwas.

Helmke zeigte auf das Foto und fragte: „Herr Dierker, ist das Ihre Frau da auf dem Foto?"

„Ja."

Jetzt wandte sich Wessler an Dierker: „Haben wir damit eventuell das Motiv für die Ermordung Golls? Wir können das verstehen, Eifersucht ist ein starkes Motiv. Viele Morde werden aus Eifersucht begangen."

Jetzt kam Leben in den bislang stoischen Dierker. „Ich habe Goll nicht erschossen. Erkennen Sie nicht, dass
210

meine Frau von Goll vergewaltigt worden ist? Sie hat mir davon erzählt, als ich vor zwei Jahren aus dem Krieg nach Hause kam."

Wessler hakte nach. „Wenn das so war, hatten Sie da keine Rachegedanken gegen Goll?"

„Goll war ja nicht da."

Wessler bohrte weiter. „Und jetzt? Goll ist vor zwei Wochen wieder nach Jöllenbeck zurückgekehrt. Da liegt es doch nahe, dass Sie sich eine Waffe kaufen, um mit diesem Schwein endlich abzurechnen – oder?"

Dierker schüttelte den Kopf. „Ich sage ja nicht, dass ich darüber traurig bin, dass Goll tot ist – im Gegenteil. Ich habe ihn aber nicht umgebracht, obwohl ich sicherlich das Recht dazu hatte."

„Oho", sagte Helmke gedehnt, „die Zeit der Blutrache ist aber vorbei, wir sind gerade wieder dabei, eine neue Zivilisation aufzubauen, da ist so etwas wie das Ausleben einer persönlichen Rache völlig fehl am Platze."

Dierker schwieg.

Helmke setzte noch einmal an: „Herr Dierker, wollen Sie uns nicht sagen, weshalb Sie die Waffe auf dem Schwarzmarkt gekauft haben?"

„Ich denke, ich habe alles gesagt. Wenn meine Pistole untersucht worden ist, können Sie sich bei mir entschuldigen und mich dann aus der Haft entlassen. Das war's, meine Herren." Dierker lehnte sich demonstrativ zurück, um damit zu zeigen, dass das Gespräch für ihn zu Ende war.

***

„Dierker will uns vorspielen, dass er ein ruhiges Gewissen hat, dabei spricht alles gegen ihn: Motiv, Zeitpunkt des Waffenkaufes …" Wessler, der wieder hinter seinem Schreibtisch saß, schien zufrieden zu sein. Helmke sah ihm an, dass er Dierker der Tat für überführt hielt.

„Dierker macht auf mich den Eindruck, als habe er nichts zu befürchten", widersprach ihm Helmke. „Hafterfahrung hat er ja genug, die eine Nacht in Untersuchungshaft sitzt der auf einer Backe ab … Aber dennoch, was bringt es ihm, wenn er jetzt leugnet und wir ihm morgen beweisen können, dass er den Mord doch begangen hat?"

Wessler verzog sein Gesicht. „Er ist Kommunist, die Kommunisten waren schon zu Zeiten der Weimarer Republik sehr gewalttätig und schnell mit der Waffe bei der Hand."

Helmke brummte unwillig. „Da pauschalisierst du aber. Die meisten Handgreiflichkeiten zwischen Kommunisten und Nazis gingen doch wohl von den Nazis aus. Dierker macht nicht den Eindruck eines Heißsporns. Schließlich hat er schon einige Jahre gesessen, das hat ihn bestimmt ruhiger werden lassen."

Wessler griff zum Telefonhörer: „Wie dem auch sei, ich rufe im Labor an, sie sollen sich beeilen, wir müssen rasch ein Ergebnis des ballistischen Vergleichs haben."

Das Gespräch dauerte nicht lange. Als Wessler den Hörer wieder auf die Gabel legte, nickte er zufrieden. „Der Kollege Coring hat mir versprochen, dass wir spätestens morgen Vormittag um 11:00 Uhr das Ergebnis des Vergleichs vorliegen haben."

„Gut." Helmke klappte die Ermittlungsakte Goll zu. „Machen wir Schluss für heute", sagte er und stand auf. „Kurt, du hast sicherlich noch einiges zu erledigen. Steht schon fest, wann die Beerdigung deiner Frau stattfinden wird?"

Wessler schüttelte den Kopf. „Ich habe heute Abend noch ein Gespräch mit dem Pfarrer. Danach weiß ich mehr."

***

Auf dem Heimweg, den Helmke zu Fuß zurücklegte, dachte er noch einmal über das Vernehmungsgespräch mit Dierker nach. Im Unterschied zu Wessler war er keineswegs davon überzeugt, bereits den Täter vor sich gehabt zu haben. Dazu hatte Dierker einen zu selbstsicheren Eindruck gemacht. Und – das fiel ihm jetzt erst ein – Dierker war Nichtraucher. Diese Tatsache stimmte mit den in der Nähe des Tatortes gefundenen Zigarettenkippen nicht überein.

Man würde also auf die ballistische Untersuchung warten müssen. Für ihn würde es keine große Enttäuschung sein, falls sich herausstellen sollte, dass der tödliche Schuss nicht mit Dierkers Waffe abgegeben worden war.

Inzwischen war Helmke in die Prießallee eingebogen. Aus der Bäckerei, die im unteren Teil der Straße lag, nahm er ein kleines Graubrot mit nach Hause.

In der Wohnung war es kühl, zu kühl, wie Helmke fand. Wegen der Kohlenknappheit verzichtete er aber darauf, den Ofen in Betrieb zu nehmen. Er setzte sich an den Küchentisch, schnitt drei Scheiben von dem Graubrot ab und bestrich sie dünn mit Margarine und etwas Leberwurst. Dazu trank er ein Bier.

Nach dem Abwasch setzte er sich in seinen Lesesessel, der von einer Stehlampe mit Licht versorgt wurde. Eine Wolldecke sorgte für die nötige Behaglichkeit. Nachdem er die *Freie Presse* durchgesehen hatte, vertiefte sich Helmke in das Buch von Gustave Le Bon, *Die Psychologie der Massen*, das ihn immer mehr faszinierte. Le Bon hatte schon vor der Jahrhundertwende beschrieben, wie sich Menschenmassen von charismatischen und rhetorisch begabten Führern manipulieren ließen, da Massen nicht vom Verstand, sondern vielmehr vom Unbewussten und von Gefühlen geleitet würden. In der Masse gebe der Einzelne seine Persönlichkeit und seine Meinung auf. Le Bon betonte zudem, dass Menschen in der Masse enthemmt seien und eher zu verbrecherischem Verhalten neigten. Für Helmke, der gerade den Nationalsozialismus und die Verhaltensweisen vieler von der nationalsozialistischen Ideologie erfassten Menschen erlebt hatte, beschrieb der Franzose Le Bon auf nahezu
214

visionäre Art exakt die dem Nationalsozialismus zugrunde liegende Herrschaftstechnik.

Es war gegen 22:00 Uhr, als Helmke das Buch beiseite legte. Er dachte an Typen wie Goll oder auch Wiegand, kleine ersetzbare Rädchen im Getriebe eines totalitären Systems. Sie hatten im Sinne des Systems funktioniert, hatten ihren ganzen Ehrgeiz darein gesetzt, ihre Vorgesetzten zufriedenzustellen. Die Frage, ob ihr Verhalten etwa verbrecherisch sei, hatten sie sich mit Sicherheit nicht gestellt. Sie glaubten fest daran, dass sie die Verantwortung für ihre Taten nicht selber tragen mussten, die hatten sie ja an ihre Führer abgegeben.

Von diesen Typen hatte es im Dritten Reich viele gegeben, zu viele, als dass man die neue Demokratie ohne sie aufbauen könnte. Helmke erlebte es jeden Tag, dass das neue System Kompromisse machte. Allein die Entnazifizierungsverfahren produzierten inzwischen fast nur noch Mitläufer; Einordnungen in die Kategorien ,Hauptschuldige' oder ,Belastete' kamen nur selten vor. Auch bei der Kriminalpolizei gab es alte Nazis, die sich jetzt noch bedeckt hielten, ihre braune Gesinnung aber keineswegs abgelegt hatten. Genauso war es bei den Staatsanwälten und Richtern. Solange diese Kräfte in der Minderheit waren oder solange sie Angst hatten, ihre Gesinnung offensiv zu vertreten, bestand allerdings Hoffnung, dass sich die neue Demokratie durchsetzen würde.

Helmke stand auf und zündete sich eine Zigarette an. Nachdem er geraucht hatte, machte er sein Bett zurecht, wusch sich und putzte die Zähne. Der morgige Tag würde – so hoffte er – die Ermittlungen im Mordfall Goll entscheidend voranbringen.

21. Kapitel

Montag, 2. April 1945

Teile der 5. US-Panzerdivision erreichten, nachdem sie den Pass zwischen Werther und Halle ohne Gegenwehr passiert hatten, am frühen Nachmittag Jöllenbeck. An der Beckendorfstraße, in Höhe der Bäckerei Brinkmann, kam es zu einem kurzen Kampf zwischen den amerikanischen Truppen und Volkssturmmännern, die eine Panzersperre errichtet hatten. Ihr Versuch, den Vormarsch der Amerikaner mit Panzerfäusten zu stoppen, scheiterte allerdings rasch. Bei dem kurzen Feuergefecht gerieten ein paar Wohnhäuser, der Hof Böckmann und ein Fabrikgebäude in Brand. Drei Verteidiger kamen ums Leben, da Ortsgruppenleiter Goll „Kampf bis zum letzten Mann" angeordnet hatte. An diesen Kämpfen nahm er selbst allerdings nicht teil.

Grete Dierker sah mit Paula Jäger und ihrem Mann Krischan sowie einigen anderen Menschen den einrückenden amerikanischen Truppenteilen zu, die durch das Dorf fuhren. Der Brandgeruch von den Häusern an der Beckendorfstraße zog sich durch den ganzen Ort.

Neben den vielen M4 Sherman-Panzern, die sich quietschend durch den Ort schoben, konnten die Umstehenden auch Jeeps und Lastwagen sehen, auf deren Ladeflächen zum Teil farbige Soldaten saßen.

Niemand jubelte, den Leuten war offenbar unklar, ob sie sich über das Ende der Nazi-Herrschaft freuen sollten oder ob die Angst vor den fremden Truppen überwog.

Es herrschte aber, das spürten alle drei, Erleichterung darüber, dass der Krieg zu Ende war.

Aus einem Fenster des Hauses von Martin Richel, das nur einen Steinwurf von ihnen entfernt stand, hing ein weißes Bettlaken.

„Das ist typisch", sagte Paula Jäger und zeigte auf das Haus des Ortsgruppenorganisationsleiters, „als das Regime noch funktionierte, war er ein Scharfmacher, jetzt hat er die Hosen voll und kann sich nicht schnell genug von seinen Parteigenossen absetzen."

„Was hast du denn erwartet?", fragte ihr Mann.

„Dass er sich zu seinem früheren Handeln und zu seinen Überzeugungen bekennt und die Verantwortung dafür übernimmt."

Krischan Jäger lachte bitter. „Du glaubst also immer noch an das Gute im Nazi?"

Grete Dierker schwieg. In ihrem Gedächtnis war immer noch die Begegnung mit Goll und Richel eingebrannt, die sie wohl nie vergessen würde. Sie spürte, dass Wut und Hass wieder in ihr hochstiegen.

Hinter ihnen tauchte eine Arbeitskollegin aus der Weberei auf. „Bei Goll brennt im Garten ein Feuer", sagte sie, „wahrscheinlich verbrennt der gerade die Akten der Ortsgruppenleitung, damit die den Amerikanern nicht in die Hände fallen."

Krischan Jäger schnäuzte sich. „Das wird den Nazis auch nicht helfen. Sind ja genug Leute da, die gesehen haben, was sie hier gemacht haben." Er steckte das Taschentuch in seine Hosentasche. „Wenn unserem Klaus in diesen letzten Tagen noch etwas passieren sollte, wird Goll dafür bezahlen müssen."

Seine Frau nickte bekräftigend. „Goll und Richel werden auch dafür zahlen müssen, dass sie dich vergewaltigt haben." Grete Dierker hatte ihrer Freundin von dem Übergriff im September 1943 erzählt. Paula Jäger hatte ihr damals davon abgeraten, die beiden Vergewaltiger anzuzeigen, weil sie befürchtet hatte, dass Goll dabei am längeren Hebel saß. „Die Nazi-Zeit ist bald vorbei", hatte sie gesagt, „dann wird auch mit Goll abgerechnet."

Nach einer halben Stunde waren die Amerikaner wieder weg. Sie fuhren weiter in Richtung Spenge und Bünde.

„Ich habe gehört, dass unsere Soldaten an der Weser eine neue Verteidigungslinie aufbauen, vielleicht ist ja doch noch nicht alles verloren", hörte Grete Dierker jemanden hinter sich sprechen. Sie wandte sich um und erblickte Ulrich Schöne, der auf jemanden einredete, den sie nicht kannte. Grete Dierker war empört. „Ich hoffe doch wohl, dass der faschistische Spuk nun endlich vorbei ist. Es ist schade um jeden Soldaten auf beiden Seiten, der jetzt noch sterben muss."

Auch Krischan Jäger und seine Frau hatten sich umgedreht. „Ulrich, warum hast du dich nicht freiwillig gemeldet?", fragte Krischan Jäger. „Könntest doch an der Weser mitkämpfen für den Führer und das Reich!"

Schöne blickte die beiden zornbebend an, erwiderte aber nichts.

22. Kapitel

Donnerstag, 22. Mai 1947

Als Helmke und Wessler von der Lagebesprechung in ihr Büro zurückkamen, lag der Laborbericht bereits auf Helmkes Schreibtisch. Rasch öffnete er die Mappe und überflog das Gutachten. Auf Wesslers fragenden Blick hin erklärte er: „Tja, keine Übereinstimmung zwischen dem Projektil, mit dem Goll getötet worden ist und den Kugeln, die unsere Kollegen vergleichsweise aus Dierkers Waffe abgefeuert haben." Helmke suchte die entsprechende Stelle in dem Bericht und zitierte: „Die Riefen und Einkerbungen an den Projektilen unterscheiden sich. Die Hülsenböden der Patronen, die aus der vorliegenden Waffe abgefeuert wurden, haben zudem einen eigentümlichen Schlagbolzeneindruck, was von einem leicht beschädigten Schlagbolzen herrührt. Die am Tatort gefundene Patronenhülse hat diesen Abdruck nicht."

„Verdammt." Helmke sah, wie sich Wesslers Miene von gespannter Erwartung zu tiefer Enttäuschung veränderte.

„Und jetzt?", fragte Wessler.

Helmke zuckte die Achseln. „Wir haben einen weiteren Pfeil im Köcher. Der Schwarzhändler hat ja eine zweite Waffe verkauft. Wir werden wohl noch einmal auf seine Unterstützung zurückgreifen müssen. Wenn das ebenfalls kein Ergebnis bringt, stehen wir allerdings mit leeren Händen da."

Wessler verdrehte die Augen. „Dann werden wir morgen bei der Lagebesprechung einen schweren Stand haben."

Helmke nickte. „Haben sich die Kollegen aus Hadamar schon gemeldet? Haben die Recherchen zu Maßmann bereits etwas ergeben?"

Wessler schüttelte den Kopf. „Bislang noch nicht. Ich rufe den Kollegen in Hadamar gleich noch einmal an."

Helmke zog eine *Eckstein* aus der Packung und zündete sie an. „Ja, aber zunächst müssen wir Dierker entlassen und uns bei ihm entschuldigen."

Kurze Zeit später wurde Rudi Dierker von einem Wachmann in das Büro geführt.

„Herr Dierker", sagte Helmke und blickte Dierker mit schuldbewusster Miene an, „Sie hatten Recht, mit Ihrer Pistole ist Anton Goll nicht erschossen worden. Wir müssen uns wohl bei Ihnen entschuldigen."

Dierker murmelte etwas Unverständliches. „Ist gut", sagte er dann. „Ich habe mich auch geirrt, die Polizei scheint ja doch unparteilich zu ermitteln."

Wessler gab sich weiterhin reserviert. Er wandte sich an Dierker: „Die Waffe bleibt natürlich hier bei uns. Sie bekommen außerdem noch eine Anzeige wegen unerlaubten Waffenbesitzes. Vielleicht wäre Ihnen die letzte Nacht im Polizeigefängnis erspart geblieben, wenn Sie uns gesagt hätten, wozu Sie die Waffe erworben haben."

Dierker lächelte. „Wenn ich Ihnen das gesagt hätte, hätten Sie mich erst recht dabehalten. Ich hatte tatsächlich vor, Goll zu erschießen. Ich hatte Glück, dass mir da jemand zuvorgekommen ist, der ebenfalls noch eine offene Rechnung mit ihm begleichen wollte." Er zögerte und fragte grinsend: „Die Absicht, jemanden zu ermorden, ist ja nicht strafbar – auch heutzutage nicht, oder?"

Helmke schüttelte den Kopf. „Nein, natürlich nicht. Auch wenn Sie nicht an Gott glauben, und das tun Sie als Kommunist doch wohl nicht, haben Sie offenbar einen Schutzengel, der Sie davor bewahrt hat, eine Dummheit zu begehen, die Sie für den Rest Ihres Lebens ins Zuchthaus gebracht hätte. Nach Ihrer Vorgeschichte hätten Sie dann am Ende Ihres Lebens nur auf wenige Jahre in Freiheit zurückblicken können. Wäre der Mord an Goll das wert gewesen?"

Dierker zuckte mit den Achseln. „Sie machen sich gut als Moralapostel. Spätestens nach dem Sieg des Sozialismus wäre ich wieder aus dem Zuchthaus heraus gewesen. Und das wird nicht mehr allzu lange auf sich warten lassen."

„Vielleicht dauert's mit der Weltrevolution ja doch noch etwas länger", sagte Helmke und grinste dabei leicht, „wer weiß das so genau? Marx und Lenin sind ja schließlich auch schon lange tot."

„Ja, leider, aber Stalin lebt. Sie werden sich noch wundern … Wie sieht es eigentlich mit der Haftentschädigung, dem Verdienstausfall und den Fahrtkosten aus?"

Helmke nickte. „Bekommen Sie. Die Sekretärin im Vorzimmer von Kriminalrat Mähler hilft Ihnen da weiter."

Dierker tippte grüßend an seine Stirn und verließ das Büro.

„Kein übler Kerl", sagte Wessler. „Ich mag diese Kommunisten eigentlich nicht, aber der hier war ja ganz umgänglich. Glaubt der tatsächlich an die Weltrevolution?"

Helmke zuckte die Schultern. „Das muss er, sonst hätten längere Phasen seines Lebens keinen Sinn gehabt."

***

Als Helmke von Ursula Böcker zurückkam, wo er auch Paule Beckmann angetroffen hatte, konnte ihm Wessler berichten, dass sein Telefonanruf in Hadamar ergebnislos geblieben war.

„Der Kollege hat keine Verbindung zwischen Dr. Maßmann und der Landesheilanstalt herstellen können. Meine Vermutung ist damit gegenstandslos."

Helmke hob beschwichtigend die Hände. „Na ja, im aktuellen Fall hätte uns eine anderslautende Information aber vermutlich auch nicht weitergebracht."

Wessler schien dennoch darüber enttäuscht zu sein, dass sich sein Verdacht nicht bewahrheitet hatte. Er fragte: „Hast du etwas bei der Frau Böcker erreicht?"

Helmke nickte. „Ja, ich treffe mich gleich noch einmal mit Paule Beckmann und seinem Kollegen. Wir fahren nach Jöllenbeck, um den möglichen zweiten Pistolenkäufer in Augenschein zu nehmen. Ich hoffe, dass meine

Vermutung zutrifft und die Lösung des Falles damit endlich greifbar wird."

Wessler lehnte sich in seinem Schreibtischstuhl zurück. „Gut, das hoffe ich auch. Nachdem wir Dierker heute Morgen entlassen mussten, sollten wir Mähler morgen früh etwas Positives berichten können, sonst wird das keine angenehme ‚Lage' für uns."

Helmke nickte. „Da hast du wohl recht."

***

Paule Beckmann und sein Kollege warteten wieder am Jahnplatz. Helmke ließ die beiden Schwarzhändler zusteigen, fuhr dann über Theesen nach Jöllenbeck, wo er das Auto in Sichtweite des Eingangsbereichs zum Schmierstoffvertrieb Maßmann KG parkte.

Es war jetzt 12:30 Uhr. Während die drei Männer rauchten und sich unterhielten, kamen einige Arbeiter aus dem Eingang des Fabrikgebäudes. Sie wollten ihr Mittagessen während der Arbeitspause zu Hause einnehmen.

Endlich kam auch Konrad Mellenthin. Ohne dass Helmke etwas sagen musste, zeigte Beckmanns Kollege, dessen Namen Helmke immer noch nicht kannte, auf den Mann und sagte: „Das ist er. Dem habe ich die andere Pistole verkauft."

Helmke nickte zufrieden. Das war die erhoffte Information. Jetzt hatte er einen neuen Ansatzpunkt.

Mellenthin schwang sich auf sein Fahrrad und fuhr Richtung Hägerweg. Auch er wollte, wie Helmke vermutet hatte, in der Mittagspause nach Hause, um mit seiner Familie zu essen.

Helmke überlegte. Er kam zu dem Schluss, die beiden Schwarzhändler zunächst zurück nach Bielefeld zu bringen. Zuvor fuhr er bei dem Ortspolizisten Horstmann vorbei, der gerade sein Mittagessen aus dem Henkelmann verzehrte, und bat ihn, Mellenthin noch während der Mittagspause von zu Hause abzuholen und ihn auf die Wache zu bringen. Er, Helmke, werde bald zurück sein, um die Vernehmung durchführen.

***

Als Helmke eine gute Stunde später die Polizeiwache wieder betrat, saßen Horstmann und Mellenthin einträchtig nebeneinander und unterhielten sich. Mellenthin erzählte gerade von seiner schlesischen Heimat. Helmke bekam noch mit, dass Mellenthin aus einem kleinen Dorf im Kreis Jauer stammte. Die Mellenthins hatten dort offenbar eine Schreinerei besessen.

Helmke grüßte freundlich und setzte sich auf den dritten Stuhl, der in dem kleinen Raum neben einem der beiden Rollschränke stand. Horstmann und Mellenthin guckten ihn erwartungsvoll an. Helmke wandte sich zunächst an Horstmann: „Herr Horstmann, wären Sie so nett, die Aussagen von Herrn Mellenthin zu protokollieren?"

Der Ortspolizist guckte etwas verwundert, nickte dann jedoch. Auch Mellenthin war erstaunt. Er wollte etwas fragen, doch Helmke kam ihm zuvor. „Herr Mellenthin, das kann hier bei einer bloßen Zeugenbefragung bleiben, ob mehr daraus wird, steht ganz bei Ihnen."

Mellenthin wirkte etwas unsicher. „Ich weiß nicht, was Sie von mir wollen. Ich habe Ihnen doch schon erklärt, dass wir in der Tatnacht bei Verwandten in Hamm waren, bei einer Hochzeit."

Helmke nickte. „Das haben Sie. Wir müssen Ihre Angaben aber noch überprüfen. Können Sie mir die Namen von Zeugen nennen, die Ihre Angaben bestätigen?"

Mellenthin schien erleichtert zu sein. Er nannte einige Namen, die Horstmann notierte. „War's das?", fragte er dann. „Ich muss zurück zur Arbeit."

„Was haben Sie mit der Pistole gemacht?", fragte Helmke ohne jede Überleitung.

„Wie … was meinen Sie?" Mit dieser Frage hatte Helmke Mellenthin auf dem falschen Fuß erwischt.

Helmke blickte Mellenthin mit ernstem Gesicht an. „Ich spreche von der Pistole, mit der Goll erschossen worden ist."

Mellenthin schwieg. Man konnte ihm ansehen, dass er von Helmkes Frage völlig überrascht worden war. Gerade hatte er noch gedacht, seine Befragung sei beendet, da kam ihm der Kriminalpolizist mit dieser brisanten Angelegenheit. „Ich weiß nicht, wovon Sie sprechen", sagte er schließlich.

226

Helmke blieb unerbittlich. „Das wissen Sie nur zu genau. Ich habe in Bielefeld einen Schwarzhändler aufgetan, bei dem Sie ein paar Tage vor dem Mord an Goll eine Sauer 38H gekauft haben. Der hat Sie zweifelsfrei erkannt."

Mellenthin schwieg.

Helmke setzte nach. „Ich kann Ihnen nur raten, alles, was Sie wissen, zu sagen. Es geht immerhin um Beihilfe zum Mord. Da kommen schnell ein paar Jahre Zuchthaus zusammen."

„Beihilfe zum Mord?", fragte Mellenthin. „Ich habe doch nur …"

„… die Waffe beschafft, mit der Goll erschossen worden ist", führte Helmke den Satz zu Ende. „Wenn das keine Beihilfe zum Mord ist …"

Mellenthin schüttelte heftig den Kopf. „Aber ich habe doch gar nicht gewusst, dass die Pistole dafür gedacht war."

Helmke beugte sich vor und sagte eindringlich: „Herr Mellenthin, ich rate Ihnen, hier und jetzt alles zu sagen, was Sie zum Mordfall Goll wissen."

Helmke hatte rasch erkannt, dass Mellenthin nicht zu den Hartgesottenen gehörte, der Mann war im Grunde seines Wesens ängstlich, er war unsicher und machte sich Sorgen um seine Frau und seine Kinder.

Helmke hielt Mellenthin die Packung *Eckstein* hin. „Nehmen Sie eine", sagte er, „dann spricht es sich leichter."

Mellenthin griff zu. Helmke nahm ebenfalls eine Zigarette und hielt auch Horstmann die Packung hin.

Als die drei Männer die ersten Züge genossen hatten, begann Mellenthin zu reden.

„Vor etwa 14 Tagen bat mich mein Chef darum, in Bielefeld einen Mann aufzusuchen und bei ihm eine Waffe abzuholen. Der Chef hat mir Geld mitgegeben und eine Kiste Zigarren, damit habe ich die Waffe bezahlt."

„Wo hat die Aktion stattgefunden?"

„In einer Kneipe, in der Nähe des Bahnhofes. Die Kneipe hieß *Kronenstübchen*."

„Hat Ihr Chef gesagt, wozu er die Waffe benötigt?"

„Er hat nur gesagt, er habe immer eine Waffe besessen, seine sei bei dem Einmarsch der Amerikaner verlorengegangen. Mit einer Pistole fühle er sich sicherer, weil er immer damit rechnen müsse, dass in den Betrieb eingebrochen würde."

Mellenthin sprach leise weiter. Er schien verzweifelt. „Wenn ich gewusst hätte, dass der Chef die Waffe benutzen wollte, um Herrn Goll zu töten, hätte ich niemals …"

Helmke unterbrach ihn. „Ja – und dann? Was haben Sie gedacht, als Sie erfahren haben, dass Anton Goll erschossen worden war? Haben Sie da keine Zusammenhänge zwischen dem Waffenkauf und dem Mord gesehen?"

Mellenthin schüttelte heftig den Kopf. „Nein, natürlich nicht. Die Frage habe ich mir bis heute nicht gestellt. Welches Interesse sollte mein Chef an dem Tod von

Herrn Goll haben? Meinem Chef hätte ich so etwas niemals zugetraut. Ich kann das auch jetzt noch nicht glauben."

„Gut, Herr Mellenthin", Helmke stand auf und nickte Horstmann zu, „Sie werden jetzt mit mir nach Bielefeld fahren, wo wir ein umfassendes Protokoll Ihrer Aussagen anfertigen werden."

„Bin ich verhaftet?" Man konnte Mellenthin ansehen, dass er von dem, was in der letzten halben Stunde passiert war, sichtlich mitgenommen war.

Helmke schüttelte den Kopf. „Nein. Ich habe Sie lediglich als Zeugen befragt, Sie waren ja hinreichend kooperationsbereit. Der Vorwurf der Beihilfe dürfte damit auch vom Tisch sein."

Mellenthin schien erleichtert. Er stand auf und begleitete Helmke zum Auto. Helmke kehrte noch einmal zurück und nahm Horstmann beiseite. „Kein Wort von dem, was hier besprochen worden ist, darf nach außen dringen. Kann ich mich auf Sie verlassen?"

Horstmann nickte.

***

Im Präsidium informierte Helmke seinen Kollegen Wessler über das Gespräch mit Mellenthin und fertigte das Protokoll an, das Mellenthin, ohne zu zögern, unterschrieb.

„Wir müssen so schnell wie möglich bei Hellmann eine Haussuchung durchführen." Wessler sprach leise, damit Mellenthin nicht mithören konnte. „Wenn Hellmann etwas davon mitbekommt", er deutete auf das Protokoll, „lässt er das entscheidende Beweisstück verschwinden."

Helmke nickte. „Das sehe ich auch so, ich gehe zu Kriminalrat Mähler."

Das Vorzimmer war nicht besetzt, die Tür zu Mählers Büro war halb geöffnet. Helmke nutzte die Chance, öffnete die Tür und blieb in der geöffneten Tür stehen, wobei er mit dem soeben angefertigten Protokoll wedelte. „Herr Kriminalrat, ich benötige umgehend einen Durchsuchungsbeschluss für die Privat- und Geschäftsräume des Unternehmers Hellmann in Jöllenbeck."

Als Mähler aufblickte, legte ihm Helmke das Protokoll auf den Schreibtisch. Mähler nahm das Vernehmungsprotokoll und las es sorgfältig durch: „Umgehend?", fragte er dann.

„Ja, wenn Hellmann merkt, dass wir Herrn Mellenthin befragt haben, besteht die Gefahr, dass er die Waffe verschwinden lässt, die wir noch in seinem Besitz vermuten. Wenn wir die Pistole bei ihm finden, haben wir ihn als Täter überführt."

Mähler nickte. „Gut, ich rufe sofort Staatsanwalt Wächler an." Er blickte auf seine Armbanduhr. „Wächler müsste noch im Büro sein."

***

Anderthalb Stunden später fuhren ein Streifenwagen und der von Helmke chauffierte Opel Olympia auf das Betriebsgelände der Maßmann KG. Helmke und Wessler sowie zwei uniformierte Beamte stiegen aus. Wessler ging mit den Beamten aus dem Streifenwagen zur Villa der Familie Hellmann, die am westlichen Rande des Betriebsgeländes errichtet worden war, während sich Helmke mit zwei Beamten in das Bürogebäude der Firma begab.

Die Sekretärin im Empfangsbereich blickte erstaunt auf, als sie Helmke mit den beiden Uniformierten hereinkommen sah. Sie schien sich noch an Helmkes Gesicht zu erinnern, denn sie begrüßte ihn freundlich lächelnd: „Guten Tag, Herr Kommissar. Ich werde Herrn Hellmann Bescheid geben, dass Sie da sind."

„Lassen Sie nur, wir gehen direkt zu ihm." Helmke gab den beiden Uniformierten ein Zeichen und sie folgten ihm in Hellmanns Büro. Der Sekretärin blieb keine Zeit zu protestieren.

Erich Hellmann saß hinter seinem Schreibtisch und wollte gerade wegen der Störung laut werden, als er die beiden Uniformierten und dann auch Helmke erkannte.

Er unterdrückte seinen Ärger und wandte sich lächelnd an den Kriminalbeamten: „Herr Kommissar, was führt Sie zu mir? Ich dachte, wir hätten alles …"

Helmke unterbrach ihn: „Herr Hellmann, ich habe hier einen Durchsuchungsbeschluss für Ihr Firmengebäude und Ihr Privathaus." Er legte Hellmann das von

Staatsanwalt Wächler unterzeichnete Dokument auf den Schreibtisch.

Hellmann warf einen längeren Blick auf das Blatt und schüttelte den Kopf. Man konnte ihm ansehen, dass er um seine Fassung rang. „Wie kommen Sie dazu, hier alles durchsuchen zu wollen?"

Helmke blieb ruhig. Er erklärte dem aufgebrachten Hellmann: „Wir suchen die Sauer H38, die Sie kürzlich erworben haben. Es besteht der Verdacht, dass Anton Goll mit dieser Waffe erschossen worden ist."

Hellmann blickte Helmke wütend an. „Was erlauben Sie sich? Ich besitze eine solche Waffe nicht, ich besitze überhaupt keine Waffen." Er erhob sich. „Ich darf Sie jetzt bitten, mein Büro zu verlassen!"

Helmke schüttelte den Kopf. „Herr Hellmann, wenn Sie die Durchsuchung behindern, lasse ich Sie festnehmen."

Der Unternehmer setzte sich wieder. Er griff zum Telefon.

Helmke trat an den Schreibtisch heran, bereit, die Telefonverbindung sofort zu unterbrechen. „Was haben Sie vor?"

„Ich möchte meinen Rechtsanwalt anrufen und ihn bitten herzukommen."

„Gut, das ist Ihr Recht."

Das Gespräch dauerte nicht lange. Der Rechtsanwalt, offenbar jemand aus dem Orte, denn Hellmann redete sehr vertraulich mit ihm, versprach, unverzüglich vorbeizukommen.

Auf einen Wink Helmkes begannen die beiden Polizeibeamten mit der Durchsuchung des Büros. Sie öffneten den Aktenschrank, der an der Wand hinter Hellmanns Schreibtisch stand, nahmen die Akten heraus,
sahen sie flüchtig durch und stellten sie dann wieder zurück.

Helmke zeigte auf den von dem Unternehmer be-
wachten Schreibtisch. „Herr Hellmann, meine Kollegen
müssen sich auch den Inhalt Ihres Schreibtisches ansehen."

Hellmann machte eine abwehrende Handbewegung.
„Das geht nicht, darin befinden sich einige vertrauliche
Papiere. Ich kann Ihnen den Zugriff auf meinen Schreib-
tisch nicht gestatten."

Jetzt verlor Helmke die Geduld. „Ich fordere Sie noch
einmal auf, Ihren Schreibtisch für uns zugänglich zu machen."

Hellmann schüttelte den Kopf und blieb auf seinem
Schreibtischstuhl sitzen. Helmke wies die beiden Beamten an, Hellmann zu fixieren. Nach einem kurzen Geran-
gel gab Hellmann seinen Widerstand auf.

Helmke ging zum Schreibtisch, beugte sich hinunter
und zog nacheinander die Schubladen auf. Er hatte sich
nicht getäuscht: In der untersten Schublade lag eine Pistole vom Typ Sauer H38.

An Hellmann gewandt, fragte Helmke: „Haben Sie
mir nicht eben gesagt, Sie besäßen keine Waffen?"

Hellmann schwieg.

In diesem Augenblick betrat, von der Sekretärin hereingeführt, ein Mann das Büro. „Kellenberg", stellte er sich schwer atmend vor, „ich bin Herr Hellmanns Rechtsanwalt."

Helmke hatte die Waffe inzwischen in einer Plastiktüte verstaut und hielt sie Kellenberg hin. „Die haben wir gerade bei Ihrem Mandanten gefunden." Auf den fragenden Blick des Rechtsanwalts hin erklärte Helmke: „Es besteht der begründete Verdacht, dass mit dieser Waffe ein Mord begangen wurde. Herr Hellmann ist verhaftet. Sie können sich mit Ihrem Mandanten im Polizeipräsidium in Bielefeld beraten."

Kellenberg kam gar nicht dazu, irgendwelche Einwände zu erheben. Während Hellmann von den beiden Polizisten abgeführt wurde, konnte Kellenberg seinem Klienten nur noch zurufen, dass er gleich auch nach Bielefeld käme, um dort mit ihm zu sprechen.

Helmke saß schon im Opel und wartete auf Wessler, als er sich dazu entschloss, noch einmal in das Firmengebäude zurückzukehren. Der Streifenwagen mit Hellmann war bereits abgefahren.

Die Sekretärin machte aufgrund der jüngsten Geschehnisse einen etwas verschüchterten Eindruck.

„Frau …?" Helmke zögerte und blickte die Frau fragend an.

„Grehl", sagte sie. „Ich heiße Cordula Grehl".

„Frau Grehl", Helmke lächelte die Frau an, um sie zu beruhigen, „diese Angelegenheit wird sich rasch aufklären. Ich habe allerdings noch eine Frage: Ist der Schreibtisch Ihres Chefs immer verschlossen?"

„Oh ja, Herr Hellmann verschließt seinen Schreibtisch jeden Abend, wenn er das Büro verlässt. Da ist er ganz penibel. Sind ja auch wichtige Firmenunterlagen drin."

„Ja natürlich. Haben Sie einen Schlüssel für den Schreibtisch Ihres Chefs?"

„Nein." Die Frau blickte Helmke überrascht an. „Natürlich nicht."

„Frau Grehl, vielen Dank für diese Information."

Als Helmke wieder zum Wagen kam, saß Wessler bereits auf dem Beifahrersitz. „Wie ich höre, habt ihr die Pistole gefunden?"

Helmke nickte. „Ja, sie lag in Hellmanns Schreibtisch."

„Gut." Wessler schnaufte leise. „Ich hatte eben eine Begegnung mit Hellmanns Schwiegervater. Hellmanns Frau war ganz friedlich, aber der alte Maßmann ist ein echter Kotzbrocken. Hätte nicht viel gefehlt und er hätte uns angegriffen. Er bekommt auf jeden Fall eine Anzeige wegen Beamtenbeleidigung."

„Nicht nur das, der Totschlag an dem französischen Kriegsgefangenen steht ja auch noch im Raum."

***

Zurück in Bielefeld wurden zunächst Hellmanns Personalien auf- und ihm die Fingerabdrücke abgenommen. Noch bevor Helmke und Wessler mit der

Vernehmung beginnen konnten, traf Kellenberg ein und verlangte, zunächst mit seinem Klienten allein zu sprechen. Die beiden Polizeibeamten mussten diese Forderung akzeptieren, zumal Hellmann auch nicht bereit war, sich ohne seinen Rechtsbeistand zu äußern.

Um die eingetretene Pause zu nutzen, nahm Wessler die beschlagnahmte Pistole und ging nach oben ins kriminaltechnische Labor. Er bat darum, möglichst rasch die Pistole auf Fingerabdrücke zu untersuchen und auch einen Abgleich mit dem Projektil vorzunehmen, durch das Goll getötet worden war.

„Was heißt ‚rasch'?", fragte Harald Coring, der für solche Arbeiten zuständig war, es aber nicht mochte, unter Zeitdruck gesetzt zu werden.

„‚Schnell' würde bedeuten: heute noch. Uns würde es aber auch reichen, wenn die Ergebnisse bis morgen früh um 9:00 Uhr vorlägen."

Coring zeigte auf die Wanduhr, die sich über dem Türrahmen seines Büros befand. Der Stundenzeiger stand kurz vor der Fünf. „‚Rasch' heißt demzufolge ebenfalls Überstunden, nicht wahr?"

Wessler setzte ein unschuldiges Lächeln auf. „Sind die nicht gerechtfertigt, wenn wir dadurch einen Mörder überführen können?"

Coring brummte etwas Unverständliches, griff nach der Waffe, öffnete eine Tür hinter sich und verschwand, ohne sich von Wessler zu verabschieden.

Bevor Wessler ins eigene Büro zurückkehrte, machte er noch einen kurzen Besuch bei Kriminalrat Mähler und

236

informierte ihn über den Pistolenfund und die Festnahme Hellmanns.

Zurück im eigenen Büro fand Wessler seinen Kollegen am Schreibtisch in der Ermittlungsakte blätternd vor. Als Helmke Wessler bemerkte, sagte er: „Kurt, entschuldige bitte, dass ich bislang noch nicht nachgefragt habe. Wann wird deine Frau beigesetzt?"

„Am Montag, 13:00 Uhr auf dem Johannisfriedhof."

In diesem Augenblick klopfte es an der Tür. Ein uniformierter Kollege trat ein und teilte den beiden Kommissaren mit, dass der Inhaftierte seine Unterredung mit dem Rechtsanwalt beendet hatte.

Helmke und Wessler gingen in das Vernehmungszimmer und setzten sich gemeinsam mit einer Stenografin zu Hellmann und Kellenberg an den Tisch.

Nachdem sie Hellmann über seine Rechte belehrt hatten, begann Helmke mit der Befragung: „Herr Hellmann, Sie kennen den ermordeten Anton Goll?"

Hellmann nickte. „Ja, natürlich, Herr Goll hat viele Jahre in der Firma meines Schwiegervaters in der Buchhaltung gearbeitet."

„Wann haben Sie Herrn Goll zum letzten Mal gesehen?"

„Da müsste ich überlegen … Es wird wohl ein paar Tage vor seiner Ermordung gewesen sein."

„Wie würden Sie Ihr Verhältnis zu Herrn Goll beschreiben?"

Hellmann zuckte die Schultern. „Rein beruflich, geschäftsmäßig. Herr Goll war ein zuverlässiger Mitarbeiter unserer Firma."

„Hat Ihre Firma davon profitiert, dass Herr Goll während der Nazizeit Ortsgruppenleiter war?"

„Nein." Die Antwort kam sehr rasch.

„Herr Hellmann, Sie haben gesehen, dass wir in Ihrem Schreibtisch eine Sauer 38H-Pistole gefunden haben, die im Augenblick gerade kriminaltechnisch untersucht wird. Gehört diese Pistole Ihnen?"

„Nein."

„Wie ist diese Pistole dann in Ihren Schreibtisch gelangt?"

Hellmann schüttelte den Kopf. „Das weiß ich nicht."

Helmke blickte ihn spöttisch an. „Ihre Sekretärin hat mir vorhin gesagt, dass Sie Ihren Schreibtisch jeden Abend verschließen. Wie kann dann eine Ihnen unbekannte Pistole in Ihren Schreibtisch gelangen?"

„Das ist mir ja auch ein Rätsel."

„Wenn Sie hier nicht die Wahrheit sagen, wird das vorerst auch ein Rätsel bleiben."

Jetzt glaubte Kellenberg, sich einschalten zu müssen. „Ich verwehre mich dagegen, dass Sie meinen Klienten als Lügner bezeichnen."

Helmke schenkte Kellenberg ein Lächeln. „Gemach, gemach, Herr Rechtsanwalt, wir tun hier nur unsere Arbeit. Ist doch seltsam, dass eine Waffe in den verschlossenen Schreibtisch Ihres Klienten gelangt, ohne dass dieser davon weiß."

238

„Das wird sich alles aufklären lassen." Kellenbergs Blick wanderte von Helmke zu Wessler. „War's das? Ist die Befragung meines Klienten beendet? Können wir jetzt gehen?"

Kurt Wessler lächelte spöttisch. „Sie können jederzeit gehen, Herr Kellenberg, Ihr Klient bleibt aber zunächst hier. Morgen Vormittag haben wir den Laborbericht zur Waffe. Dann sehen wir weiter."

Kellenberg wollte diese Abfuhr nicht hinnehmen. „Wie wollen Sie die Inhaftnahme meines Klienten begründen?"

„Fluchtgefahr!"

Kellenberg lachte laut auf. „Das ist doch lächerlich. Herr Hellmann ist Unternehmer und leitet eine bedeutende Firma in Jöllenbeck. Da besteht doch keine Fluchtgefahr. Ich möchte Ihren Chef sprechen."

„Dann müssen Sie sich an Kriminalrat Mähler, Zimmer 2, wenden. Links den Flur herunter."

„Das werde ich." Kellenberg verließ den Raum und warf dabei den Kriminalbeamten noch einen wütenden Blick zu.

Bei aller Kritik, die Helmke gelegentlich an Mählers Führungsstil hatte, konnte man sich doch bei Mähler darauf verlassen, dass er zu seinen Leuten stand. Helmke wusste, dass Kellenberg bei Mähler auf Granit beißen würde.

So war es auch. Kellenberg kam nach wenigen Minuten wieder zurück, sein Blutdruck schien sich beträchtlich erhöht zu haben. Er würdigte Helmke und Wessler keines Blickes und verabschiedete sich von Hellmann mit den Worten: „Ich bin morgen früh wieder hier, dann nehme ich Sie mit nach Hause."

23. Kapitel

Donnerstag, 5. April 1945

Krischan Jäger befand sich auf dem Weg zu seiner Wohnung, als ihn ein mit drei amerikanischen Soldaten besetzter Jeep überholte, der in den Hägerweg einbog.

Neugierig geworden folgte Jäger dem Jeep, der vor dem Haus des früheren Ortsgruppenleiters hielt. Zwei GIs entstiegen dem Wagen, der Fahrer blieb hinter dem Steuer sitzen.

Jäger ging noch etwas weiter, blieb dann aber in angemessener Entfernung stehen. Kurze Zeit später sah er, dass die beiden Soldaten zusammen mit Anton Goll das Haus verließen, das von dem ehemaligen Ortsgruppenleiter noch sorgfältig verschlossen wurde.

Goll wurde von einem der GIs auf die Rückbank des Jeeps bugsiert, dann wendete das Fahrzeug und kam Krischan Jäger entgegen. Goll wirkte wie ein Häufchen Elend. Er schien auf seine Füße zu blicken und die Außenwelt nicht wahrzunehmen.

„Was geschieht mit Anton Goll? Haben sie den eben verhaftet?", fragte ein Mann, der neben Jäger stehengeblieben war und die Szene ebenfalls mit angesehen hatte.

Jäger musterte den Mann, der ihm bekannt vorkam. Wenn er sich recht erinnerte, hatte der die braune Uniform der SA getragen. „Keine Ahnung", sagte er dann. „Man hört davon, dass man die schlimmsten Nazis in Internierungslager bringt, um sie zu bestrafen. Sie sollen den demokratischen Neuaufbau nicht stören."

„Hm", sagte der Mann. „Wo soll denn das hinführen? Die Amis können doch nicht alle Leute, die irgendein Amt innehatten, in Lager stecken. Das waren doch keine Verbrecher."

Krischan Jäger hatte dazu eine andere Meinung. Er blickte den Mann an und fragte: „Waren Sie nicht SA-Führer?"

Der Mann schwieg und wandte sich ab.

***

Sie saßen zu fünft in der kleinen Küche: Grete Dierker, ihre beiden jüngeren Brüder sowie Krischan und Paula Jäger.

Friedrich Kespohl, der ältere der beiden Brüder, der sich in den letzten Kriegstagen von seiner Einheit abgesetzt und nach Haus durchgeschlagen hatte, ereiferte sich: „Die Rechtsprechung funktioniert nicht mehr und …"

„Glücklicherweise!", unterbrach ihn Dietrich Kespohl, sein jüngerer Bruder. „Gut, dass es mit den Gerichten der Nazis ein Ende hat."

Friedrich Kespohl setzte noch einmal an: „Ich wollte sagen, bis eine neue demokratische Rechtsprechung aufgebaut ist, wird es noch eine Zeit dauern und ob diese Rechtsprechung dann sozialistisch ausgerichtet ist, bleibt fraglich. So viele linke Richter gibt es nicht. Die werden die alten Richter weiterbeschäftigen."

Krischan Jäger fragte: „Was willst du damit sagen?"

Friedrich Kespohl wurde etwas lauter. „Ich will damit sagen, dass wir selbst aktiv werden müssen, wenn wir jetzt Gerechtigkeit haben wollen."

Grete Dierker legte ihren rechten Zeigefinger auf die Lippen. „Pst. Wir sollten etwas leiser sprechen, auch wenn in der Wohnung unten ein Sympathisant von uns wohnt."

Friedrich Kespohl blickte in die Runde und fragte mit gedämpfter Stimme: „Wir sind uns doch einig, dass Goll und Richel wegen der Vergewaltigung von Grete zur Rechenschaft gezogen werden müssen – oder?"

Die Anwesenden nickten.

Kespohl sah zufrieden aus. „Gut, dann sollten wir die Sache aber auch schnell angehen. Heute morgen ist Goll von amerikanischen Soldaten inhaftiert worden. Wer weiß, wann der entlassen wird. Wir müssen uns beeilen, sonst holen sie den Richel auch noch ab."

Grete Dierker blickte ihren Bruder an: „Wie wollt ihr es machen?", fragte sie.

Ihr älterer Bruder rieb sich das Kinn. „Ich hab da so eine Idee ... Wir müssen auf jeden Fall vermeiden, dass man uns verdächtigt. Wir sollten den Verdacht auf die Nazis lenken."

Krischan Jäger nickte bedächtig. „Gut. Aber wie willst du das anstellen?"

Friedrich Kespohl lächelte. „Wie man hört, gibt es in einigen Gegenden, die bereits von den Amerikanern besetzt sind, Aktivitäten des Werwolfs, die sich gegen die

Soldaten der Besatzungsmacht, aber auch gegen Deutsche richten, die mit der Besatzungsmacht kooperieren."

„Ja – und?"

„Wir müssen es so anstellen, dass die Menschen glauben, die Abrechnung mit Richel sei ein Werk von Mitgliedern des Werwolfs gewesen. Richel hat doch als einer der ersten in Jöllenbeck die weiße Fahne rausgehängt, als die Amerikaner hier reinkamen."

„Nicht schlecht! Und ihr wollt Richel tatsächlich erledigen?", fragte Jäger und wandte sich dabei an die beiden Brüder. „Habt ihr darüber nachgedacht, was mit euch passiert, wenn ihr gefasst werdet?"

Friedrich Kespohl schüttelte den Kopf. „Der Krieg ist in wenigen Tagen vorbei. Dietrich und ich, wir gehen nach Kriegsende in das von der Roten Armee besetzte Gebiet im Osten Deutschlands. Ich kenne in Leipzig ein paar Genossen von früher. Nur im Osten können wir hoffen, dass dort der Sozialismus aufgebaut wird."

Krischan Jägers Blick verriet Skepsis. Er schien den Optimismus Kespohls nicht zu teilen.

„Unsere Partei hat in den letzten zwölf Jahren genug einstecken müssen. Es wird Zeit, dass wir zurückschlagen." Friedrich Kespohl blickte seinen Bruder an. „Wir beide werden mit Richel abrechnen, das sind wir unserer Schwester schuldig. Wir machen es morgen Abend. Ihr müsst gegebenenfalls bezeugen, dass wir hier waren und ... sagen wir mal ... miteinander Karten gespielt haben, den ganzen Abend lang. Wegen der Ausgangsbeschränkung, die die Amerikaner verhängt haben, dürfte

244

sich kaum jemand auf der Straße befinden, der uns sehen kann."

Paula Jäger fragte: „Und was soll mit Goll geschehen?"

„Das war das größere Schwein", sagte Grete Dierker, „der darf auch nicht so davonkommen."

Friedrich Kespohl nickte. „Goll wird erstmal für eine geraume Zeit weg sein. Bis er zurückkommt, sollte Rudi, wenn er den Krieg überlebt hat, wieder hier sein. Goll ist dann seine Sache. Notfalls kommen wir aber noch einmal vorbei."

24. Kapitel

Freitag, 23. Mai 1947

Helmke hatte in der Nacht einige Zeit wachgelegen und sich weiter mit dem Fall beschäftigt. Er hoffte, dass sie Hellmann am Morgen mit Hilfe der bei ihm gefundenen Pistole überführen konnten. Nur Hellmann kam als Täter infrage. Der doppelte Totenschein könnte sich als ein entscheidendes Steinchen in dem Puzzle erweisen. Sie würden aber erst noch herausfinden müssen, wo genau dieses Puzzleteil einzuordnen war.

Das morgendliche Wetter sorgte bei Helmke für gute Laune. Der Wetterbericht hatte für den Tag frühsommerliches Wetter angekündigt, obgleich es laut Kalender noch Frühling war. Das Grün der Bäume und die Sonnenstrahlen forderten Helmke gerade dazu auf, den Weg zum Präsidium zu Fuß zurückzulegen.

Wessler saß schon an seinem Schreibtisch, als Helmke das Büro betrat. Er wedelte zur Begrüßung mit einem Papier. Helmke vermutete, dass es sich dabei um den Laborbericht handelte, den Coring noch am vergangenen Abend erstellt haben musste.

„Walter, wir haben ihn", sagte Wessler. „Die tödliche Kugel ist aus der bei Hellmann gefundenen Waffe abgefeuert worden."

Helmke nahm den Bericht und las selbst. Die Einkerbungen an den im Labor abgefeuerten Projektilen entsprachen exakt den Einkerbungen, die die Kugel aufwies, mit der Anton Goll erschossen worden war. Auch die Hülsenböden der im Labor verschossenen Patronen zeigten das gleiche Muster wie die am Tatort gefundene Hülse.

Helmke las weiter. „Hm", sagte er nach einer Weile, „der Bericht weist aber auch darauf hin, dass sich auf der Waffe zahlreiche Fingerabdrücke befinden, nicht nur die von Hellmann."

Wessler wischte den Einwand Helmkes, begleitet von einer entsprechenden Handbewegung, beiseite. „Ja und? Das ist doch nur natürlich. Mellenthin hat die Pistole in der Hand gehabt, davor natürlich auch der Schwarzhändler."

Helmke nickte bedächtig. „Gut, dann rufe ich jetzt bei Kellenberg an, damit er herkommt. Hellmann wird ohne seinen Anwalt nicht mit uns reden wollen. Mal sehen, was Hellmann zu dem Laborbericht sagt."

***

Während der Lagebesprechung hatten Helmke und Wessler den Stand der Ermittlungen referiert und dafür von Kriminalrat Mähler einige anerkennende Worte zu hören bekommen.

Als die beiden Kriminalbeamten in ihr Büro zurückkehrten, sahen sie, dass ihre Kollegen für Rechtsanwalt Kellenberg einen Stuhl auf den Gang vor ihrem Büro gestellt hatten. Kellenberg blickte demonstrativ auf seine Armbanduhr, als die beiden Beamten näherkamen.

Die beiden übersahen den stillen Vorwurf des An-
walts, grüßten ihrerseits Kellenberg freundlich und ba-
ten ihn, sie in ihr Büro zu begleiten. Während Helmke
dem Rechtsanwalt den Laborbericht erläuterte, bestellte
Wessler den Gefangenen telefonisch zur weiteren Vernehmung. Kurze Zeit später wurde Hellmann von einem Polizeibeamten in den Vernehmungsraum geführt.

Hellmann schien die Nacht gut überstanden zu haben. Er wirkte ausgeschlafen und entspannt.

Helmke nickte dem Unternehmer zu. „Herr Hellmann, kommen wir sofort zur Sache. Ich habe eben Ihrem Anwalt den Laborbericht gezeigt. Es steht zweifelsfrei fest, dass mit der in Ihrem Schreibtisch gefundenen
Waffe Anton Goll erschossen worden ist."

Hellmann zuckte mit den Schultern. „Ich kann nur
wiederholen, dass ich nicht weiß, wie die Waffe in meinen Schreibtisch gelangt ist."

Helmke runzelte die Stirn. Er hatte gedacht, dass
Hellmann unter diesen Beweisen endlich eingeknickt
wäre. „Im Laborbericht steht auch, dass sich auf der
Waffe unter anderem auch Ihre Fingerabdrücke befinden. Wie wollen Sie uns das erklären?"

Hellmann schwieg.

Helmke versuchte einen neuen Zugang zu dem Verdächtigen zu finden. „Herr Hellmann, kennen Sie Herrn
Mellenthin?"

„Ja sicher, er ist bei uns beschäftigt."

„Herr Mellenthin hat ausgesagt, dass Sie ihn vor etwa zwei Wochen gebeten haben, für Sie in Bielefeld eine Waffe zu besorgen."

Hellmann schüttelte den Kopf. „Ich kann Ihnen versichern, dass ich Herrn Mellenthin nicht beauftragt habe, für mich eine Waffe zu kaufen."

Wessler übernahm die Gesprächsführung. Er raunzte Hellmann an: „Sie können uns viel erzählen, wir haben hier aber die von Herrn Mellenthin unterschriebene Aussage, dass es so gewesen ist."

Hellmanns Stimme klang wütend und flehentlich zugleich: „Lassen Sie Herrn Mellenthin herkommen, das soll er mir ins Gesicht sagen."

Wessler nickte. „Gut. Das werden wir tun. Wir setzen das Verhör heute Nachmittag, um 14:00 Uhr, fort."

Als Hellmann wieder zurück in seine Zelle gebracht worden und Kellenberg gegangen war, saßen Helmke und Wessler eine Weile hinter ihren Schreibtischen und starrten sich wortlos an.

Dann wurde Helmke aktiv. „Warte einmal." Er griff nach der Ermittlungsakte. „Ich glaube sogar, dass Hellmann nicht gelogen hat, als er sagte, Mellenthin sei von ihm nicht beauftragt worden, die Waffe zu beschaffen."

Wessler blickte Helmke ungläubig an. „Du glaubst, Mellenthin hat gelogen und er hat selber …. Aber das ist ja Blödsinn. Mellenthin war in Hamm auf einer Hochzeit und die Waffe wurde doch in Hellmanns Schreibtisch gefunden."

„Hellmann hat sie sicherlich selber in seinen Schreibtisch gelegt. In diesem Punkt hat er uns angelogen." Helmke hatte, während er sprach, in der Akte geblättert. „Hör mal zu, ich lese dir Passagen aus dem Vernehmungsprotokoll von Mellenthin vor: ,Vor 14 Tagen bat mich mein Chef darum, in Bielefeld einen Mann aufzusuchen und bei ihm eine Waffe abzuholen' und hier: ,Wenn ich gewusst hätte, dass mein Chef die Waffe benutzen wollte, um ...' und so weiter."

Wessler runzelte die Stirn. „Ja – und?"

„Fällt dir nichts auf?"

„Nein, was denn?"

Helmke lächelte, während er fragte: „Nennt Mellenthin auch nur an einer Stelle den Namen Hellmann?"

Wessler schlug sich mit der flachen Hand vor die Stirn. „Wir Idioten. Er sprach immer nur von seinem ,Chef'. Wir sind automatisch davon ausgegangen, dass Mellenthin als Chef nur Hellmann, den jetzigen Betriebsinhaber, gemeint haben konnte."

Helmke nickte. „So ist es. Nicht Hellmann hat die Waffe benutzt, sondern sein Schwiegervater, der alte Maßmann." Er zündete sich eine Zigarette an. Nachdem er einen ersten tiefen Zug genommen hatte, sagte er: „Hellmann deckt seinen Schwiegervater, möglicherweise aus Liebe zu seiner Frau."

„Möglich. Aber er wird doch nicht für seinen Schwiegervater ins Gefängnis gehen."

Helmke nahm einen weiteren Zug. Mit dem Nikotinschub durchströmte ihn Zufriedenheit. „Das sicher nicht. Er wird ihn aber auch nicht verraten. Er setzt darauf, dass Mellenthin die Sache klarstellt. Dann hat er keinen Verrat begangen."

„Gut, aber Hellmann ist immerhin Mitwisser, vielleicht sogar Mittäter – oder?"

Helmke nickte. „Mitwisser sicherlich. Ob sich Hellmann an der Tat beteiligt hat, wissen wir noch nicht."

Wessler, der eigentlich Nichtraucher war, zeigte auf Helmkes Zigarettenpäckchen. „Gib mir auch mal eine, zur Feier des Tages." Nachdem ihm Helmke eine brennende Zigarette herübergereicht und Wessler inhaliert hatte, stellte er fest: „Du hast doch vier durchnässte Zigarettenkippen unter der Kastanie vor Golls Haus gefunden, das könnte für zwei Täter sprechen."

„Ja, vermutlich."

Die beiden Männer schwiegen. Schließlich fragte Wessler: „Wie wollen wir weiter vorgehen?"

„Ich denke, wir holen gleich Mellenthin und den alten Maßmann mit zwei verschiedenen Autos zu uns ins Präsidium. Dann haben wir um 14:00 Uhr alle beisammen, die für den Mord an Goll in Frage kommen."

***

Kellenberg war pünktlich eingetroffen. Helmke und Wessler hatten darauf geachtet, dass sich Maßmann und Mellenthin zunächst nicht begegneten. Während der alte Maßmann, der sich lautstark über die ihm widerfahrende Behandlung beschwerte, in Helmkes Büro von einem uniformierten Beamten bewacht wurde, hatten sich die beiden Kommissare mit Hellmann und seinem Rechtsanwalt sowie Mellenthin und einer Stenografin in das Vernehmungszimmer gesetzt.

Mellenthin fühlte sich in dieser Konstellation sehr unsicher und vermied es, Hellmann direkt anzublicken.

„Herr Mellenthin", begann Helmke das Gespräch, „Sie haben uns erzählt, dass Sie vor etwa 14 Tagen nach Bielefeld gefahren sind, um dort eine Waffe abzuholen. Dabei haben Sie das Auto von Herrn Hellmann benutzt."

Mellenthin nickte bestätigend.

„Der Mercedes gehört meinem Schwiegervater, der Wagen wird aber von uns beiden genutzt", warf Hellmann ein, „es ist quasi ein Firmenfahrzeug."

„Gut", sagte Helmke und wandte sich wieder an Mellenthin. „An wen haben Sie die Waffe übergeben, als Sie zurück in Jöllenbeck waren?"

„Na, an den Chef. Das habe ich Ihnen doch schon gesagt."

„Konkret. Nennen Sie uns den Namen Ihres Chefs."

„Ich habe die Pistole Herrn Maßmann übergeben."

„Sehen Sie, Herr Hellmann hatte Ihnen doch gesagt, dass der Auftrag, eine Waffe zu beschaffen, nicht von ihm stammt. Können wir das Gespräch damit beenden?" Kellenberg blickte die beiden Kommissare fragend an.

Wessler schüttelte energisch den Kopf. „Bleibt immerhin noch zu klären, wie die Pistole in Herrn Hellmanns

Schreibtisch gelangt ist und wie seine Fingerabdrücke an die Waffe gekommen sind."

Helmke wandte sich an Mellenthin, der immer noch etwas verunsichert wirkte. „Herr Mellenthin, vielen Dank für Ihre Aussage. Sie können jetzt den Vernehmungsraum verlassen. Wir benötigen Sie aber vielleicht gleich noch einmal."

Nachdem Mellenthin draußen von einem Beamten in Empfang genommen worden war, fragte Helmke: „Herr Hellmann, wie ist denn die Pistole, die sich zunächst im Besitz ihres Schwiegervaters befunden hat, in Ihren Schreibtisch gekommen?"

Hellmann schüttelte den Kopf. „Dazu kann ich Ihnen nichts sagen. Vielleicht weiß mein Schwiegervater mehr."

„Herr Hellmann, wir haben einige Anhaltspunkte dafür, dass der Mord von zwei Personen ausgeführt worden ist. Neben Ihrem Schwiegervater kommen natürlich Sie in Betracht, schließlich befinden sich auch Ihre Fingerabdrücke an der Waffe."

Hellmann schüttelte erneut den Kopf, sagte aber nichts.

Wessler setzte nach: „Wenn Sie kein Mittäter waren, so waren Sie aber zumindest Mitwisser. Das ist ein Grund, Sie weiterhin in Haft zu behalten. Im gegenwärtigen Stadium der Ermittlungen besteht zudem Verdunkelungsgefahr."

Kellenberg protestierte: „Gestern war es Fluchtgefahr, heute ist es Verdunkelungsgefahr. Ich werde mich bei der Staatsanwaltschaft beschweren."

Helmke blieb unbeeindruckt. „Da Herr Hellmann sich weigert, auf unsere Fragen zu antworten, brechen wir die Vernehmung zunächst ab." Er blickte Hellmann an. „Mal sehen, was Ihr Schwiegervater zu sagen hat."

Dann wandte er sich an Kellenberg: „Eine Haftbeschwerde steht Ihnen natürlich frei. Sie können sich auch gern weiter mit Herrn Hellmann in seiner Zelle beraten."

Nachdem Kellenberg und Hellmann den Raum verlassen hatten und draußen von einem Polizeibeamten in Empfang genommen worden waren, bat Wessler einen weiteren Beamten, Helmut Maßmann zu ihnen zu bringen.

Es dauerte nur wenige Augenblicke, bis Maßmann in den Vernehmungsraum geführt wurde. Maßmann, ein großer, kräftiger Mann mit vollem Haar, stellte trotz seines Alters noch eine imposante Figur dar. Er blickte die drei Personen, die im Vernehmungszimmer auf ihn gewartet hatten, wütend an.

„Ist unter Ihnen jemand, der mir sagen kann, weshalb ich hier bin? Ich werde seit einer Stunde festgehalten und weiß nicht, weshalb." Maßmann ließ seinen Blick zwischen Helmke und Wessler hin und her wandern, die Stenotypistin übersah er geflissentlich.

Helmke erwiderte den wütenden Blick Maßmanns mit einem Lächeln. „Ganz einfach, wir ermitteln im Mordfall Anton Goll."

Maßmann blickte Helmke prüfend an. „Ja und? Was habe ich damit zu tun?"

„Das wollen wir jetzt klären. Möchten Sie bei dem Gespräch einen Rechtsbeistand an Ihrer Seite haben? Herr Kellenberg, der Rechtsanwalt Ihres Schwiegersohnes, befindet sich wahrscheinlich noch im Hause."

Maßmann knurrte: „Ich brauche niemanden, der mir hilft. Ich habe mir bislang immer selbst helfen können."

„Gut, dann können wir ja anfangen. Eine Zigarette?" Helmke hielt Maßmann seine Zigarettenpackung hin.

„*Eckstein*?" Maßmann schüttelte abwehrend den Kopf. „Nein danke, ich rauche meine eigenen", sagte er, indem er ein Päckchen *Camel* aus seinem Jackett zog. Helmke gab ihm Feuer.

Wessler warf Helmke einen vielsagenden Blick zu. Er wollte seinen Kollegen daran erinnern, dass die von Helmke am Tatort gefundenen Zigarettenstummel ebenfalls der Marke *Camel* zugeordnet worden waren.

Helmke nickte der Stenografin zu und wandte sich dann an den Unternehmer: „Herr Maßmann, wir haben vorhin von Herrn Mellenthin gehört, dass Sie ihn vor etwa 14 Tagen beauftragt haben, eine Pistole aus Bielefeld abzuholen. Nun ist bedauerlicherweise mit dieser Pistole, die wir gestern im Schreibtisch Ihres Schwiegersohnes gefunden haben, Anton Goll erschossen worden. Können Sie uns dazu etwas sagen?"

Maßmann legte seine Zigarette auf den Aschenbecher. Er musste husten. Nachdem sich sein Atem wieder normalisiert hatte, fragte er: „Weshalb sollte Goll ausgerechnet mit meiner Pistole erschossen worden sein?"

Wessler erklärte ihm: „Das hat die kriminaltechnische Untersuchung zweifelsfrei ergeben. Wir können das an den Spuren an der Kugel und an der Patronenhülse erkennen."

Maßmann nickte. Er hustete noch einmal. Wessler fuhr fort: „Herr Maßmann, wir werden Ihnen zudem gleich Ihre Fingerabdrücke abnehmen und die mit den Fingerabdrücken, die wir auf der Waffe gefunden haben, vergleichen. Ich bin sicher, dass wir da erfolgreich sein werden."

Maßmann seufzte, dann straffte sich sein Körper. „Ich weiß, wann ich verloren habe", sagte er. „Ich habe diesen Eiertanz nicht nötig. Ich war immer geradeaus, mein ganzes Leben lang. Ja, ich habe Anton Goll erschossen. Der hatte das verdient, er war eine miese kleine Ratte."

Helmke fragte: „Aus welchem Grund haben Sie Goll getötet?"

Maßmann lachte bitter. „Goll war ein Arschloch, er hat mich erpresst. Nach seiner Rückkehr aus dem Internierungslager war er bei mir und wollte, dass ich ihn an meiner Firma beteilige."

Helmke stand auf und wanderte in dem Zimmer umher. „Womit konnte er Sie erpressen?"

Maßmann zuckte mit den Schultern. „Er hat vor ein paar Jahren gesehen, wie ich einen französischen Kriegsgefangenen im Zorn von einem Baugerüst gestoßen habe. Pierre, so hieß der Franzose, ein aufsässiger Kerl,
256

ist dabei unglücklicherweise zu Tode gekommen. Mein Neffe, dieser studierte Schwachkopf, hatte ursprünglich einen Totenschein ausgestellt, aus dem hervorging, dass der Franzose durch einen Schlag auf den Kopf gestorben war."

Helmke nickte. „Ja, diesen Totenschein haben wir in der Wohnung Golls gefunden."

Maßmann verzog sein Gesicht. „Goll hat sich diesen ersten Totenschein angeeignet, ohne dass ich das bemerkt habe. Mein Neffe hat dann einen zweiten Totenschein ausgestellt, nachdem ich ihm erklärt hatte, dass der erste Totenschein so nicht bleiben könne und möglicherweise eine polizeiliche Untersuchung provoziere. Erst nach seiner Rückkehr aus dem Internierungslager hat mir Goll mitgeteilt, dass er im Besitz des ursprünglichen Totenscheines war, den mein Neffe damals bereits unterschrieben hatte. Fast gleichzeitig ist ein französischer Offizier, ein Bruder dieses Franzosen, hier in Jöllenbeck aufgetaucht und hat nach seinem Bruder geforscht. Goll hat mir gedroht, diesen Offizier über das damalige Geschehnis zu informieren."

Wessler nickte. „Hm. Damit wäre Ihre Lage mehr als problematisch gewesen."

Maßmann nickte. „Ja, in der gegenwärtigen Situation unserer Heimat unter alliierter Besatzung wäre das für mich mehr als heikel geworden. Deshalb musste Goll sterben."

„Und weshalb sind Sie Goll bezüglich seiner Forderung nicht entgegengekommen?"

„Glauben Sie, ich lasse mich von einer Ratte wie Goll erpressen?" Maßmanns Gesicht zeigte Abscheu. „Ich habe die Firma alleine aufgebaut und möchte sie so, wie sie ist, meiner Tochter und meinem Schwiegersohn übergeben, da kann ich doch nicht einen Teil der Firma an Goll abtreten."

Das entsprach ganz dem Bild, das Helmke bislang von Maßmann gewonnen hatte. Dieser Mann hatte eine heute gutgehende Firma gegründet. Alle maßgeblichen Entscheidungen waren von ihm allein getroffen worden, er hatte sich von niemandem reinreden lassen. Er hatte sich dabei immer wieder gegen Konkurrenten durchsetzen müssen und dabei alle Sentimentalitäten hinter sich gelassen. Für so einen Mann war es unvorstellbar, sich einem Erpresser zu beugen. So ein Mann wusste sich zu wehren, mit allen ihm zur Verfügung stehenden Mitteln.

Da immer noch unklar war, mit wem zusammen Maßmann den Mord begangen hatte, fragte Helmke: „Wer war Ihr Partner bei dem Mord an Goll?"

Maßmann zeigte sich überrascht. „Ah, das wissen Sie nicht?"

Helmke schüttelte den Kopf. „Nein, bislang noch nicht. Aber eigentlich kommt dafür nur Ihr Schwiegersohn in Frage."

Maßmann lächelte dünn. „Dann habe ich auch keine Veranlassung, Ihnen das zu sagen. Mein Schwiegersohn war es jedenfalls nicht. Der hat mich bequatscht, ihm die Waffe zu geben, damit ich ‚nicht noch mehr Unheil anrichte', wie er sagte."

Wessler sah Helmke an, der zuckte die Achseln. „Wir werden das aber über kurz oder lang herausbekommen", sagte Helmke, an Maßmann gewandt.

Maßmann inhalierte noch einmal und drückte seine Zigarette dann aus. Er musste erneut husten. „Gut, dann ermitteln Sie mal", sagte er, etwas nach Luft ringend. „Von mir erfahren Sie jedenfalls nichts. Ich habe noch nie jemanden verraten."

„Herr Maßmann, auch wenn Sie uns den Namen Ihres Komplizen nicht sagen wollen, ist es gut, dass Sie reinen Tisch gemacht haben. Das wird sich sicherlich auf Ihr Strafmaß auswirken." Wessler fühlte sich offenbar verpflichtet, Maßmann noch etwas Tröstendes zu sagen.

Maßmann hustete noch einmal und lächelte gequält. „Ich bin krank, hätte schon vor drei Jahren mit dem Rauchen aufhören müssen. Meine Lebenserwartung ist nur noch begrenzt. Ich weiß nicht einmal, ob ich den Prozess noch erleben werde."

Helmke beugte sich vor und suchte Blickkontakt mit Maßmann. „Eine Frage haben wir noch, Herr Maßmann. Waren Sie vor zwei Jahren auch an dem Mord an Martin Richel beteiligt? Richel und Goll sollen ja eng zusammengearbeitet haben."

Maßmann schüttelte heftig den Kopf. „Nein, ich kannte den Richel nicht näher. Der hat mir auch nichts getan." Er machte eine kurze Pause. „Das klingt jetzt ja so, als wollten Sie mich für alle Morde, die hier in der Gegend in letzter Zeit stattgefunden haben, verantwortlich machen. Nochmal: Ich bin kein Massenmörder, ich habe lediglich die Ratte Goll ausgeschaltet."

***

Als Maßmann abgeführt worden war, blieben Helmke und Wessler noch einen Augenblick im Vernehmungszimmer sitzen. Die Stenografin hatte den Raum ebenfalls verlassen, um das Vernehmungsprotokoll anzufertigen.

„Das war's. Endlich!" Wessler atmete hörbar tief durch. „Ich kümmere mich gleich noch um den Haftbefehl für Maßmann."

Helmke zündete sich eine Zigarette an und lehnte sich entspannt zurück. „Gut. Bleibt für uns noch die Aufgabe herauszufinden, wer Maßmanns Komplize bei dem Mord war."

„Als Maßmann sagte, sein Schwiegersohn sei es nicht gewesen, klang das durchaus glaubwürdig. Ohne Maßmanns Aussage kommen wir da aber nicht weiter. Beweismittel gegen einen weiteren Tatbeteiligten haben wir nicht."

Helmke inhalierte und nickte dann. „Du sagst es. Ich lege auch meine Hand dafür ins Feuer, dass Maßmann nichts mit dem Mord an Martin Richel zu tun hat. Ich habe ihn, als ich danach fragte, genau beobachtet. Es gab kein Anzeichen dafür, dass er gelogen hat."

„Weshalb sollte er auch lügen? Er scheint ja sehr krank zu sein. Ich tippe auf Lungenkrebs." Wessler erhob sich. „Ob er da wegen des Mordes an Richel noch eine etwas längere Haftstrafe erhält, dürfte für ihn wohl kaum ins Gewicht fallen."

Helmke drückte seine Zigarette aus und stand ebenfalls auf. „Maßmanns Komplize könnte ein langjähriger Vertrauter aus seiner Firma sein, vielleicht aber auch sein Neffe, der damit die Chance erhielt, seinen Fehler aus dem Jahre 1944 wieder gutzumachen."

Wessler war irritiert. „Du meinst ... Dr. Maßmann könnte der Komplize gewesen sein? Ist das nicht etwas weit hergeholt? Ein Arzt als Mörder?"

Helmke zuckte die Achseln. „Das soll es im Dritten Reich unter den Jüngern des Hippokrates durchaus häufiger gegeben haben. Wie dem auch sei. Vielleicht werden wir es nie herausfinden."

25. Kapitel

Donnerstag, 31. Mai 1945

Auch wenn sich Rudi Dierker inzwischen von seinem in der Stadt Siegen aufgelösten Sprengkommando wieder nach Jöllenbeck hatte durchschlagen können, standen in der Familie seiner Frau die Zeichen auf Abschied. Rudi und Grete Dierker saßen abends zusammen mit Friedrich und Dietrich Kespohl in der Küche der kleinen Wohnung. Sie hatten gemeinsam gegessen, auf dem Tisch stand jetzt eine halbvolle Flasche Schnaps.

„Wann geht es los?", fragte Grete Dierker ihre Brüder. Ihr war unwohl dabei, ihre Brüder jetzt, wo endlich Frieden war, schon wieder aus den Augen zu verlieren.

„Morgen früh. Wir fahren mit unseren Rädern. Ich schätze, dass wir in weniger als einer Woche in Leipzig sein werden."

„Wen kennt ihr dort?", wollte Rudi Dierker wissen, der vor etwa 14 Tagen zur Freude seiner Frau in Jöllenbeck angekommen war. Er war völlig abgemagert und sah krank aus. Seine Frau hatte ihn nach den elf Jahren Haft kaum wiedererkannt.

„Schorse Wellenkötter und Fred Lilge. Mit den beiden war ich in Bielefeld schon im Roten Frontkämpferbund zusammen, das sind zuverlässige Genossen. Den Fred kennst du auch. Schorse hat Mitte der 1930er Jahre für zwei Jahre eingesessen und ist dann nach Leipzig gegangen. Ich habe vorgestern von ihm eine Nachricht erhalten, dass wir jetzt kommen können, man kann uns da gut gebrauchen."

Grete Dierker tat sich mit der Entscheidung ihrer Brüder schwer. „Die Ermittlungen wegen des Mordes an Martin Richel scheinen nicht voran zu kommen", sagte sie. „Ihr müsst also nicht weg nach Leipzig."

Friedrich Kespohl nickte. „Wahrscheinlich hast du Recht. Man sagt ja, wenn ein Mörder nicht binnen einer Woche nach der Tat gefasst wird, ist die Chance gering, dass er überhaupt noch gefasst wird. Aber wir wollen in Leipzig mithelfen, den Sozialismus aufzubauen."

Rudi Dierker schüttete Schnaps in die Gläser. „Nach allem, was man so hört, war die Ablenkung des Mordverdachts auf die Werwolf-Organisation sehr erfolgreich. Zumindest scheint das die Polizei ganz schön durcheinander gebracht zu haben."

Grete Dierker stimmte ihrem Mann zu: „Ja, vermutlich hat die Kriminalpolizei immer noch Skrupel, gegen Nazis zu ermitteln. Damit könnte man sich ja das eigene Nest beschmutzen."

Friedrich Kespohl grinste. „Die Idee mit dem Werwolf war einfach genial. Wir haben lediglich einen Zettel mit der Inschrift: ‚Tod den Verrätern. Der Werwolf lebt' unter Richels Leiche gelegt."

Dietrich Kespohl schien weniger Interesse zu haben, über den gemeinschaftlichen Mord an Richel zu sprechen. Er wandte sich an seinen Schwager: „Rudi, erzähl doch mal, wie es dir ergangen ist. Elf Jahre sind ja eine unglaublich lange Zeit."

Rudi Dierker seufzte und trank seinen Schnaps aus. „Na ja, das wisst ihr ja eigentlich schon. Die Gestapo hat mich damals während einer Kurierfahrt für die Bezirksleitung an der Grenze gefasst, als ich aus Holland kam. Ich hatte zwei Pistolen und einen Druckapparat dabei. Die haben mich dann eingesperrt und versucht weitere Informationen aus mir herauszuholen." Er schien nachzudenken und sich an einige schmerzhafte Erfahrungen zu erinnern. Er blickte in die Runde und deutete auf die Flasche. Während die anderen abwinkten, goss er sich einen neuen Schnaps ein. „Die haben sich einiges einfallen lassen, ist ihnen aber nicht gelungen, von mir wesentliche Dinge in Erfahrung zu bringen. ...... Schließlich wurde ich zu vier Jahren Zuchthaus verurteilt. Die habe ich in Bentheim und kurze Zeit auch in Münster verbracht. Als ich bei Kriegsbeginn dachte, ich würde endlich freigelassen, hat man mich in das Lager Esterwegen gesteckt, wo ich bis 1944 war. Dort hat man ein Sprengkommando zusammengestellt, das die Aufgabe hatte, die alliierten Bomben, die nicht explodiert waren, zu entschärfen oder zu sprengen. Eigentlich ein Himmelfahrtskommando, ich habe es nur mit viel Glück überstanden. Mehrere Kameraden hatten dieses Glück nicht." Auch hier machten ihm die Erinnerungen zu schaffen. „Bei Kriegsende wurde die Gruppe aufgelöst. Ich war endlich frei und habe mich sofort auf den Weg in die Heimat gemacht. Nach etwa einer Woche war ich dann hier."

Grete Dierker sah ihren Mann an, lächelte und griff nach seiner Hand. Friedrich Kespohl suchte nach seinen

Zigaretten. Als er sie gefunden hatte, hielt er auch Rudi die Packung hin, der schüttelte den Kopf. „Danke, ich habe mir das Rauchen in den elf Haftjahren zwangsläufig abgewöhnt. Ich habe während der Haft übrigens auch mitbekommen, dass einige Männer ihre Genossen für ein Päckchen Zigaretten verraten haben. Damals habe ich mir geschworen, nie wieder zu rauchen."

Die Vier schwiegen einen Augenblick, bis Grete Dierker ihre Brüder fragte: „Was sagen denn unsere Eltern zu euren Plänen?"

Friedrich Kespohl hob die Schultern. „Was sollen sie sagen? Sie wissen natürlich nicht, dass wir mit Richel abgerechnet haben. Sie sagen, dass man für den Sozialismus auch hier in Bielefeld kämpfen kann. ... Ich habe ihnen gesagt, dass Leipzig ja weniger als 400 Kilometer entfernt liegt und dass wir uns sicherlich gelegentlich sehen werden."

Rudi Dierker schnitt ein neues Thema an: „Habt ihr schon davon gehört, dass eure Schwester seit ein paar Tagen einem Beirat angehört, der den neuen Bürgermeister hier in Jöllenbeck beraten soll? Die britische Besatzungsmacht hat dazu Personen aus den Parteien der Vor-Hitlerzeit bestellt. Grete vertritt die KPD und die Interessen der Frauen."

Dietrich Kespohl war ehrlich begeistert. „Mensch Grete", sagte er, „dann wünsche ich dir viel Erfolg. Mach's wie Clara Zetkin, kämpfe wie eine Löwin für unsere Sache! Darauf sollten wir einen trinken."

Allzu viel Schnaps war in der Flasche nicht mehr enthalten, als Friedrich Kespohl plötzlich ernst wurde und fragte: „Wisst ihr, wo Goll, dieses Schwein, jetzt ist?"

Grete Dierker starrte auf das gefüllte Glas, das immer noch unangerührt vor ihr stand. „Im Dorf wird erzählt, er sei in einem Internierungslager irgendwo in der Senne", sagte sie leise.

Rudi Dierker blickte die beiden Brüder an und erklärte ihnen: „Wenn der aus dem Lager zurückkommt, wird er sterben, darauf könnt ihr euch verlassen. Wenn Richel den Tod verdient hat, so hat ihn Goll zehnmal verdient."

Epilog

Helmut Maßmann starb noch während der Untersuchungshaft an seiner Lungenkrebserkrankung. Er hatte sich bis zuletzt geweigert, den Namen des Mittäters preiszugeben. Die Kriminalpolizei konnte weder hinreichende Beweise dafür erbringen, dass Maßmanns Schwiegersohn an dem Mord beteiligt war, noch dass er im Vorfeld von dem Mordplan gewusst hatte. Ein Prozess fand deshalb nicht statt.

Die Mörder von Martin Richel wurden nie ermittelt. Dieser Mordfall blieb ungelöst und damit ungesühnt – ebenso wie viele Morde, die während der Zeit des Dritten Reiches im Auftrag der Machthaber begangen worden waren.

Die Handlung ist frei erfunden. Jede Ähnlichkeit mit lebenden oder toten Personen wäre rein zufällig. Für kritische Anregungen und Unterstützung bedanke ich mich bei Ulrich Eickmeyer, Moers, und Bärbel Fagard, Jöllenbeck.